鏡の中の卑弥呼

◎目　次

プロローグ　5
第一章　狙われた女　12
第二章　黄色いバッグ　61
第三章　卑弥呼効果　112
第四章　ホテル炎上　150
第五章　現　世　187
第六章　招かざる客　222
第七章　一本の線　270
第八章　卑弥呼の墓　310
エピローグ　355
あとがき　363
主な参考文献　366

装画・装幀　西田耕一

プロローグ

成田を飛び立ち三十分程たって、ようやくシートベルト着用のサインが消えた。

照子はほっとした面持ちでシートベルトを外し、辺りを見回した。

ゴールデンウィークの最終日、しかも夜ともなると、さすがに家族連れはいない。もっとも、ファーストクラスには生活の匂いのする乗客はなく、賑やかな会話すらない。エンジン音と翼の風を切る音だけが単調に響いていて、それがかえって妙な静けさを生んでいる。乗客達もまるで都会の縮図のように他人には無関心で、各々自分の世界に閉じこもっているようだ。

照子は飛行機に乗り込む時にスチュワーデスから手渡された、雑誌『オピニオン』の表紙に目を落とした。最近、話題になっている卑弥呼という名の、女性企業家の顔のアップが表紙を飾っている。三十過ぎの独身美人ということもあって、いつもは固い経済誌がまるで女性誌のようだ。

ただ、照子には、表紙の卑弥呼が笑みを湛《たた》えているにも拘わらず、目の表情は冷たく、何かを訴えているように見えた。

照子はその目を見ながら、出がけに見た父の姿を思い出していた。

父はやはり惚《ぼ》けてはいない。いや、むしろ惚けを装うことによって、苦しみから逃れているのかもしれない。その証拠に父は、自分と光子との奇妙な関係を知っていた。七十八歳とはいえ、すべてを受け入れる度量の大きさは、昔と少しも変わっていない。ただ一つを除いては――。

それは決して忘れることの出来ない、汚点にも似た父の過去である。

照子はパスポート入れに挟んでおいた、古びた新聞の切り抜きを取り出し、雑誌の上に広げた。

――主婦、夫とその愛人を滅多刺し――

五日の未明、東京都目黒区下目黒のアパートで、中年の男女が鋭利な刃物で殺害されているのを管理人が見つけ、警察に通報。六日朝、柳原睦子容疑者（42）が息子の付き添いで目黒署に出頭してきたところを、警視庁捜査一課と目黒署は殺人容疑で逮捕した。死亡したのは、画商業を営む容疑者の夫・柳原孝夫さん（47）と、内縁関係にあった天野蘭子さん（38）と判明。調べによると、柳原睦子容疑者は五日の午後十一時ごろ、同アパートに合い鍵で侵入し、寝室で寝ていた孝夫さんと天野さんを、長さ二十五センチの洋鋏《ばさみ》で数カ所刺し、殺害したという。睦子容疑者は調べに対し、「夫の浮気相手の女を殺す機会を狙っていた」などと話し、ほぼ犯行を認めている。――

父はこの切り抜きを照子に手渡すと、「きょう、あれの三十三回忌だ。長かったようで短いもんだ」と、しみじみと言った。この一言に、父の苦悩の根深さが込められているような気がした。

あれほど父を苦しめ一家を不幸のどん底に落とした女のことが、三十三年経った今も、まだ忘れられないでいたのだ。

恐らく、この茶色くくすんだ一枚の新聞の切り抜きだけが、父とあの女、そして、高校卒業とともに家を出ていった妹昼子とをつなぐ、絆《きずな》であったのかもしれない。

照子はその紙切れを手で握り締めると、開くはずもない飛行機の窓から、忌まわしい過去とともにそれを投げ捨てたい衝動に駆られた。

外は真っ暗だ。外気温は何度かは分からないが、高度一万メートルの上空は氷点下にちがいない。機内も同様に凍りついて見える。

照子は窓に映った自分の顔を見つめた。いつもなら楽しいはずの旅行だが、父のことと重なって、なぜか今回に限り胸騒ぎがしてならない。そのせいか、豪華な機内食にはほとんど手をつけず、出されたシャンパンを三口ほど飲んだだけだった。

ローマでタラップを降りる時には、何か途轍もなく重大な結果が待ち受けているのだろうか。それとも、ただの思い込みに過ぎず、時差ボケを楽しむことになるのだろうか――そんなことを思っているうちに、いつしか深い眠りに落ちていった。

＊

ふと目を開けると、満天の星のもと、甲斐の山々を眺めながら歩いていた。手には犬の引き綱を持っている。綱を引っ張り水先案内をしている愛犬のジョンは、慣れたコースを確認するように、匂いを嗅いでマーキングをしている。丸まったアンパンのような尻尾にただついて歩けば、ほぼ三十分程で戻ってくる、いつもの散歩コースである。

今夜は南にある富士山の上に、月がおぼろげに浮かんでいる。

と、その時だった。突然、後ろから閃光のような光が走った。

照子は、なぜか恐怖にも似た危険を感じて、ジョンを庇おうとした瞬間、全身に激痛が走った。同時に、耳には急ブレーキをかける音と、ジョンが狂ったように吠える声が聞こえてくる。その間にも、照子の体は空高く宙を飛んでいるのが分かった。

気がつくと、照子は農道の隅に寝ていた。車にはねられたらしい。実際には一瞬なのだろうが、長く空中を飛んだような気がする。はねた車は、五十メートル程離れたところに止まっている。不思議なことに、車にはね飛ばされたのは確かに照子なのだが、それを見ているのも照子自身なのである。

車から男が降りてきた。酒を飲んでいるのか、足下がふらついている。照子が倒れている所まで来ると、茫然と見下ろした。ようやく現実が呑み込めたらしく、全身震えている。

男は青ざめた顔で、照子の体を揺すった。照子が「うーん」と低く唸っている。

男は用心深く周りを見回してから照子を抱き上げると、急いで後部座席に乗せた。そして、車を急発進させるや、猛スピードで走らせた。後を吠えながら追いかけてくるジョンを振り切るように——。

頭が痛い。腰と膝も打ってるようだが感覚はない。車は裏通りを抜けているらしい。病院を探しているのだろうか。

車は街灯もなく、対向車もない静かな通りを走り、幾つもの角を曲がった所で止まった。男は慌てた様子で出ていくと、辺りを気にしながら門のインターフォンを何度も鳴らした。周りは鬱蒼とした竹林のようだ。月明かりに照らされた竹は風に揺れ、アスファルトの道路にその影を怪しく落としている。

間もなく、門の隣りの潜《くぐ》り戸が開いて、男は入っていった。

どうも病院ではなさそうだ。頭からは血が流れている。早く助けを呼ばなければ。目は出血のせいか、やや霞んできている。

暫くして、車のドアが開く音がした。男が照子を注意深く覗き込んでいる。さっきとは違う、別の男のようだ。

男は舌打ちをすると、運転席に座りエンジンを掛け、ゆっくり車を出した。左へ左へと回って、どこかの倉庫に入っていく。

真っ暗だ。倉庫を閉める自動シャッターの音だけが続いている。

男が後部座席に乗り込んできた。車内灯でぼんやりと男の顔が浮かびあがった。

見覚えのある顔だ。以前どこかで会ったような気がするが、思い出せない。

「ふん。コイツがあの女の…」

男はそう呟くと照子の体を起こし、照子の首を両手で掴んだ。そして、もの凄い力で絞めた。

「…うっ。く、苦しい」照子は男を見つめた。「な、なぜ？　あなたは誰っ？…」――

＊

「照子！　しっかりしなさい」

その声で目が覚めた。叔母が不安げな顔で覗き込んでいる。

「どうしたの？　どこが苦しいの？」

「大丈夫か？　顔が真っ青だぞ」

叔父の巌《いわお》も後ろから、心配そうに声を掛けた。

「どうなさいました？　お客様。どこかお体の具合でも悪いのですか？」

パーサーも異常を察したらしく駆け寄ってきた。叔母が照子の額に手をあてている。

「熱があるわ。体もこんなに震えて。ねえ、この飛行機にお医者様乗っていないかしら？」

「すぐ探してみます」

「それから、毛布と冷たいおしぼりもお願いするわ」

パーサーは「かしこまりました」と答えると、青ざめた顔でコックピットの方に走っていった。

別のスチュワーデスが、シートをゆっくり倒し、ズボンのベルトを緩め、毛布を手際よくかけている。もう一人別のスチュワーデスも、照子の頭にタオルをのせ、その上に氷のような冷たい固まりを置いた。そして、すぐに照子の腕を取り、腕時計を見ながら脈拍を取っている。その間にも、先程のパーサーが機内放送で医師を探していた。よく訓練されていて、すべての動きに無駄がない。

照子は苦しみながらも、夢で見たように、現実のこの光景をまるで他人事のように傍観していた。

（あれは夢だったのか。それとも、これが夢なのだろうか――）

「照子！　大丈夫なの？」

おぼろげながら聞こえてくる叔母の問いに、

「私が殺されていく――」

と呟くと、照子は気を失った。

第一章　狙われた女

1

甲府市の官庁街から程近い画廊で、『卑弥呼とエロティシズム』と題した、油絵の個展が開かれていた。三日目の夜八時というのに、画廊内は招待客で混雑している。

客の殆どが政財界の人間で、地元の政界人が県議員や地元企業の有力者などを中央の人間に紹介する、いわば社交場の役割も担っているらしい。

個展の主催者でありホスト役の卑弥呼は、お尻の割れ目近くまで背中のパックリ開いた、紺のロングドレスに豊満な肉体を包み、一際華やかに振る舞っている。三十路《みそじ》に入って妖艶さが加わり、益々色気に磨きがかかったようだ。

多くの男性客は、卑弥呼の白く透けるような肌に触りたいばかりに、絵の下にある題名カードの横に売約済みの印として付ける赤いピンを大声で押し、何度も卑弥呼と写真に収まっている。

そのせいか、大小六十点あった油絵は、最低価格が三百万円という高額にも拘わらず、瞬く間に完売した。

そんな余興が終わると、卑弥呼はホステス達に、来客を次々と自分の店にエスコートさせた。客の殆どが卑弥呼が経営する高級クラブ〈クラブ・ヒミコ〉のＶＩＰ会員らしい。

その中に、この場にまったく似つかわしくない作務衣《さむえ》を着た五十歳位の男と、同じ歳格好のいかにも土建業者風の男が、隅の方で卑弥呼を見ていた。

卑弥呼は二人に気付くと、笑顔で近づいた。

「まぁ、真田さん。やはり来てくださったのね」

作務衣の男は、画廊を見回している。

「どれも力作で素晴らしい。リオノール・フィニを越えたかな」

「あら、お褒めに預かり光栄だわ。きょうはわざわざ東京から？」

「ん？　いや、ここに住んでるんだ。もう三年になる」

「えっ、ここに？　では、この前の…」

卑弥呼は少し驚いた様子で、真田の出で立ちを改めて見ている。

「うん。ま、見ての通り、仏門に入ったのさ」

一瞬、見つめ合う二人の顔から笑みが消えた。数秒だが、目で会話しているようにも見える。

隣の男はそれにには気付かず、何か催促するように咳払いをした。

「ああ、紹介しよう。こちらＮ市長の小山田さんだ。僕が君と親しいと言ったら、ぜひにと言われてね。君の大ファンらしいよ」

「小山田です。お会い出来て光栄です。テレビや週刊誌で見るより、実物の方が数段お綺麗ですな」そう言いながらも小山田の目は、卑弥呼の躰を舐めるように見ている。「それにしても、真田さんがまさか本当にお知り合いだとはね」

「坊主は嘘は申しません」

「まったくですな。あ、ははは…」

小山田の笑い声が画廊に響いた。

「卑弥呼です。今後とも宜しくお願いします」

卑弥呼はポシェットから名刺を出し渡した。

小山田はまるで宝物でも貰うかのように頂くと、自分の名刺を渡した。

「貴女の経営なさってる〈ヒミコ・リップ〉にはよく行くのですが、私も早く〈クラブ・ヒミコ〉に出入り出来るような身分になりたいものですよ」

「あら、身分だなんて。それほどのお店ではありませんわよ」

卑弥呼は冷ややかに笑った。

〈クラブ・ヒミコ〉も〈ヒミコ・リップ〉も、卑弥呼が経営するクラブなのだが、〈クラブ・ヒミコ〉はいわゆる会員制の高級クラブで、客層には政財界や官僚、医者などが多く、〈ヒミコ・リップ〉は一般大衆を客とするチェーン店だった。

「しかし、どの絵もセクシーですな。やはり、ご自分がモデルなのでしょうな。あのオッパイといい、お尻といい、男なら誰でもしゃぶりつきたくなりますよ」

　小山田は右頬の大きなホクロを撫でながら、まるで絵を視姦するかのように分厚い唇を舌なめずりしている。世辞のつもりだろうが、卑弥呼にとっては不愉快そのものだ。

「ところで、ちょっと頼みがあるんだが…。と言うより、ぜひ引き受けて貰いたい」真田は少し威圧的な言い方で切り出してきた。「君も忙しそうだから、簡単に用件だけを言うと、T大学の教授をこの甲府までエスコートして貰いたい」

「エスコート？　それぐらいならお安いご用だけど。でも、どうしてT大の教授を？」

　真田がどこから切り出そうか逡巡していると、脇から小山田が油紙で包んだ小包を鞄から取り出した。そして、手早くその紙を広げ、中の泥にまみれた円盤状の固まりを見せた。

「その先生に、これを鑑定して貰いたいのです」

「ん？　何なの、それ？」

　卑弥呼は汚い物でも見るように顔をしかめた。

「三角縁神獣鏡《さんかくぶちしんじゅうきょう》です。別名、邪馬台国の女王卑弥呼の鏡とも呼ばれているものです」逆に小山田の方は自慢気な顔で続けた。「まだ発表前なので詳しいことは言えませんが、他に九十九枚あるのです。これが本物となれば、山梨は一躍脚光を浴びる。つまり、金の鏡みたいなものです」

「へー、これがねぇ。いいわ、届けてあげる。お住まいはどちら？」

「届けるのはこちらでします。それより、これが埋まっていた場所の調査もお願いしたいのです。もし、そこが邪馬台国の卑弥呼のような大物の墓となれば、それこそ大発見ですからな」

小山田は三角縁神獣鏡を元のように油紙に包むと、丁寧に鞄にしまった。

「ふーん。つまり、その大学教授を東京から山梨に連れて来ればいいのね。分かったわ。銀座のお店に用もあるから、そのついでにうちのリムジンで丁重にお連れするわ」

「それが駄目なんです」小山田は言下に否定した。「その先生、閉所恐怖症でして。長時間の車は勿論、特に高速道路のトンネルが駄目らしいんですよ。ほら、中央高速には笹子トンネルという長いのがあるでしょう。それで電車、特急〈あずさ〉でお連れして欲しいのですよ」

「特急〈あずさ〉で？　それなら、子供じゃないんだから、切符を買って送って差しあげれば？何も私がわざわざお迎えしなくったって」

卑弥呼は無神経な小山田の視線に少し苛立っている。

「ところがこの件は、君じゃないと駄目なんだ」

真田は意味深長な含み笑いを浮かべた。

「私じゃないと？　真田さん。まさかその先生、私と？」

「ははは…、大丈夫。そんな裏はないよ」真田は大仰に手を振った。「その教授は女気のまったくない人らしい。五十歳で独身、考古学一筋。少なくとも君の周りにいる連中よりは、ずっと安全な人だと思うよ。ひょっとしたら、君のことだって知らないかもしれないな」

「それなら、益々私じゃなくてもいいんじゃないの？」

卑弥呼は憮然として言った。

「実は本音を言いますと、卑弥呼さんに広告塔の役目もして貰いたいのです。つまり話題作り。市としてもこれを地域振興の目玉にしたいのですよ」

小山田はいかにも市長らしく構想を述べると、真田が引き継いだ。

「君の企業家としての名前の卑弥呼と、邪馬台国の女王卑弥呼のダブルで、という発想だ。なかなか面白いだろう？　ま、君も今や世間では有名な企業家の女王だからね」

「でも真田さん。その薄汚れた鏡が本物かどうか、まだ分からないんでしょう？」

「ま、そうだが。小山田さんとしては、話題になればいいそうだ。山梨に進出してきた君にとっても、決して損にはならない企画だと思うが、どうだろう？　勿論、お金に不自由してない君にとっては、あまり魅力的な話ではないだろうがね」

「お願いします、卑弥呼さん。今後、市としても卑弥呼さんには全面的に協力していこうと思っております。あまりお金にはなりませんが、市の復興のためにひと肌脱いでいただけませんか。あの絵のように」

小山田は正面の大きなヌードの絵を指差した。

その絵は、女が全裸で蛸《たこ》と淫靡に絡み合っていて、まるで悦に達したように悩ましく目を閉じている。それは卑弥呼が描いた絵の中でも一番気に入っているものだった。

「ふーん、よく考えてみると面白そうね。…五十歳でまだ独身だなんて」

「おいおい。教授には真剣に取り組んで貰いたいんだから、妙な気を起こさんでくれ。とにかく、この件は頼むよ。君しかいないんだよ」

「分かったわ。地元の協力がいずれ必要になる時もあるでしょうから、お引き受けするわ」

「有り難う。お蔭で顔が立ったよ。良かったですね、小山田さん」

「ええ。これで少しは街に活気が戻ってこようってもんです」

小山田はほっとしたように言った。真田は目を細めながらも卑弥呼を見ると改まった。

「この件はまだ発表前なので、それまでは内密に頼むよ。それからくどいようだが、くれぐれも教授の仕事の邪魔にならないようにな。妙な噂が立つと、あの鏡が本物でも眉唾になるからね」

「分かってるわよ。心配性ね、真田さんは」

「でも、卑弥呼さん。世間には目立つように派手にやってくださいよ」

小山田は心配顔で言った。

「私が地味になれて?」

卑弥呼はうっとりするように笑うと、わざとお尻を振った。

小山田の目は、お尻と一緒に揺れた卑弥呼の豊満な胸に釘付けになっている。

「では小山田さん、私の役目は終わったようですな。後は宜しく。やはり坊主には、こんな華やかな所は似合わない。邪魔者はこれで」

真田は小山田と顔を見合わせると、意味ありげに笑った。そして、卑弥呼が引き留めるのも聞かず、ひとり帰っていった。

2

津山は目が覚めると、口に手をあて洗面所に向かった。

「うっ」唾液ばかりで何も出ない。鏡には髪はボサボサで目の腫れ上がった、四十歳過ぎの、だらしのない中年男の姿があった。

「いくら年に一回でも、ちょっと飲み過ぎかな」背後から娘の声がした。鏡には美奈の呆れ顔が写っている。「母さんが生きてたらガッカリするだろうな、こんなパパを見たら。庵主さんも呆れてたわよ、『県警の刑事には見えない』って」

津山栄一郎、四十六歳。現在、山梨県警刑事部捜査一課の課長を勤める刑事である。甲府市郊外の3LDKのマンションで、七十二歳の父と、今春短大を卒業し、小さな広告会社に就職した一人娘の美奈と三人で暮らしている。

昨日、五月六日は、六年前に癌で亡くなった妻奈津子の命日で、津山はN市の鳳凰院観応寺《ほうおういんかんのうじ》で、七周忌の法要をあげた。津山が年に一回休みをとる日である。

奈津子は神経質なくらいの几帳面さを除けば、申し分のない妻だった。若い頃は、同人誌や地元の新聞で紹介される程の美人で、津山とは共通の友人を介して知り合った。

さほどパッとしない外見の津山のプロポーズを、なぜ受けたのか不思議だった。時々、奈津子は冗談で「魔が差したのよ」と笑っていたが、真実は迷宮入りの事件のように謎となっている。それ故、三十代の若さで亡くなった妻への想いは、今も淡い恋愛小説のように存在していた。そのため、法事ではいつも泥酔してしまうのである。

リビングに行くと美奈がテレビを見ていた。画面には津山の家から程近い七里岩《しちりがいわ》が映っている。

――「山梨県の新府城《しんぷじょう》近くの沼地から、三角縁神獣鏡が見つかりました。今回の発見は三角縁神獣鏡が丁度百枚ということで、『魏志倭人伝《ぎしわじんでん》』に出てきます、魏王が邪馬台国の女王卑弥呼に贈ったものではないか、と早くも論議を呼んでいます。

現地から岡リポーターに伝えて貰いましょう。岡さん」

「はい、岡です。今回の発見は『三角縁神獣鏡が丁度百枚』ということで、ここ七里岩は朝から大勢の考古学ファンや町の人達でごった返しています。皆さんの関心はやはり、女王卑弥呼の墓では？――ということですが、今回の発見は実に偶然だったのです。

この沼は以前から廃棄物処理業者の不法投棄でダイオキシンなど有害な物質が検出され、問題になっていました。周辺の方々の訴えでゴミを撤去したところ、百枚の鏡が発見されたのです。

今朝は、市長の小山田さんに来て頂いています。

どうですか、今回の発見は？」

岡はシックな背広を羽織った小山田にマイクを向けた。

「いやー、私自身びっくりしております。私のしたことがこんな大きな発見になるとは――」

美奈は市長の自慢話が始まると、顔を津山に向けた。

「へー、凄い。こんな近くに卑弥呼の墓だって。聞いてる?」

津山は首を横に振った。二日酔いの津山にとっては、卑弥呼や三角縁神獣鏡といった遥か遠い昔のことではなく、まったく記憶のない昨日のことの方がずっと問題だった。

ニュースは次の話題に移っている。

「あっ、卑弥呼だ。卑弥呼よ。ねえ、パパ」

「お父さんだ。朝から卑弥呼、卑弥呼って…。それより、お爺ちゃんはどうしたんだ?」

「ゲートボール」

美奈は短く答えると、うるさいとばかりに手で遮った。


――「今朝は素敵なお客様をお呼びしています。幾つもの会社や病院の経営者で、ファッションデザイナーでもあり、数多くの著書をもち、女性のカリスマ的存在。そして昨年、ヌード写真集で多くの男性ファンを魅了したと言えば、もう皆さん、お分かりでしょう。そうです、こちらは現代の卑弥呼さんです」

紹介された女は、胸の大きく開いた黄色のロングドレスを着て登場した。今にもこぼれそうな豊かな胸を強調するかのように、胸の谷間を軽く手で押さえている。

女性司会者は、中央のテーブルを挟んで画面の右に座るよう促している。

女は笑顔で応じると、ゆっくりソファに座った。ドレスの真ん中のスリットが開き、肉付きのいい長い脚がスラリと現れた。テレビの画面からも、しっとりとした艶やかな肌に見える。

司会者は、卑弥呼の装いを一応に褒めてから、インタビューに入った。

「今回甲府においでになった理由から、お聞かせください」

「今週から甲府の画廊で、油絵の個展を開いていますの。東京の銀座でも開いたのですが、こちらでも是非にと言われまして」

卑弥呼は軽やかな調子で答えた。

「私も先日拝見せて頂きましたが、〈魅惑〉と表現したら宜しいのでしょうか？　女の私でも、うっとりするようなセクシーな裸婦画ですね。個展には男性ファンばかりでなく、若い女性も大勢来られていましたが、吸い込まれそうな美しい女性のヌードでした」

女性の司会者でも気になるのか、豊かな胸を時折眩しそうに見ている。

「お褒め頂いて有り難うございます。どの作品も理想の女性を描いたつもりですの」

「あれは、卑弥呼さんご自身がモデル、とお聞きしていますが」

「さぁ、それはどうでしょう。ご覧になった方のご想像にお任せしますわ」

卑弥呼はうっとりするような笑みを湛えている。

「そう言えば、今年、エステのお店と美容整形の病院を山梨にも作られるとお聞きしていますが、卑弥呼さんはすべてにおいて〈女性の最高美〉を追求なさっているそうですね」

「ええ、それが私のグループ会社の企業理念ですから。女性は美しくあるべきですし、誰でも美しくなれる。ただ残念なことに多くの女性は、それに気付いていらっしゃらないのです」

「ちょっと話が横道にそれますが、卑弥呼さんは銀座・赤坂・新宿、そして最近甲府にと、高級クラブやその他の風俗産業に幅広く関わっていらっしゃいますが、それらは、やはり殿方のため、と考えて宜しいのでしょうか？」

司会者は、やや厭味とも取れる質問を浴びせた。男をわざと「殿方」と表現した裏には、卑弥呼が経営する〈クラブ・ヒミコ〉が、政治家や財界人の愛人クラブではないかという噂を揶揄《やゆ》したものだろう。

卑弥呼はそれを察知したのか、一瞬笑みを納めると、脚を組み替え平然と答えた。

「私は企業家ですが、いつも誤解されるのは女だからです。しかも私を一番誤解なさっているのは、知性も教養もあって、こういう第一線で働いている貴女のような女性です。本当に残念ですわ。

先程の質問は〈クラブ・ヒミコ〉を皮肉、いえ卑下なさったものでしょうが、卑弥呼達――うちでは女の子をそう申していますけど、卑弥呼達は、私の経営していますビジネススクールの秘書科を出て、秘書としての知識を身につけているんです。ですから、財界・政界の方々からの引き合いも多いのです。トップの方がスケジュール管理をする秘書をご自身で選ぶ――これが私のニュービジネスです。一部のマスコミで言われているようなものでは、決してありませんわ」

「でも、東京ではイメージクラブでしたか、ソープランドまがいのような風俗店も、かなり幅広くなさっているようですが？」

司会者は更に突っ込んだ質問をした。

「だからと言って、法に触れるようなことは一切ありません。そういう場も社会には必要です。色々な職業があって、この社会は成り立っていますのよ」卑弥呼は非難するような目で女性司会者を睨んだ。「世の中には大学や短大を出ても、この不景気のさ中、女というだけで就職口の無い方や、主婦で働きたくても何の技能もない方々が大勢いらっしゃいます。

別にソープランドを特別肯定も否定もしませんが、貴女のようにそういう労働を卑下なさっている方には、私のビジネスなど到底理解出来ないでしょうね」

卑弥呼は毅然とした態度で司会者を見据えた。女性司会者はやや動揺している。

「いいえ、そういう意味で言いましたのではなく――」

「あら、どういう意味かしら？　私には職業差別、いえ、一生懸命自立しようと頑張っている女性の方々の職種を、事情も知らず批判して、ただ蔑視なさっているように聞こえましたが。テレビをご覧の女性はどう思ったかしら」

卑弥呼は司会者の意図を知ってか、巧みに話の方向を変えている。

「い、いいえ。そうではなく、つまり――」

「つまり、何ですの？」畳み込むように詰め寄っている。「女の立場はまだまだ弱いもの。女が一人で生きていくことは大変なんですのよ。

それとも貴女は、女は一生、炊事洗濯、子供の世話と、家事一切をして、美しくなることも忘れボロボロになって、男に尽くして生きていけばいいとでも仰りたいのかしら？」

「いえ……」司会者は苦渋な表情で下を向いた。そして、少し間があってから何か閃いたのか、ポンと手を打った。「適材適所…、いいえ、駆け込み寺。そう、駆け込み寺です！　つまり、女の自立を目指す場であり、優秀な人材を呼び込む、駆け込み寺と言いたかったのです」

「駆け込み寺？」卑弥呼は意地悪そうにきっと司会者を睨んだ。「そうね、駆け込み寺ねぇ。旨いこと仰るわね。その通り、現代女性の駆け込み寺ですわ。そう言えば、うちの卑弥呼達の中には一度結婚に失敗したり、暴力亭主から逃げてきたりと、色々苦労している方がいますのよ」

司会者は大きく頷くと、得たりとばかりに勢いづいた。

「そういう弱い立場の女性が全国には、大勢いらっしゃると思うのですが、ぜひ卑弥呼さんの元で自立していって欲しいものですね」

「そうですね。及ばずながらお力になれると思いますわ」

「最後に、テレビをご覧のファンの方々に、一言お願いします」

司会者はまとめに入ると、額に滲んだ汗を小さく畳んだハンカチで押さえていた。

卑弥呼は、その様子を嘲笑うかのように見てから、カメラに向かった。

「女性の美しさは、生き方で決まると言ってもいいでしょう。今、鏡を見て自分の顔が以前よりやつれたなと思ったら、生き方を変えるべきです。相談する友人がいないのでしたら、私に話してみてください。貴女自身、気付いていない美しさを、私が引き出して差し上げますわ。これからの女性は、自分を磨いてもっと積極的に生きるべきです」

卑弥呼はにっこり笑った。

「有り難うございました。今朝のお客様は、人生を本当に謳歌なさっています、企業家の卑弥呼さんでした」

司会者はほっとしたようにカメラに顔を向けた――。

ああいう表面を綺麗な言葉で飾る類《たぐい》が一番危険なんだ――と、津山は酒臭い息を吐きながら思った。

あの卑弥呼が経営する怪しげな風俗店が甲府に出来てからというもの、表には出ないが何かと噂がある。売春をしているというタレ込みもあって、実際、警察は目を光らせている。しかし、バックに政治家の影が見え隠れしているため、県警の上層部は消極的だった。

「卑弥呼さんて、何を言っても格好つくわよね」美奈は羨望の眼差しを向けている。「もっと自由で自信を持って生きるべきか。そうよね。あんな色眼鏡でしか物を見れない司会者のような女が、結局、女の自立を邪魔しているんだわ。やはり女の敵は女か…」

「ふん。尤もらしいことを言ってはいるが、所詮、虚の世界だな」

「そうかしら、見解の相違ね。私はそうは思わないわ。卑弥呼さんの生き方は、全女性の憧れよ。ねぇ、ところで、卑弥呼さんって、死んだ母さんに何となく雰囲気、似てない？　勿論、あんなにグラマラスじゃなかったけれど」

「うん？…」そう言われてみると、二重の大きな目は妻の奈津子に似てなくもない。「いや。あんなすかした派手な女じゃなかったよ、母さんは」

「そうかなぁ、似ていると思うけど。あーあ、私、母さんに似れば良かったな。そうすればもう少し美人だったのに…」

美奈は残念そうにテレビのスイッチを切った。

確かに、美奈の言う通り、やや大きな丸顔に一重の目は津山そっくりだ。五十メートル離れていても二人で歩いていれば、どう見ても一目瞭然、親子と分かる。奈津子に似ればかなりの美人になったであろう。美奈はことあるごとにその事を持ち出しては恨めしそうに津山の顔を見て言うが、父親にとってこれほど嬉しいことはない。

「そんなことより、美奈。きょうは会社に行かなくていいのか？」

美奈は慌てて壁の時計を見た。

「脅かさないでよ。まだ八時前じゃん」

「あの時計、一昨日から止まってるんだ、電池切れで。今九時だぞ」

「えっ、ヤバイ、遅刻だ。それよりパパだって行かなくていいの？」

「パパじゃなく、お父さんだ。きょうは午後から。差し迫った事件もないし、朝風呂にゆっくりつかってから出るよ」

「けっ、この税金泥棒。その食器ぐらい洗っておけよ、オヤジ」

美奈は毒づくと、ハンドバッグを掴んで慌てて出ていった。と同時に電話が鳴った。

「事件だ」刑事部長の深沢の声だった。「午後出の予定で悪いが、すぐ来てくれ。事態は急を要す。詳しいことは後で」

深沢は厳しい声で用件だけ言うと、一方的に切ってしまった。

「事態は急を要す？……」

津山はぼーっとした頭で、とりあえず着替えにかかった。


県警本部長室に入ると、本部長の飯野をはじめ、副本部長の児島と刑事部長の深沢が、部屋の中央にある丸テーブルを囲んでいた。末席には交通部の部長が入院中のため、代理として津山と同期の箕田が、沈鬱な表情でテーブルの真ん中にある灰皿を見つめ、何か考え込んでいる。

「厄介な事件が起きた。誘拐事件だ」

津山の顔を見てすぐ声をかけてきたのは、深沢だった。その後を、五十過ぎの小太りで頭が禿げあがった、副本部長の児島が引き取った。

「誘拐されたのは春日居《かすがい》の旅館天野屋の女将、天野照子さん、四十歳。犯人は昨日の夕刻電話で、身代金一千万円を要求してきている。勿論、警察に通報すると人質の命は無いと言っている」

「……四十歳。一千万円…」

「とにかく人命尊重を最優先して、ことにあたって貰いたい」児島は交通課の箕田に向き直った。「箕田君。今捜査中のひき逃げ事件だが、春日居周辺の聞き込みは直ちに中止してくれ。誘拐とは別件だが、犯人から誤解されて人質の命が危険に晒されては困るからな」

「分かりました」

「ひき逃げ事件？」津山が訊いた。「天野屋と同じ春日居町で？」

「ああ、石和町と春日居町の丁度中間の農道で、二日前ひき逃げがあったんだ。現場には被害者のものと思われる多量の血痕があって、今のところ容疑者の車は勿論、被害者も見つかっていない。ま、これで益々遅れるよ」

箕田は渋い表情で溜息をついた。

「二日前？……」

「どうかしたのか？　津山君」

本部長の飯野が訊いた。髪は真っ白で七三にきちんと分けていて、本部長らしい貫禄と品を漂わせている。

「ちょっと引っかかるんですが、未成年ならともかく、四十歳の——」

「女性の誘拐ではおかしいと言うのかね。では、拉致と言い換えてもいい。今は言葉の不自然さを言っている時ではないと思うが」

飯野は畳み込むように言った。

「そうですが。では、何で身代金が一千万円なんでしょう？ 天野屋と言えば誰でも知っている春日居の老舗旅館ですし、今や県内最大手の旅館です。そこの女将の身代金が一千万円なんて、少し不自然ではありませんか？」

天野屋は甲府盆地の東、有名な石和温泉の隣りの春日居町にある。春日居町は元々は甲州街道筋の宿場町で、山梨岡神社・加茂春日神社・長谷寺などの古社古刹《こさつ》が点在している、かつての甲斐の文化・行政の中心だった所である。

昭和三十六年、隣の石和町の葡萄畑から偶然にも温泉が湧き出し、後に『岩戸景気』と呼ばれる好景気のさ中、幾つもの新しい温泉旅館やホテルが出現し、街は一変した。また、それに続いて春日居町でも温泉が湧き出したことから、石和温泉と合わせて笛吹川《ふえふきがわ》一帯に一大温泉郷を形成していった、比較的新しい温泉街である。

中でも宿場町の頃から旅館として歴史ある天野屋は、皇室をはじめ政財界や文化人が利用する格式のある旅館として一目おかれ、今や甲信地区では最大手の旅館チェーンになっている。

津山の問いに四人が「なるほど」と頷いている。津山は続けた。

「しかも、春日居町のひき逃げというのが、ちょっと引っかかります。偶然とは思いますが、同じ春日居町ですから——」

「そうか!」津山の言葉を遮ったのは箕田だった。「天野屋の女将は、もうすでに死んでいる。うん、間違いない」

「すでに死んでいる?」

児島は火の付いていない煙草をくわえたまま、箕田を見返した。

「ええ。誘拐犯から電話があったのが、昨日、五月六日の夕刻。春日居のひき逃げがあったのは五日未明です。残念ながら未だに被害者は見つかっていません。出血の量からすると、すでに死亡している可能性があります。もっとも、病院に運べば別でしょうが、県内のどの病院にも該当する急患はいません」

「で、その—何が言いたいんだね?」

児島は険しい目つきで箕田を睨んだ。

「恐らく、はねられたのは天野屋の女将だったのではないでしょうか? 初めは遺体をどこかに隠そうと考えたが、場所を探しているうちに妙な考えが浮かんだ」

「それで、誘拐か」

「ええ。女将が死んでしまったので誘拐事件を思いついた」

「なるほど…、それはあるかもしれんな」

児島は大きく頷いた。箕田は名探偵宜しく腕組みをしている。

「それは短絡的過ぎる」言下に否定したのは飯野だった。「もしひき逃げなら、例え相手を死亡させたにせよ、業務上過失致死だ。しかし、これが営利目的の誘拐となれば話は別だ。較べものにならないくらい罪は重くなってしまう。勿論、罪の重い軽いを問題にしている訳ではないが、君の言う通り、途中で気が変わったとしても、誘拐に持っていけば、我々警察を介入させてしまうというリスクを背負うことになる。高々一千万円でそんな危険を冒すとは考えにくい。どこか山に死体を埋めた方が簡単ではないかね」

児島は煙草を箱に戻し溜息をついている。飯野は続けた。

「また、現場が近いというだけで、安易に結びつけるのは如何なものかと思う。そういう先入観が真実を見誤らせる原因にもなりかねない。ただ、津山君の言うように、県内最大手の天野屋の女将の身代金が一千万円とは、確かにおかしな話かもしれん。私もその点を見落としていた。充分検討する余地はある」

津山は何か考え込んでいる。

「とにかく、この件は津山君のチームで──」と、刑事部長の深沢がまとめようとした時だった。

「うーん。箕田の推理は当たっているかもしれませんよ」話を蒸し返すように津山が言った。

「箕田の推理通りだとすれば、女将は生きています。車ではねたのが偶然天野屋の女将で、箕田の推理とは反対に思った程重傷ではなく、二、三日で回復すると考えた。それで――」

「馬鹿なことを言わんでくれ。君も言った通り、では、どうして身代金が一千万円なんだね。誘拐というリスクを考えても、天野屋の女将だと知っていたら、五千万、いや一億円は要求するだろう」

児島は苛立った面持ちで訊いた。

「そこです。最初から計画的に天野屋の女将を誘拐したのでしたら、身代金の一千万円は確かに額が少な過ぎます。ところが突発的な事故で、しかも後先を考えない単なる思いつきだとしたら、おかしくはありません。

恐らく犯人はそれぐらいだったら警察に言わず、天野屋が支払うと軽く考えたのでしょう」

「後先を考えない単なる思いつき…。しかし、いくら思いつきにしても、誘拐はリスクが大き過ぎると思うが…」児島は納得していない様子で薄くなった頭を撫でた。「では犯人は、石和・春日居温泉付近の人間ということか…。しかし、もしそうだとしても、顔を見られた犯人は、女将を口封じのためにいずれ殺すのではないかな、津山――」

「そうさせないようにするのが我々警察の仕事だ。児島君」業を煮やしたように遮ったのは、飯野だった。「今は女将の生死や、身代金の多少を論じている時ではない」

「あ、はい。仰る通りです」

最悪のことを考えれば確かに児島の言う通りであるが、今の段階でいくら論議したところで、すべては推論でしかない。また、飯野の言う通り、誤った先入観は真実を見誤らせるばかりでなく、悪戯に時間を費やしてしまうことにもなる。飯野は県警本部長として、そういう論議の暴走に水を差したのだろう。

「とにかく、今後の犯人の出方を待つしかない。津山君達は、犯人に気付かれないよう、速やかに天野屋に潜入して対処してくれ。人命を最優先に考え、全員くれぐれも慎重にな」

飯野は厳しく指示を出すと、腕時計を見て忙しく席をたって部屋を出ていった。児島と深沢もすぐ後に続いた。

箕田はそれを見届けると、大きく息を吐いてネクタイを緩めた。

「津山。慣れない推理などするもんじゃないな」

「だが、お前が言ったように、同一犯の可能性もないわけではない」

「もういいよ。もし俺がひき逃げの犯人だとしても、誘拐なんか考えずに死体をどこかに埋めるよ。山梨は山が多いからな。本部長の言う通り過失致死と誘拐じゃ、罪の重さが違いすぎる」

「冷静に考えればそうだが、犯人は我々と同じように罪の重い軽いという見地で、物事を考えるだろうか?」

箕田は津山の肩を叩きながら窓の外を眺めていた。もうこれ以上何も言うな、という箕田のいつもの合図である。

窓からは、夕陽に照らされたオレンジ色の富士山が見えていた。

正午過ぎ、津山は宿泊客に紛れて天野屋の送迎バスを降りた。部下の中田はいかにも若いお付きという感じで、大きなボストンバッグを持ち後に続いている。どう見ても刑事には見えない。特に津山は普段とは違い、一張羅のスーツに真新しい革靴で、まるで別人のようだ。

二人がフロントに着くと、番頭の沼田と仲居頭の平井が出迎えた。

沼田は六十歳過ぎぐらいだろうか、頭が薄く白髪まじりで、天野屋の名入りの半纏《はんてん》が板に付いている。平井の方は五十歳中程のやや太りぎみで、濃紺の着物が窮屈に見える。

「先生、よくお出でくださいました。お部屋の用意も出来ております」

沼田が一瞬津山と目を合わせてから、手慣れた様子で挨拶をした。

津山もそれにあわせたように軽く会釈をしながら、さりげなく辺りを見回した。

天野屋のロビーはゴールデンウィークが終わったにも拘わらず、世間の不景気など無関係であるかのように、大勢の客で賑わっている。老若男女、若いカップルや家族連れ、ゴルフ仲間の中年男性もいれば、こういう場所に欠かせない中年のオバサン集団も何組かいる。その間を天野屋の仲居達が客の応対に追われ、忙しなく働いていた。

平井は津山のボストンバッグを太った体に巻き付けるように肩に掛け、部屋に案内するため歩き出した。

「平井さん、重いでしょう。中田に持たせますよ」

津山は、額から汗を噴き出している平井が気の毒で、小声で声をかけた。鞄の中には逆探知機などの機材が入っていて、コンパクトに見えるがそれでもかなり重い。

「いえ、大丈夫です。お客様に持って頂いたら、仲居頭が笑われます」

誘拐事件のせいか、平井の言い方には張りつめたものを感じる。もっとも、いくら大変でもこれが仲居の仕事なのだ。ましてや仲居頭ともなれば、他の仲居に対して範を示さなくてはならない。それに天野屋の女将が誘拐されたことは、天野屋内部でも数人しか知らないはずである。それを平井は悟られまいとしているのかもしれない。

津山と中田は、言われるまま後に従い、エレベーターで八階に上がった。

部屋数は五つで、すべてスイートルーム。その奥にプライベート兼、社長室の女将の部屋がある。津山達はそこへ案内された。

部屋は広く仕切りのないリビングのようで、窓側に女将のものらしい洒落たデスクがあり、手前に応接セットが置いてあった。これといって豪華な調度品はなく、こざっぱりとしている。壁には、女将の手によるものなのか、書の掛け軸があった。

――欲深き人の心と降る雪は　積もるにつれて道を失う――

〈幕末の三舟〉のひとり、高橋泥舟《でいしゅう》の句である。恐らく座右の銘なのだろう。女将の堅実さがうかがいしれる。

津山は一応の挨拶を済ませると、沼田とソファに腰をおろした。中田はすでに逆探知機の取り付けにかかっている。

「大きい旅館ですね。昔の天野屋さんとはだいぶ違いますね」

津山は二人の緊張をほぐすつもりで訊ねた。

「ほう、刑事さん。昔の天野屋をご存知ですか?」

沼田は意外といった表情で訊き返した。

「いや、泊まったことはありませんが、若い頃、政府の要人の警備でちょっと…。あの頃は確か、自慢の露天風呂がありましたよね?」

「今もありますよ、それに昔の天野屋も。もう八年にもなりますか。ここは元々葡萄園でして、そこに新館を建てたわけです。今の会長——女将さんの親父さんなんですがね、会長の夢がこの新館を建てることだったんですよ」

「会長は確か、天野勇さん、でしたか?」

「ええ、そうです。五年前に脳溢血《のういっけつ》で倒れまして、それからはすべてを女将さんに譲られて、今は隠居してます。旧館と呼んでいる以前の天野屋は、昔のお馴染みさんが懐かしんで来るぐらいで殆ど使っていませんでしたが、一昨年でしたか、テレビや雑誌で紹介されてからは若い女性に人気が出ましてね。それで今は旧館もよくご利用なさって頂いてます」

番頭の沼田は淡々と説明した。女将が誘拐されたにも拘わらず、沼田の表情には仲居頭の平井ほどの緊迫感はない。

津山は不思議に思いつつも、いつもの通り手帖を出し本題に入った。

「ところで、二、三伺いたいのですが。女将さんを最後に見かけたのは、いつですか？」

「それは私より平井の方が。平井さん、あれはいつだったかな」

平井はお茶の用意の手を止めて、記憶を探るように答えた。

「確か、三日前の五月五日の夜九時前、ジョンの散歩に出られたのが最後です。あー、ジョンは犬のことです。女将さんが五年程前に知り合いから貰った三河犬です」

平井は沼田とは違い、言葉の端々に緊張が見られる。

「散歩は女将さんの日課だったのですか？　つまりそのー、毎日同じ時間にという意味で」

「いいえ。毎日同じ時間というわけではありませんが、お客様への挨拶が終わると、よくジョンと散歩に出掛けられていました。女将さんがひとりになれる唯一の時間なんです。でもゴールデンウィーク中は忙しくて。あの日は確か…」平井は眉間に皺をよせながら真剣に想い出そうとしている。「一度ご自分の部屋に戻られてからお出かけになりました。ただ、その時間帯は、私達仲居は宴会場と厨房を行ったり来たりしてますので、はっきりとは覚えていませんが…」

平井が話している間も沼田は、逆探知機の取り付けに興味があるらしく、中田に質問ばかりしている。

「その時、いやその前でも結構ですが、何か変わったことはありませんでしたか？」

「変わったこと、ですか…。別に無かったと思います。沼田さん、どう？　何か見た？」

平井は青ざめた様子で沼田に訊ねた。

「変わったことねー」沼田はゆっくりお茶を啜ってから答えた。「うーん。あ、そうだ。巌《がん》さんが見えていました。会長の実の弟で、天野巌《いわお》といいますが、従業員の間では『がんさん』と呼ばれてます。

あの日は、女連れで女将さんに会いに来てましたよ。確か昼の一時ぐらいだったと思いますが。三十分程して、またその女の人とお帰りになられました」

「それなら私も見たわ。巌さん、いつもサングラスをかけた女の方と、よくここへ来られます」

「ほう、サングラスをかけた女の方と。で、他に特徴は？」

「髪の長い、四十歳前後のすらっとした方です。一カ月に一度はご一緒に来られますよ」

「月に一度ですか……」

津山はここへ来る前、警察で天野家についての資料に目を通していたので、天野巌の名前は知っていた。

「テン・ワイナリーの社長でしょう？」逆探知機の取り付けを終えた、中田が口を挟んだ。「この前、新聞に載ってましたよ。最近のワインブームでかなり儲かってるみたいです」

「そうなんです」沼田が引き取った。「ここの副社長でもあるんですがね。わしは客商売は苦手だとか言って、一カ月に一度程しかここへは来ませんよ。ま、もっとも本業はワインの方ですから、しょっちゅう営業で全国を飛び回っているようで、山梨にもあまりいないみたいです。

ま、それでも女将さんのことはとっても可愛がっていまして、それは自分の子供以上ですよ」

「連れの女性はサングラス以外に、何かお気付きの点はありませんか？」

「そうですなぁ。てっきり巌さんの愛人だと思ってましたから、あまりジロジロ見るのは遠慮してたんですよ。巌さんも嫌いな方じゃないですからね、へへへ…」

沼田は品のない笑いをすると、内ポケットから煙草を出しくゆらした。

「沼田さん。失礼ですが、女将さんが誘拐されたというのに心配ではないのですか？」

津山は、沼田のあまりにくだけた態度に疑問を投げかけた。

「そりゃ、心配ですよ。女将さんが亡くなったら、この天野屋は終わりですから。でもね、あんた方警察にお任せしたんですから、もう心配はしてませんよ」

その言い方は、もう自分には責任がないとでも言いたいような話し方だ。津山は不快な感情を押し殺しつつ質問を続けた。

「ところで、女将さんは独身と伺っていますが、誰かお付き合いしていた方、いえ、過去でもいいのですが、いらっしゃいませんか？」

「まったく、いません。仕事一筋。まるでこの天野屋を大きくするために、生まれてきたような人ですよ。ま、何と言いますか——」

「そうだ！」突然、平井が何か思いついたように叫んだ。「そう言えば、あの散歩の時、女将さんお着物でした」

その声に、沼田は吸いかけの煙草を落としてしまった。

「馬鹿言え、当たり前だろ！　天野屋の女将なんだからな」

沼田は不快そうに怒鳴った。

「あのね。沼田さんは知らんようですけど、女将さんは必ずジャージに着替えられるんです。あんたね、着物で犬の散歩が出来ると思ってんの？　ジョンはグイグイ引っ張る三河犬なのよ」

平井は怒鳴られた仕返しに厭味たっぷりに言った。

「ほう、着物で…」

津山は然《さ》したる問題ではないと思いつつも、一応メモを取った。平井は沼田と違って、女将のことを心底心配しているらしく、少しでも役に立ちたいと思っているようだ。

平井は沼田を険悪な表情で睨み付けていた。

津山は、この気まずさを一掃しようと話題を変えた。

「ところで。照子さんの妹、昼子さんは今どちらにおいでですか？」

「あら、懐かしい名前を久々に聞いたわ。昼子さん、ここを出てもう何年になるかしら」

「ここにはいらっしゃらないのですか？」

「ええ。確か高校出てすぐ東京へ。よほど居辛かったのでしょうね」

平井は感慨深げに言った。

「しょうがないで、前の奥さんの不倫の子だから。今頃手切れ金で水商売でもやってるさ」

「そうよね。奥様に似て男好きのする顔立ちだもんね」

「手切れ金、ですか？」

「ええ。会長はよく出来た方なんですが、やはり奥様が浮気して他人の種で出来た昼子さんとは、最後まで親子にはなれなかったみたいです。だから、昼子さんが高校を卒業して東京の美大へ行きたいと言い出した時に、会長、無言で五千万円を出したそうですよ。

昼子さんもその意味が分かったらしく、それ以来二度と見えません。ま、十五年も前の五千万円ですからね、当時としては相当な手切れ金ですよ」

「十五年前……。では、居所もなにも？」

沼田も平井も頭を横に振った。

「ただ、この前、テレビに出ていた何とかという人、昼子さんによく似てたわねぇ」平井は独り言のように呟いた。「ま、他人のそら似でしょうけどね」

津山は質問を続けた。

「ところで六日のことですが、女将さんがいないことに気付かれた方は、他には？」

「誰もいなかったんじゃないかなぁ。なあ、平井さん」

沼田に同意を求められた平井も、神妙に頷いた。

「ほう。女将さんがいないのに、誰も変とは思わなかったんですか？」

「いや、いると思ってるから別に探さないだけです。六日は連休明けで、お帰りになるお客さんで、ロビーはもう戦争のようでしたし、最近は連休明けを狙って来るお客さんも多いですから、その準備でみんな自分の仕事で精一杯です。人のことはあまり気にしてはおれんのですよ」

「そういうもんですかねぇ?」

「ええ。女将さんが出てくる前に、我々も色々と準備をしなければなりませんから。ま、もっとも女将さんの方も、色々裏方の仕事があるわけで。それが終わると、夕方からお客さんの部屋に挨拶に回る、それが女将の仕事です」

「なるほど。夕方までは女将さんの姿は見かけないわけですか…」

納得していない津山の様子を見て、沼田が補足した。

「いや、見かけても用がない限り、こちらからは特別話し掛けません。あんた方も県警本部長やお偉いさんを見かけても、用がなければ一々話し掛けんでしょう。同じですわ」

「まあ、そうですな」

苦笑いしながらも、尤もなことだと思った。

「それにあの電話があってからは、まさかみんなを集めて、女将さんが誘拐されたので最後にどこで見たかなんて、訊けんでしょうが」

「ま、それもそうですが。で、犯人からの電話は、どなたが取られたのですか?」

「私です」平井が神妙に応えた。「男の声でした。だいたい最初イタズラ電話だと思ったくらいで、二回目に沼田さんに代われって言われた時に初めて、本当かもしれないって」

「では、犯人は二回も電話を。しかも、沼田さんを指名してきたんですね？」

「刑事さん」沼田は不愉快とばかりに口を挟んだ。「言っておきますがね、私には誘拐犯の知り合いはいませんよ。私の名前ぐらいはその気になれば幾らでも調べられますからね」

「分かってますよ。で、平井さん、二回目には何と？」

「沼田はいま席を外してるって言ったら、凄んできたんです。お前のところの女将を誘拐した…身代金は一千万円。警察に連絡したら殺す…冗談で電話してるんじゃない、とか何とか最後に言ってましたけど、怖くて切ってしまったんです」

「で、その後犯人からは何の連絡も無いんですね」

「ええ。私、もう怖くて、その事を沼田さんに…」

平井は不安な表情で沼田に同意を求めた。

沼田は初めて緊張した面持ちで頷くと、後を引き取った。

「私も初めてのことで、どうしていいのか…。こういうことは、やはり警察に連絡した方がいいと考えまして、私と平井で相談して」

「つまり、このことはお二人以外には？　会長さんにも？」

二人は大仰に首を左右に振った。

「会長はもう歳で惚けてますから。それこそ、こんなことを伝えてショック死でもされたら、葬儀や何やかやで、余計話が面倒になります」

「なるほど。しかし、こういう場合、犯人も言った通り我々警察に連絡すると、人質といいますか、女将さんの命に危険が生じるとは思わなかったのですか？」

津山は別に他意はなく素朴に質問したつもりだったが、言葉としては不用意だったらしい。

「ちょっと、刑事さん。それでは何ですか、警察に連絡したのは、軽率だったとでも言われるのですか？」

沼田は心外とばかりに津山を睨んだ。平井も何という刑事だと言いたげな顔だ。彼らが怒るのも無理はないが、過去の誘拐事件のうち、悲惨な結末を迎えたものは少なくない。

津山は、誘拐犯からの電話の件をその日のうちに警察に連絡してきたことに、やや不自然さを感じていた。だが、見るからに小心なこの二人には考える術もなく、一分でも早く恐怖から逃れたかったにちがいない——と思った。

「いや、あの、そうではなくて…」言葉に詰まった。「とにかく、今後は我々が待機しますから安心してください」

とは言ったものの、津山にはまだ何の方策もなかった。もっとも、今は犯人からの連絡を待つしかない。津山は、天野巌と一緒にいたサングラスの女の存在が気になっていた。

（テン・ワイナリーに電話を入れてみるか——）

八階から見下ろす甲府盆地は、事件とは無関係のように五月の陽射しに包まれていて、近くにいる犬の遠吠えだけが空しく響いていた。

3

三枝《さえぐさ》は満員の特急〈あずさ〉の指定席車輛を通り抜け、やっとの思いでグリーン車に着いた。手には重そうなジュラルミンケース、肩からは黒のショルダーバッグを下げている。

「ゴールデンウィークが終わっても、やはり土曜日は混むな」

三枝は呟きながら、窓側の席に着くとハンカチで汗を拭った。ジュラルミンケースには、相当大事なものが入っているらしく、足下に置いて両足で挟んでいる。

三枝典男、五十歳。国立T大学の考古学の教授である。

足下のジュラルミンケースには、先頃山梨で発見された三角縁神獣鏡が入っている。N市長の小山田から鑑定依頼されたもので、山梨へはその報告を兼ねて、現地調査に赴くところだった。

「ふふふ…。ついに私の時代がやってきたか」

三枝は、窓から見える新宿の高層ビル群を見上げながらほくそ笑んだ。二週間調べた結果に、満足感とある種の期待があったからだ。

「先生、何か楽しそうですわね」

突然、背後から女の声がした。

驚いて振り向くと、サングラスをかけた若い女が立っていた。

女は白いミニのニットのワンピースに身を包み、グラマラスな躰を強調するかのように、黒の幅広のベルトですっきりウエストを締めている。頭には、これからイギリスのアスコット競馬場にでも行くかのような、つばの大きな白い帽子を被っていて、肌の白さも手伝って、バカンスに出掛ける貴婦人のような格好に見えた。全体をモノトーンにまとめているせいか、真っ赤なルージュがより印象的に見える。

発車のベルが鳴り列車が動き出すと、女は帽子を取り網棚にのせた。長い髪がふわりと揺れて肩に降りた。女はもう一度三枝を確認するように見てから、笑みを浮かべた。

「先生。窓側に座っても宜しいかしら?」

「え? あ、どうぞ」

三枝は奥の席を譲るために一旦席を立った。目の前を通り過ぎる女から、噎《む》せるような香水が漂ってくる。確か二週間前、三角縁神獣鏡を持って上京してきた小山田が、打ち合わせの後に連れていってくれた、銀座の〈クラブ・ヒミコ〉で出逢ったホステスの一人がこんな香りを漂わせていたような気がする。

三枝は今まで女性にあまり興味を抱いたことがない。女性特有の言動が、三枝の頭では理解できないからである。もっとも、性的に惹かれた時期もあるにはあったが、今はそれすらない。だから、小山田から紹介された時もホステス数人から名刺は貰ったものの、顔すら記憶していなかった。

「あら、お忘れですか？」

女は愛想良く、笑みを湛え訊いてきた。

そう言われても本当に覚えがない。小山田とあのクラブがどんな関係にあるのかは知らないが、帰り際に、髪をアップにした着物姿の女が、「私が山梨にお連れするよう言われてますので」と言われたことは微かに記憶にある。だが思い出せない。ただ、香水は同じような気がする。

「……確か、着物姿の？」

「ええ、そうです。でも初めてですわ。覚えて頂けなかったなんて」

女はサングラスを取って、細い眉を寄せ本当に悲しそうに三枝の顔を見た。

その表情で三枝はようやく思い出した。それは着物姿のというより、数日前に見た写真集と同じ表情だったからである。

「えっ、まさか貴女があの有名な？」もう一度覗き込むように見た。「あっ、卑弥呼さん！」

三枝の急にトーンを上げた声に、女自身驚いている。周りの乗客も一斉に女を見た。

女は三枝の耳元に顔を近づけ、「小さな声で」と囁いた。

「あ、すみません」同じように小声で囁いた。「でも、まさか貴女があの有名な卑弥呼さんとは」

「まぁ、有名だなんて。マスコミが面白おかしく騒いでいるだけですわ。先生、きょうは私が甲府までご案内します」

卑弥呼はやっと安心したように、肘掛けに腕を置いた。

「光栄です、卑弥呼さんのような美しい方にお供して頂けるとは。それより、先日は失礼しました。貴女があの有名な卑弥呼さんとは存じ上げませんで。

しかし、卑弥呼さんの出で立ちには驚かされますなぁ。ハリウッド・スターが来たのかと思いましたよ」

三枝はニットから透けて見える、豊かな胸をさり気なく見て言った。事実、あの夜の着物姿とはまるで違って見える。やはり、女とはまったく得体のしれない未知の動物のようだ。

「実は正直に申しますと、邪馬台国の女王卑弥呼には詳しいのですが、現代の卑弥呼さんについては何も知らなかったのですよ。すみません」

「正直な方ですのね」

卑弥呼はうっとりするような笑みを浮かべ、見つめている。

三枝は、その眼差しに今にも引き込まれそうな想いがした。それは初めて味わう感覚だった。

「どうかなさいました？　先生」

「あ、え、いえ……」三枝は狼狽《うろた》えながらも話題を探した。「あ、そうだ。先日、ゼミの学生達に銀座の〈クラブ・ヒミコ〉へ行ったことがあるなんて言ったら…、と言っても、別に講義の時じゃありませんが、なぜかそんな話になりまして。教え子達が卑弥呼さんについて教えてくれたのですよ、色々と」

「あら、どんなことですの？　先生」

卑弥呼はマスカラで縁取られた目で、じっと見つめている。

三枝はまるで蛇に睨まれた蛙のように、ぽーっと上気していくのが自分でも感じられた。

「あの…、先生?」

「え?」三枝は目を覚ましたように我に返った。「あ、そうそう。いやー、驚きましたよ。卑弥呼さんは色々な会社を経営していらっしゃる企業家であり、また、エッセイや絵も描かれる芸術家だそうですね。まさに多種多芸の奇才、いや、才女と言った方がいいかもしれません」

「まぁ、才女だなんて。お口がお上手でいらっしゃること」

「いえ、お世辞ではありません。まさしく現代の卑弥呼そのものですよ。その上、こんなにも美しい方とは。学生達が騒ぐのも無理はありませんよ。そこへいくと私なんか、土に埋もれた瓦落《がらく》多《た》にしか興味がなくて、最近の情報にはまったく疎いんですよ。ははは…」

三枝は世事の疎さを恥じつつも、どんどん雄弁になっている自分に驚いていた。

「あれこれ手をつけるだけで、何ひとつモノにはなりませんわ。でもT大の学生さんの間で、話題に出るなんて益々光栄ですわ」

「教え子の一人に熱狂的な卑弥呼さんファンがいまして、エッセイ集とヘア・ヌード写真集を貸してくれたんですよ。後学のために、どちらも隅々まで読ませて頂きました。

いやー、実に素晴らしい」

「まぁ、先生ったら。どちらがお気に召したのかしら?」

「無論、両方です。特にエッセイがいい。僕のような堅物には論文は書けても、あのように美しい表現力はまったくありませんから」

「まぁ、お世辞がお上手だこと」

「いや、本当です。特にあの一節が良かった。

『東京は星まで堕落して地を這うように落ちてしまった。私の故郷山梨は、天にも地にもバランスよく星が輝いている。それはまるで命が生まれ出る一つの銀河のように』…でしたか」

「お恥ずかしいですわ、先生。でも、暗記までして頂いて光栄です」

本当に照れているのか、耳まで赤くなっている。それがまた妙に艶っぽい。この甘ったるい声と匂い立つような女の躰が、世間の男達を虜にしてしまうのだろう。

卑弥呼は少し躰を三枝の方にあずけると、ハンドバッグからメンソールの煙草を出した。

三枝は女性とこれ程くっついたのは初めての経験で、女性の髪の香りがこんなにも心地よいとは想像もしていなかった。

とその時だった。突然、幾つもの光が走った。三枝が振り向くと、明らかに週刊誌のカメラマンと分かるジャンパー姿の男が、カメラのシャッターを切っている。

「な、何だね、君は！」

咄嗟に卑弥呼を庇うように、レンズの前に大きく手を広げた。しかし、男はまるでバスケットボールの選手のように巧みにその手から逃れ、執拗にカメラを向け撮り続けている。

「止めないか！」

立とうとすると、卑弥呼が三枝の腕を掴んで制した。卑弥呼は素早く右手を上げ指を鳴らすと、人差し指を前へ動かした。

それに呼応するように、前方から体躯のいい黒の背広姿の男がすくっと立って、ゆっくりこちらに歩いてくる。後ろからも誰かが走ってくる足音がした。こちらも屈強そうな男で、カメラマンの襟元を捕まえるとねじ上げた。

一人がカメラを取りあげ、まるで動物の腸をえぐり出すかのようにフイルムを引き出した。それを卑弥呼に見せるとにっこり頷いて、カメラマンを後ろの方へ連れていった。

あっと言う間の出来事で、まるで映画のワンシーンを見ているようだった。卑弥呼はというと、何事も無かったかのように、車窓から見える景色を楽しんでいる。

考えてみれば、卑弥呼ほどの有名人が無防備で巷を歩くはずがない。今回の山梨行きも、車での移動を薦められたが、閉所恐怖症で渋滞の嫌いな三枝はそれを拒否したのだった。

その後、卑弥呼が用意してきたブランデーの小瓶をワンショットグラスで、注がれるまま数杯飲んだ。卑弥呼の香水が、三枝の理性を奪うかのように漂ってくる。

大月辺りを過ぎて、三枝は沈黙と密着した状態に耐えきれなくなっていた。

「と、ところで、卑弥呼さん。あのエッセイ集には、連絡先など書いてありませんでしたが？」

「まぁ、先生。私にも興味がおありですの？」

「いえ、あの、こういう仕事の縁で、せっかくご一緒出来たものですから、お手紙など…」

三枝は自分の顔が赤くなっていくのが分かった。正直というか嘘が下手というか、こんなことは五十年間まったく縁がなかったのである。

「それはトップシークレットですの」

卑弥呼は甘くうっとりするような口調で言った。

「あ、すいません。それは失礼しました…」

三枝は、子供のように固くなっている。

卑弥呼は小悪魔のような表情で笑うと、わざと三枝の耳に熱い息を吹き掛けた。

三枝の体がビクッと反応した。

卑弥呼は、それを楽しむかのように、三枝の指に自分の指を絡めてきた。

「それより、先生。あの鏡の鑑定結果は、どうでしたの？　本物？　それとも贋物？」

耳元で囁く卑弥呼の言葉と独特の雰囲気に、三枝は魅入られてしまっている。

「そ、それは……。それも、トップシークレットですね」

三枝は精一杯卑弥呼に合わせたつもりだった。

「まあ…」

卑弥呼は三枝の反応に少し驚いたものの、またそれを楽しむように躰をより深く預け、三枝の腕に愛らしい顔をのせ目を閉じた。

特急〈あずさ〉が揺れる度に、卑弥呼の肉体の感触が三枝に微妙に伝わってくる。特に卑弥呼の胸の圧迫感と体温はこの世のものとは思えない。三枝の心臓はどんどん高鳴っていた。

列車は笹子トンネルに差し掛かった。

いつもなら恐怖に感じるトンネルも、今は何ともない。ただ二人が座っているシートだけが、まるで何か未知の世界へ誘われるように、暗い闇に吸い込まれていくのを感じていた。

4

岡島はY大学から帰宅すると、すぐに書斎に入ってテレビのスイッチを付けた。

地元テレビ局が夕方のニュースを流している。

――「先日、新府城近くから発見されました百枚の三角縁神獣鏡は、T大学考古学の三枝教授により、本物という鑑定が下されました。それでは記者会見の模様をご覧ください」

会場には『卑弥呼の鏡か？――新府城跡古墳』と大きな看板が掲げられ、その下にN市長の小山田と三枝が、出土した鏡を真ん中に置いて記者の質問に答えている。

マイクを持つ三枝がアップになった。緊張しているのか、表情が硬く言葉は吃《ども》っている。

「で、では、報告します。二週間近く調べた結果、今回新府城近くから発見されました三角縁神獣鏡は、結論から申しあげますと魏の鏡であると判断しました。い、幾つかの根拠を挙げますと、鏡の銅に含まれている錫の同位体比が中国のものに非常に近いこと。鏡の裏面に『景初《けいしょ》三年』と入った紀年鏡《きねんきょう》であり、銘文に『銅出徐州』『師出洛陽』の文字があったことなどです。た、ただ、今回出土した三角縁神獣鏡が、『魏志倭人伝』に出てくる、魏の皇帝が倭国の女王卑弥呼に贈った百枚の鏡と枚数が一致するからと言って、これが卑弥呼の鏡などとは考古学上早計には決められません。しかし、かなり身分の高い人物の墓であることは確かです」

三枝は用意してあったグラスを震えながら掴んで、水をひと口飲んだ。

そもそも三角縁神獣鏡とは、その名の通り周縁の断面が三角状に尖り、裏面に中国の神話に出てくる東王父や西王母などの神々や、竜などの聖獣の文様があり、また、銘文を持つものも多い、神獣鏡の一種である。大きさは直径二十～二十五センチで、魏鏡や呉鏡と呼ばれる中国鏡の多くが十五センチ前後であるのに対して、かなり大型である。

出土は関東から九州までで、その殆どが近畿地方に集中している。そのうち一カ所からの出土枚数が一番多いのが近年話題になった奈良県の黒塚古墳の三十三枚で、次が京都府の椿井大塚山古墳で三十二枚と、その多くが古墳から出土している。

三角縁神獣鏡が邪馬台国の女王卑弥呼の鏡と呼ばれようになった理由は、中国の歴史書『魏志倭人伝』にある。その中に、倭国卑弥呼が景初三年に遣魏使節団を使わし、男四人女六人・斑布《はんぷ》などの貢ぎ物を贈ったと記されている。

魏の皇帝は、遥々海の彼方から朝貢してきた卑弥呼に、お返しの引き出物を与えることを決定。急ぎ金印や絹織物、特に倭人の喜ぶ銅鏡が制作されたのである。

銅鏡は量産で百枚造らせている。鏡に『景初三年』(西暦二三九年)の年号が刻まれていることから、数カ月のうちに造られたことが分かる。つまり、卑弥呼が使節を送った年と鏡の年号の一致で、三角縁神獣鏡が卑弥呼の鏡と呼ばれるようになったのである。しかし、現在までに出土している三角縁神獣鏡は、全国で四百枚以上。だから話がややこしくなっている。

「では、今回の発見は、卑弥呼とは無関係ということですか?」

スポーツ記者が突っ込みを入れた。

「い、いや、そういうことではありません。皆さんもご存知のことと思いますが、三角縁神獣鏡は中国では未だ一枚も発見されておりません。考古学の学説上、現在はおおよそ二つの説に分かれています。

一つは特鋳説で、中国の皇帝が〈親魏倭王〉卑弥呼のために特別に百枚大量鋳造したのではないかというものです。もう一つは、細かい説明は省きますが、三角縁神獣鏡は魏鏡ではなく、三国志時代、魏と対立していた呉の鏡工人が、海を渡り倭に亡命して造ったもので、卑弥呼の鏡ではないという説です。

私自身は前者の特鋳説を支持しております。ただ今回の発見は三角縁神獣鏡の真偽は無論ですが、その場所に着目して頂きたい。東京にいる時、地図上で推理を立てたのですが、昨日、発掘場所の周辺を、こちらの小山田市長の案内で視察して、ある確信を持ちました。地元の方なら別にどうということはないでしょうが、問題は場所です。

今回の発見場所は七里岩の上であり、北に八ヶ岳、南に甲府盆地、東に塩川、西に甲州街道のほぼ中央に位置します。風水で言うところの北に丘陵の玄武、南にくぼ地・湖の朱雀、東の流水のあるのを青竜、西に大道のあるのを白虎と、四方の神に囲まれた最も貴い地相――四神相応《ししんそうおう》の地であることが分かりました」

「あのー、つまり、結論としてはどういうことになるんでしょうか？」

三枝の長い説明に、業を煮やしたのは地元の新聞記者だった。

「あ、はい。つまり四神相応の地相を持った場所。しかも七里岩全体が大きな丘陵で、日本一の霊峰富士が見える場所です。となると、先程申しましたように、七里岩そのものがかなり身分の高い人物の墓と言うことになります」

先程の新聞記者が手を上げた。顔には笑みがこぼれている。

「三枝先生は東京の人だからご存知ないと思いますが、七里岩は八ヶ岳が噴火した時の溶岩で出来たことぐらいは地元では常識です。それを古墳と言われるのですか？」

会場に嘲笑の渦が広がった。それほど地元にとって三枝の発言は馬鹿げていたのだろう。

三枝の顔は真っ赤になっている。

「み、皆、皆さん、ちょっと最後まで聞いてください。七里岩が八ヶ岳の溶岩で出来たことは、私も知っています。ただそれを利用した墓だと言っているのです。元々、古墳というのは全部土を盛るわけではなく、丘陵を元に削ったり盛ったりして造るのです。仁徳天皇陵や応神天皇陵も丘陵を加工したと言われています。これは労働力を節約するためです。

先にも言いましたように今後の調査は必須です。ただ私個人の考えとしては、邪馬台国の所在地論争は別として、卑弥呼の墓である可能性が大だと言っているのです」

「では、七里岩のどこかに卑弥呼の骨が埋まっているのですか?」と、別の記者が尋ねた。

「か、可能性はあります」

三枝は努めて落ち着き払って答えた。しかし、マイクを持つ手がまだ震えている。その後数人の質問が続いたが、三枝は額に汗を滲ませながら答えていた。

そして間もなく突然、ファンファーレとともに、三枝の後ろから卑弥呼が笑みを浮かべ登場してきた。

今にも透けて見えそうな薄絹の上に、古代風にアレンジされたきらびやかな衣裳を身にまとい、頭には金の冠をつけ、三角縁神獣鏡を高くかざしている。

四方からスポットライトが卑弥呼に当たり、それと同時にドラが鳴った。まさに邪馬台国女王卑弥呼を髣髴《ほうふつ》とさせる、心憎いまでの演出である。

各新聞社のカメラのフラッシュが一斉に光った——。

岡島はようやく書斎のソファに腰をおろした。無言で一点を見つめたまま、今見た記者会見を自分なりに分析している。

その岡島の思索を邪魔するかのように、書斎の電話が鳴った。

地元Y大学学長の市川からだった。用件は、今のニュースについてである。

「一度打診してきた小山田さんが、うちの大学の遺跡調査を断った理由が分かったよ。水面下でT大の考古学教授の三枝氏が動いていたとはな。ところで岡島君、今の説の信憑性はどうかね?」

「うーん、どうと言われましても。今回の三角縁神獣鏡の実物を見ていませんから何とも。ただ、三枝君は考古学者として、勝負に出てきたという感じはしますね。四神相応の地相というのも面白い仮説です。それより、邪馬台国の所在地論争から切り放し、卑弥呼の古墳説だけに持っていくあたりが、実に心憎いといいますか…」

「どういうことかね?」

「邪馬台国の所在地論争にすると、少なくとも畿内説派と九州説派の両者を敵に回します。それでは到底勝ち目はありません。しかし、卑弥呼の墓ということだけであれば畿内説派だけは、味方に付けることが出来ますから、新説としては成立し易いことになります。

ま、とにかく今後、論議を呼ぶのは間違いないでしょう」

「だろうね。しかし、悔しいね。地元Y大学がこうも袖にされるとはな」

市川は不満を漏らしながら電話を切った。

しかし、本当に悔しい思いをしているのは岡島である。

岡島隆正、五十二歳。現在、Y大学で考古学の教壇に立つ一方で、過去山梨で発見された銚子塚古墳や丸山古墳などで知られる、曽根丘陵の発掘調査のメンバーの一人として活躍していた。だから、今回の三角縁神獣鏡の発見は、地元にいる岡島にとっても数十カラットのダイヤモンドに匹敵するくらい魅力がある。しかも、三枝は岡島と同じT大学の二年後輩なのだから、何ともやりきれない気持ちである。

考古学を研究する者にとって新たな古墳や遺跡・遺物との出会いは、金の鉱脈を掘り当てるに等しい。必ずそこから仮説が生まれ、華々しい発表の場が与えられるからである。幾つもの検証を経て、仮説は新説として定着し、発表者の名が学会に残っていく。学者にとっては、この上ない名誉である。

岡島は窓から見える、七里岩の上に立っている真っ白な平和観音像を、複雑な思いで見つめていた。

第二章　黄色いバッグ

1

津山と部下の中田は、一週間ぶりに山梨県警本部に戻ってきた。

誘拐事件の捜査の方は何ら進展はなく、犯人からの連絡もない。張り込みは引き続いているものの、犯人に面が割れないための用心として、別の班と交代してきたのである。

気になるテン・ワイナリーの社長天野巌の行方だが、番頭の沼田の言う通り、社員に訊いても営業のため全国を飛び回っているらしく未だ居場所が掴めずにいる。ことがことだけに、あまり突っ込み過ぎると薮蛇になる。それでなくともテン・ワイナリーの社員は、刑事が電話をかけてきたことで、すでに疑心暗鬼になっている様子だった。捜査は極秘裏に進めているだけに、誘拐事件が一般人から漏れることはあってはならない。

天野屋の方では、女将が一週間も姿を見せないのを、番頭の沼田が社員に上手く伝えたようで、不審に思う者はいなかった。ただ、張り込みの翌日に天野巌から連絡が入り、電話に出た仲居頭の平井が不注意にも、女将が誘拐されたことを告げてしまっている。にも拘わらず、それ以降も、天野巌は姿を見せるどころか、何の連絡もしてこなかった。

「女将が誘拐されたというのに、天野巌は心配じゃないんですかね。仕事でどこを飛び回っているかは知りませんが、自分の子供以上に可愛がっているという割には冷たいものですね」

と、中田までが天野巌の行動に不審を抱いていた。

捜査上、収穫と言えるのは、女将の照子が飼っていた三河犬の首輪に、人間のものと思われる血液が付着していたことだった。犯人が女将を拉致した時に着いたものなのかは分からないが、唯一の物的証拠である。この犬だけが犯人を目撃しているのかもしれない。

津山が県警本部に入ると、階段の途中で高校生ぐらいの少年と、連行してきたと思われる少年係の巡査長と出会った。少年は髪の毛をオールバックにし、体型よりやや大きめの黒のジャケットを羽織っていて、いかにも悪そうな目つきで津山をチラッと見た。

「どうしたんだ？　この子は」

津山は巡査長に声を掛けた。

「あ、どうも警部。今、丸の内の交番から引き取って来たんです。幾つだと思います？　こんな格好してますけど中学生ですよ」

「ほう。で、何しでかしたんだ。万引きか？」

「それが笑っちゃうんですけどね。クラブに入ろうとしたんですよ」

「クラブ？」

何が悪いんだと言いたげな表情に、巡査長は手を振って笑った。

「あー、違いますよ、警部。部活じゃなくて、ほら、最近甲府に出来たバニースタイルの〈ヒミコ・リップ〉です。何回も摘まみ出されたらしいんですが、それでもしつこく入ろうとして通報されたってわけですよ。店の方でも風営法でこっちが目を光らせているさ中、まさか青少年健全育成条令違反で挙げられたくないでしょうからね。いくら大人ぶっててもガキですよ」

少年はポケットに手を突っ込んでふてくされている。

「うっせーな。俺の女に会いに行って、どこが悪いんだ」

声変わりしたばかりで、まだ幼さの残る少年の声だった。無理に大人っぽく振る舞っているのが、いかにも中学生らしい。

「さっきからこればっかりで、困ったもんですよ」

「嘘だと思ったら、卑弥呼に訊いてみろよ！」と、少年は更に喰ってかかった。

「分かった、分かった」巡査長は少年をあやすように肩を叩いた。「卑弥呼、卑弥呼って、七里岩の卑弥呼の鏡以来、甲府はどこもかしこも卑弥呼流行りですよ。しかし、最近の中学生にも困ったと言いますか、変わったもんですな。自分が中学の頃は、友達とエロ本を買って、ドキドキしながらヌード写真を見たもんですがねぇ」

「エロ本」という言葉の響きは、何とも懐かしかった。津山も巡査長と同じだったからである。

「とにかく、こいつのお袋さんが来るまで見張り番ですよ。では」

巡査長は津山に軽く敬礼すると、まるで実の父親のように、つっぱった少年の肩を抱き階段を上っていった。

巡査長ではないが、最近の中学生は本当に変わってしまった。数年前の神戸での男子中学生による残忍な小学生殺人事件以来、ひと昔前までは考えられなかったような凶悪な事件が、この日本でも多発している。女子中学生にしてもマゴギャルとか呼ばれ、遊ぶ金欲しさに〈援助交際〉と称して中年相手に売春したり、路上で老婆を襲ったりと、まったくモラルがない。大人ばかりか子供達までが、どんどん壊れていく。この日本は、日本民族の将来は、どうなっていくのだろうか。

津山は、そんな最近の犯罪に、頭を振りながら交通課捜査係に入った。今回の誘拐事件で事故現場から追い出されたかたちになっている、春日居のひき逃げ事件が気になっていたからである。

箕田は自分の席で、現場に残っていた塗料の破片を見ていた。津山が顔を出すと、すぐに声を掛けてきた。

「おう、津山。どうした？　そっちは」

津山は横に首を振った。

「そっちこそ、どうだった？　鑑識の結果は」

天野屋で飼われていた犬の首輪に付着していた血液のことだ。

「うん、やはり津山の勘は当たってたよ。ひき逃げ事件で道路に流れていた血液型と一致した。

A型だ。天野照子さんもA型だそうだから、恐らく…と言いたいところだがね」

「じゃ、箕田の推理は正しかったわけか?」

「血液型だけでは分からんよ。A型という偶然もある。あまり拘《こだわ》っていると、本部長にまた短絡的と一喝されるのが落ちだ」

やや不満のある言い方だ。

「ところで車は見つかったのか?」

「まったく該当車なし。現場から出てきた塗膜片とタイヤ痕から、車の色と車種は特定出来たから、いつもだとすぐ見つかるんだがな。県内とは思うが、一応捜査範囲を東京・静岡・長野にも広げて協力を頼んでいる。ただ、あの農道だから県外とはどうしても考えられないんだがな。それに被害者の方も該当する人間はさっぱりだ。そっちが追ってる山もあって、こっちも思うように聞き込みが出来ないよ」

箕田は、はかどらない自分の捜査に苛立っているようだ。

ひき逃げ事件は、事件発生後一週間が勝負と言われている。遅れの原因に今回の誘拐事件もあった。〈現場百回〉と言われるひき逃げ事件にとっては痛い打撃である。

「こっちも一週間以上も経つのに、犯人からの連絡はまったく無しだ。まさか気付かれたとは思わんが…。お互い持久戦だな」

津山は箕田を気遣うように言って交通課を出た。

捜査課に戻ると中田が飛んできた。部長からの連絡で、犯人が金の受け渡しについて指示してきたという。二人は再び天野屋へ急いだ。

津山が中田と天野屋に着いたのは、夜九時を回っていた。八階の社長室には、すでに深沢以下数名の捜査員が詰めている。部屋の隅で、番頭の沼田と仲居頭の平井が不安な表情でうつむいていた。

「犯人からは何と言ってきたのですか？」

深沢の顔を見るなり、津山より早く中田が尋ねた。

「古紙幣で二千万円。それを黄色のバッグに入れて、明日の正午までに用意しておけと言ってきた。後はその携帯電話で指示するようだな」

深沢はテーブルの上の携帯電話を指して、続けた。

「差出人無しの封筒でさっき送られてきた。どうも盗品らしい。しかもご丁寧に、番号表示のディスプレイだけが焼き壊されて、着信表示が見れないよう細工してある。世の中便利になるのはいいが、今回のように悪用されると始末が悪い。昔のように逆探知も出来んからな。

金の方は山梨銀行の協力で、何とか明日の朝までに用意して貰うことになっている。ま、時間があるので、古紙幣の番号は全部控えて貰っている。

黄色いバッグは、今、樋口達が甲府へ調達に行った」

「なぜ、一千万円増えたんだろう？」津山が呟いた。「それに黄色いバッグ？……」

「俺にも分からん。二週間で欲が出たのか、それとも仲間が増えて犯人の事情が変わったのか。黄色いバッグに関してはさっぱりだ。いずれにしろ、犯人に動きが出たということは、女将が生きている証拠だ」

深沢は、傍らに控えている沼田や平井を安心させるつもりで言ったらしい。二人は、ややほっとした表情で顔を見合わせ、頷いている。

黄色いバッグはともかく、身代金については腑に落ちない。一千万円が二千万円に増えたところで、天野屋の女将の身代金にしては少ないような気がする。ひょっとしたら、身代金の要求は一度では終わらないのかも知れない――という思いがふと津山の脳裏をかすめた。

「で、誰に金を運べと言っているんですか？　部長」

「私です」深沢より先に沼田が答えた。「私ひとりで…」

沼田は今度は自分が危険な目に遭うのではと、心配しているようだ。以前のような呑気な表情はない。

「今は犯人に従うしかないですよ。女将さんの無事な姿を見るまでの辛抱です、沼田さん」

深沢は厳しい表情で言うと、沼田の肩を力強く叩いて励ました。

翌朝、山梨銀行から二千万円の古紙幣の束が届けられた。犯人の指定した黄色いバッグに詰め直すと、犯人が送ってきた携帯電話とともにテーブルの真ん中に置かれた。

それを取り囲むように、深沢以下全員が座っている。朝から沈黙と緊張がずっと続いていて、誰もが青ざめていた。部屋の時計の音だけが耳障りに時を刻んでいる。

時計の針が十一時五十五分を指した。

「だ、駄目だ、体が震えて。ちょっとトイレに行ってきます」

沼田は重々しい空気に耐えられないのか、今朝から何度もトイレに行っている。

「沼田さん、早く戻って来てくださいよ。約束の時間まであと五分だ」

深沢がやや厳しい口調で窘《たしな》めると、沼田は小学生のようにコクリと頷き走っていった。

近くにあるワイナリー工場から、正午を告げるサイレンが鳴りはじめている。それと同時に沼田が戻ってきて、元の場所に座った。

正午を一分過ぎた時、携帯電話が鳴り、全員の視線が集中した。

沼田は手のひらの汗をズボンで拭いてから、それを掴んだ。手は見るからに震えている。

「は、はい。天野屋の沼田で御座います。——はい。一時きっかりに一宮御坂《いちのみやみさか》インターから長野に向かって。——あ、はい、七十キロのスピードで、ですね。——は、はい、分かりました。それで女将さんは無事なんでしょうか？　あの、もしもし、もしもし——」

津山は携帯電話を沼田からもぎ取ると、耳にあてた。

「切れてます。犯人は何と？」

「か、金を持って、天野屋のバンで一宮御坂インターから中央高速にのって、長野に向かえと。

な、な、七十キロのスピードで…」

沼田はまるで湯上がりのように汗だくになっている。

「七十キロのスピードで？　中田、道路地図をくれ」

中田が山梨の道路地図を机に広げた。津山は中央自動車道を目で追っている。

「課長。犯人はどこで金を受け取るつもりでしょう？」

「うーん。分からないが、警戒していることだけは確かだ」

津山は地図を見ながら、犯人の意図を探った。

「長野に向かえと言っているが、県内で取り押さえたいものだな」

深沢は腕組みをしながら言った。

「ええ。ただ、今のうちに長野県警にも連絡を――」

「それはしなくていい」

深沢は言下に否定した。あくまでも県内で、という考えらしい。

「誰か一緒に行って貰えませんか？」

沼田が心細げに言った。

「それは出来ません」深沢は厳しく言った。「警察が介入していると分かれば、女将さんの命はありません。ただ、何台かで沼田さんの後ろを付いて行きますから――」

「部長、それは駄目です。向こうは天野屋のバンを指定しています。

ちょっと地図を見てください。一宮御坂インターから甲府南インターまでは見通しのいい直線が続きます。犯人が車で尾行していたり、高台から双眼鏡で見ていれば、後続車は一目瞭然です」

「津山。尾行はパトカーではやらんぞ」深沢は心外とばかりに声を荒げた。「勿論、覆面でもな。一般車だ。いくら犯人でも見分けはつかないだろう。ましてや、道路封鎖をしているわけではないから、他の一般車だって走っている。その中に紛れれば…」

「それが見分けがついてしまうんです、部長。犯人は、車のスピードをわざわざ七十キロと指定してきています。一宮御坂インター付近の法定速度は八十キロです。あの直線をそんな遅いスピードで行く車は、県外はもちろん県内ナンバーでもいません」

確かに津山の言う通り、東京から中央高速で長野方面に向かうと、大月周辺はカーブやトンネルが多く道路がくねくねしていて、ドライバーはスピードが出せない。しかし、そこを抜けて甲府盆地に入ると急に視界が開け、犯人の指定した石和近くの一宮御坂インターから甲府南インターまでは真っ直ぐな道路が五キロも続く。そのため殆どの車が法定速度を超えてしまうのである。

「うーん。なるほど…」ようやく深沢も納得したようだ。

「犯人は、確実に金を手に入れる気なのかもしれません」

津山は地図を睨んだ。犯人は確かに土地鑑がある。目立つ行動は取れない。

津山は深沢の指示で捜査員二百名を、中央高速道の甲府昭和インター出口より長野方面に向けて、出口数カ所に割り振り配置した。深沢の言うように何とか県内で、犯人並びに、一週間以上も拘束されている人質の身柄を確保したい。

沼田は一点を見つめていた。これからの行動の重大さを、今さらながら実感しているようだ。

「沼田さん、大丈夫ですか？」

津山が軽く沼田の肩に手を置くと、判決を下された犯罪者のように、体をピクリと波立たせた。

「沼田さんの命は我々が守ります。今は女将さんが無事戻ってくることを考えましょう」

沼田は震えながらも、津山の目をしっかり見てこくりと頷いた。


沼田は犯人の指示通り、一宮御坂インターから中央高速道路に乗り長野方面に車を走らせた。

高速道路に入って間もなく、津山が予想した通り、後続の車は次々と沼田の車を追い越していく。七十キロというスピードは、高速道路ではかえって目立つ。

沼田は両手でハンドルをガッチリ握りしめ、背中を丸め前方を凝視している。まるで高速道路に初めて乗ったような運転である。

中年の女性ドライバーがその格好を見て、嘲笑した視線を送り追い越して行った。

「何で、いつも俺はこうなんだ。何で俺ばっかりなんだよ」

沼田は自分の役回りの悪さを恨むように、何度も繰り返した。

甲府南インターまで後一キロの道路標識を過ぎた時、助手席に置いた携帯電話が鳴った。

沼田の左手が携帯電話を取ろうとハンドルから離れた瞬間、力を入れていた右手とのバランスが崩れ、車は走行車線から右側の追い越し車線に大きくはみ出した。後続車は、クラクションを鳴らしパッシングをしている。沼田は慌てながらも走行車線に戻り、震える左手で〈通話〉のボタンを押し耳にあてた。

「は、はい。沼田です」

「笛吹川のところで車を止めろ。電話はこのまま切るな」

相手はわざと声質を変え、機械的に喋った。沼田は返事の代わりに頷いた。

車は甲府南インターを過ぎると間もなく笛吹川にさしかかった。

「着きました」

「車を路肩に止めろ！」

沼田は急ブレーキをかけた。幸い後続車は無い。

「と、止めました」

「バッグを笛吹川に投げ込め」

「バッグを、ですか？」

「何度も同じことを言わせるな」

「は、はい。あの、女将さんはいつ帰して貰えるんですか？」

「金を確かめたら帰してやる。事故を起こさないように戻ってろ」

皮肉ともとれる言葉を残し電話を切った。

「こちら中田です。沼田さんの前後に怪しい車はありません。課長の言った通り、後続車はどんどん追い越して行きます」

沼田の様子を遥か上空から、中田がグライダーを操縦しながら双眼鏡で見ていた。

中田は地元日本航空高校のOBで、グライダーはそこから借りたものだ。ここ山梨ではグライダーが飛んでいる姿は珍しくなく、天気のいい日には二、三機は飛んでいる。

日本航空高校は、将来の大空の安全を守るパイロットや整備士を目指す学校なのだが、中田が選んだのは日本の安全だった。

「車は甲府南インターを通過。現在のところ、犯人らしき人影も車も見えません。異常なしです。きょうは天気がいいから、曽根丘陵の古墳群もはっきり見えます」

中田はいつもより生き生きした張りのある声で言った。

その連絡を津山と深沢は、天野屋の社長室で受けていた。

「中田、呑気なことを言ってる場合じゃない。あまり近づき過ぎて犯人に覚られるなよ」

「大丈夫ですよ、部長。グライダーは静かですし、後輩達もよくここを飛んでますから、同じように見えると思います。……ん？」

「どうした？　中田」

「あれ、部長。笛吹川のところで車は止まりました。沼田さんが現金の入ったバッグを持って、路肩を歩いています。あっ、バッグを…投げた。今、バッグを笛吹川に投げました。バッグはどんどん流れています」

「何! バッグを笛吹川に投げただと?」

深沢は警察無線のマイクを握りしめた。津山は険しい表情で地図を睨んだ。

捜査本部は金の受け渡しは中央高速道路上か、長野方面の出口のどこかと考え、一時間程前に全捜査員を配している。位置的には捜査の網は、逆三角形の甲府盆地の西で犯人を待ちかまえ、逆に犯人は甲府盆地の南で笛吹川を下って流れてくるバッグを、待っていることになる。まったく犯人に裏をかかれた形となっていた。

「津山。中央高速で待機してる全捜査員をすぐ南に向かわせよう。中田だけでは心細い」

津山は頷いたものの、今さら捜査員を向けたところで間に合うはずがないように思えた。

いくら笛吹川の流れが遅いとはいえ、春のこの時期は雪解け水で水量も多い。しかも背の高い薄《すすき》や雑草の多い河川敷は、容易にバッグを拾うことができ、犯人にとって有利である。救いと言えば、今上空を飛んでる中田ぐらいだが、それとて風任せだ。

津山はとりあえず深沢の指示通り、近くの班を無線で南の笛吹川に移動させた。

「中田、後どれくらい飛んでいられるか?」

「そうですね、きょうは風がいいので後一時間は大丈夫です、部長。でも市川大門の辺りは釜無川と笛吹川が合流しますから、気流の乱れがあるので何とも言えません。…あれ?」

「どうした?」

「あ、バッグが、……バッグが消えました!」

その声に深沢はまた無線を握りしめ、今度は怒鳴った。

「消えた?　どの辺りだ。犯人は来たのか?　よく見ろ!」

中田のグライダーは、国道三五八号線が通る下曽根橋辺りを数回旋回した。

「……あ、バッグはありました、部長。下曽根橋の下から出てきました。犯人が目立つ黄色いバッグを指定してくれて、助かりましたよ」

「おい、びっくりさせるなよ」

「すみません。何か変わったことがあり次第、連絡します。以上」


犯人が黄色いバッグを指定してきた理由は、中田の言った通り川の中で目立つためだったのだろうか、と今さらながら津山は思った。それより、これまでの犯人からの指示は、すべて場所を熟知し地の利を活かしている。しかも、警察が秘かに行動している場合も考えて、すべて先を読んでいるようにも思える。

と、その時だった。突然、社長室の入口で、平井が誰かとやり合っている声が聞こえてきた。

全員の視線が入口に注目した。そこにはまるで場違いと思える、派手な黄色のミニのワンピースにサングラスをかけた女が、黒服の男二人に道を開けさせ、無理矢理部屋に入ってきている。

深沢の目配せで、数人の捜査員が入口に急いだ。

女はサングラスを外し平井に一言声を掛けた。平井は驚きながらも、駆けつけてきた捜査員に、簡単にその女の説明をしている。その間にも、女は男二人を従えて堂々と入ってきて、津山の前まで来ると立ち止まった。

「ふーん」津山を値踏みするように見てから、「あなた、刑事さんね。姉の行方は今、どうなってるの?」と、津山の胸を人差し指で突いてきた。

津山はあまりに唐突な女の出現と、フェロモンの固まりのような香りにむせて咳込んだ。

「す、すみませんが、どなたですか?」

「この方は、女将さんの妹の昼子さんです。たぶん…」

説明したのは、後を追うようについてきた平井だった。

「たぶん? たぶんとは何よ」振り向きざまに平井をきっと睨んだ。「それに昼子はヤメてくださらない。世間では今、卑弥呼で通ってるわ」

「卑弥呼? あ、やっぱり。最近テレビに出てたあの卑弥呼さんが、昼子さん?」平井は驚いたように下からゆっくり見あげ、「まぁ、お綺麗になられて…」と呟いた。

津山も呆気にとられ、ぽかんと見ていた。テレビで見ていた時よりも美人だったたからではない。娘の美奈が言ったように、亡くなった妻の奈津子によく似ていたからである。

「そんなことより」卑弥呼は津山に詰め寄った。「姉の行方はどうなってるの?」

「昼子さん。ではなく卑弥呼さん、でしたね。この事件は、公表されてはいませんが、誰からお聞きになったのですか？」

「今朝電話したら、番頭の沼田さんが教えてくれたのよ」卑弥呼は心外とばかりに大きく目を見開いた。「それより何度も同じことを言わせないで。姉の行方はどうなってるの！」

今度は語気を強めヒステリックに叫んだ。

「すみませんが、今のところは犯人と交渉中で、残念ながら行方は掴めていません」

「掴めてない？　冗談でしょう？　じゃ、犯人の手がかりは？」

津山は答える代わりに首を横に振った。

「ちょっと、どうなってるの？　姉の行方も分からず、犯人の手がかりもないですって。これが山梨県警なの？　あなた方で駄目なら、警視庁の刑事さんを派遣して貰いましょうか？」

「ちょっと待ってください」側にいた深沢が警視庁という言葉に敏感に反応した。「私、山梨県警本部刑事部の深沢です。警察機構といいますのは管轄が違いますと──」

「あら、あなたがここの責任者？」卑弥呼は深沢の言葉を遮ると冷ややかに笑った。「警察の仕組みがどうなっているかは知らないけど、私が懇意にして頂いている方の中には、代議士の先生や警視庁の幹部の方もいらっしゃるの。出来ないことではないのよ、私には。お分かり？」

「…………」

深沢は睨むように見返した。

「何よ、その顔。不愉快ね。とにかく、刑事さん。私はこの世でたった一人の大切な姉が、無事に戻って来て欲しい。それだけなの。犯人の手がかりが分からないでは、話にもならないわ！」

卑弥呼は益々ボルテージを上げた。

「お気持ちは分かります」津山が深沢の代わりに答えた。「ただ、今からお知り合いの警視庁の方々と連絡をとって動いて貰っても、お姉さんの命の保証はありません。我々を信じてください。必ず、お姉さんを無事救出します。とにかく落ち着いて――」

その津山の言葉を遮るように、社長室の電話が鳴った。平井が恐る恐る受話器を取ると、全員の視線がそこに集中した。

「は、はい。――えっ、女将さんが！　本当なの？　――そう、分かったわ、今すぐ行くから。それで怪我は？――そう…」

平井は電話を切ると、大きな顔を袖で覆い泣き出した。

「どうしたの？　平井さん。今の電話は何なの？」

卑弥呼は細い眉を吊り上げて叫んだ。平井は袖で顔を覆い、嗚咽して言葉にならない。

「平井さん、今の電話は何だったんだね」

深沢も卑弥呼の出現でかなり気分を害されたらしく、平井の両肩を掴んで少し苛立ちぎみに詰め寄った。

暫くして平井は両手を顔から離した。

「……女将さんが…ご無事で、戻られました。今、ロビーに…」

「えっ、本当ですか?」

津山の声をかき消すように卑弥呼も叫んだ。

「本当なの?」

卑弥呼は、平井の返事も聞かず歩き出していた。黒服の男二人も後に付き従っている。さっきまで泣いていた平井も、太った体に似合わず素早く後を追った。

津山は壁に掛かった時計を見た。時間は二時を指している。

深沢はソファに座り大きく息を吐くと、「良かった」と呟いた。

「これがこじれて警視庁のお出ましでは、我が山梨県警は面目丸潰れだからな。それにしても、忌ま忌ましい女だ。バックの政治家どもを笠に着て。何様のつもりだ。

ま、あの女が関わる前に事なきを得て良かったが、天野屋の娘だったとは驚きだったよ。とにかく、女将が無事帰って来たことで、事件はほぼ片付いたようなものだな、津山」

津山は軽く頷いたものの、険しい顔で無線に向かった。

「中田、バッグはまだ見えるか?」

「ええ、見えますよ、課長。状況は依然変わっていません」

「そうか。女将は無事に戻ってきた。君も引き上げてくれ。バッグは、下にいる樋口班にまかせる。ご苦労だった。以上」

津山は中田との連絡を終えると、無線を切り替えた。

「樋口、今どの辺りだ」

「えー、今、三珠《みたま》町辺りです。国道一四〇号線を市川大門《だいもん》に向かっています。バッグはこちらからも見えてます」

「そうか。それではバッグを取って引き上げてくれ。女将は無事戻ってきた。以上だ」

津山は無線を切ってからも、思い詰めたように動かないでいる。

「どうしたんだ、津山。難しい顔して」

「何か変です。犯人は金も取らずに人質を解放…」

と言いかけてから、何か思い出したようにまた無線を取った。

「樋口、まだいるか？」

「はい、課長。これからバッグの回収に向かうところですが」

「そうか。バッグを拾ったら中身の確認をして欲しい。異常があったらすぐ連絡してくれ」

津山は無線を切ってからも暫く考えていた。

「バッグの金が気がかりなのか、津山。まあ、そう心配ばかりしなさんなって。無事に人質が帰って来たんだ、もう何も恐れることはない。向こうは、切り札を手放したということだ。金の方は古紙幣だが、すべて番号は控えてある。犯人が使えば万事休すだし、例え闇ルートで換金しても、後は女将から事情を訊いて犯人を絞っていけば、すべて解決する。とにかく、一件落着だ。

お、そうだ。本部に連絡を入れておかないとな」

深沢は津山の肩を軽く叩くと、無線で人質が無事に救出されたことを本部に伝えた。


一階に降りると、ロビーの奥の方に人だかりができていた。

照子は三人掛けのソファの中央に座り、正面に卑弥呼と仲居頭の平井が座っている。その周りには、まったく事情を知らない従業員や仲居達が集まり、不思議な面持ちで、女将の照子ではなく、卑弥呼を見ていた。彼らには、卑弥呼がなぜここにいるのか、分からないようだ。

側の一人掛けの椅子には、いつ戻ってきたのか、身代金を運んだ沼田が放心したように座り、卑弥呼と照子を交互に見ていた。

照子は頭に包帯を巻いているものの別段疲れた様子もなく、顔には笑みを浮かべ、周囲の顔を見ている。一週間以上も囚われの身であったとは思えない程、髪もしっかりと結いあがっていて、ベージュ色の着物もきちっとしていた。さすがに女将らしく、四十歳とは思えない程の落ち着きと気品を漂わせている。卑弥呼のような派手さとは対照的な純和風の美人だ。

津山達刑事が来たのに、いち早く気づいたのは卑弥呼だった。

「お姉さん。こちらが今回の件で力を尽くしてくださった山梨県警の刑事さん達よ。本当に頼りになる方々よね。えーと、お名前は…」

その厭味な言葉に臆することなく、深沢は自分の名刺を照子の前に差し出した。

「私、山梨県警本部の深沢です。ご無事で何よりでした。ほっとしましたよ」

照子は少し驚いたものの、深々と頭を下げるだけで何も答えなかった。

津山は深沢の隣りで手帖を出し、質問の体勢をとった。

「あのー、山梨県警の津山と申します。今回の件で二、三質問させて頂きたいのですが――」

「ちょっと。何言ってるのよ」卑弥呼は細い眉を吊り上げた。「ご覧の通り、姉は頭を怪我してるの、それが分からないの？　それに、人質で一週間以上も拘束され、今解放されたばかりよ」

卑弥呼の言葉に、周りの従業員や仲居達は驚いている。大凡《おおよそ》の事情を察したらしい。

「男って、これだから嫌いよ。あのね、男の人には分からないでしょうが、今は身も心も洗い流したい気分なの。まったくデリカシーというものがないわね。だいたい――」

「まあまあ。卑弥呼さんもそう熱くならないで」深沢は、卑弥呼のボルテージが上がる前に、彼女の言葉を遮った。「とにかく、きょうは引き上げます。本来は事情聴取のためご同行願うところですが、事情が事情ということで後日協力して頂きます。ただ、念のために警護として捜査員数人は残していきますので、その点はご了承ください」

「恐縮ですが、一つだけ答えてください。その頭の怪我はどうなさったのですか？」

深沢の言葉とは裏腹に、再び質問をしたのは津山だった。卑弥呼は不快感を顕《あらわ》にして津山に向かおうとしたが、深沢がにこやかに卑弥呼の前に出て巧くディフェンスをしていた。

「分かりません。覚えていないんです」照子が初めて口を開いた。

「頭の怪我の方は、病院へは行かなくて大丈夫ですか？」

照子はコクリと頷いた。

「分かりました。では、ちょっと立って頂けませんか？　あのー、起立して欲しいんです」

照子は訝しげな表情をしながらも、言われるままゆっくりと立った。

「ちょっと。何をさせたいのよ？」

卑弥呼も津山の言っていることが理解出来ないでいる。

津山は卑弥呼の言葉に動じることなく、照子の膝辺りを睨んだ。そして、素早く前へ出ると、やや屈む格好で照子の両膝を軽く叩いた。

「痛くはありませんか？」

照子は首を横に振った。隣で見ていた卑弥呼は、呆れ顔でソファに座り脚を組んだ。

津山は次に腰辺りを軽く叩いた。照子は今度も首を横に振っている。怪我はしていないらしい。箕田の推理は外れたようだ。

「では最後に。ここまでどうやって帰って来られたのですか？」

「気が付いたら、加茂春日神社の社殿の濡れ縁に寝ていました。どうして、そこにいたのかは分かりませんが、起きて道路をふらふら歩いていましたら、石和タクシーが止まってくれまして」

「ここまで戻ったというわけですか。その着物は、誘拐された時のままですか？」

「ええ、そうですが、それが何か？」

照子は着物の汚れを気にするかのように軽く裾をはたいたが、別段汚れてはいなかった。

「確かですか？　平井さん」

平井は、急に問われてキョトンとしていた。質問の意味が理解出来ないでいるようだ。

「いえ。一週間以上もそのお着物では大変だなと——」

「だから早く着替えさせてあげたいのよ」卑弥呼は身を乗り出した。「姉は頭を打ってるの。記憶喪失かもしれないでしょう、デリカシーがないわね、男って。とにかく質問は終わり。帰って」

「分かりました」

津山は素直に応じた。これ以上は無理と判断したからだ。津山は深沢に目配せすると、深沢も頷いて後を引き取った。

「女将さん、では後日改めて伺わせて貰います。それから、沼田さん、今回はいろいろご苦労さまでした。あなたにも今後ご協力をお願いします。沼田の方は照子以上に疲れ切った顔だった。

深沢の言葉に二人はゆっくりと頷いた。沼田の方は照子以上に疲れ切った顔だった。

そこへ外にいた捜査員が、津山に無線が入ったことを伝えに来た。

天野屋の玄関を出ると、駐車場に数台のパトカーが止まっていた。宿泊客達が不安そうな表情で、遠巻きにそれを見ている。くるくる回るパトカーの赤色灯が、事情を知らない彼らの好奇心と不安感をより一層引き立てているようだ。

無線は、身代金の入ったバッグを取りに行った樋口からで、バッグには身代金の二千万円はなく、変わりに発泡スチロールが入っていたということだった。

津山は部下に山梨県の地図を持ってこさせると、パトカーのボンネットの上に広げた。

沼田がバッグを投げ捨てた笛吹川の辺りから下流へ、地図を指でなぞった。そして中道町の曽根丘陵で指を止めた。そこは笛吹川の上を国道三五八号線が走っており、下曽根橋という大きな橋が掛かっている。中田が空から一時バッグを見失った場所でもある。

「ここか、犯人がバッグをピックアップしたのは…」

国道三五八号線は甲府駅に続いている。しかも、甲府市街の真ん中を突き抜けていて、犯人が身を隠すには絶好の人混みであり、そこからはあらゆる逃走経路が揃っている。

犯人はバッグの中身を下曽根橋の橋桁の下ですり替えた後、再び笛吹川に流し、空になったバッグを警察に追わせている。そのための目立つ黄色いバッグだったのだ。

地理的には、南に捜査員を引きつけておいて、犯人は北へ金を持って悠々と逃げていく。実に稚拙で単純ではあるが、確実な方法だ。

津山の脳裏にふと、警察を右往左往させて大金をまんまとせしめて喜ぶ犯人の姿が、おぼろげながら浮かんだ。津山はそれを振り払うように、パトカーのボンネットを軽く拳で叩いた。

「どうした、津山」

振り向くと、満面の笑みを浮かべた深沢が立っていた。

「やはり身代金は持ってかれました」

津山が残念そうに言うと、深沢は「そうか。それは良かった」と、満足そうに答えた。

「良かった?」

「ああ。あれは餌だ。古紙幣とはいえ、すべて番号が控えてある。犯人はしてやったりと思ってるだろうが、こっちは願ったり叶ったりだ。後は犯人が金を使うのを待つだけだ。

今回の件は、人質を無事救出出来たことでほぼ解決したと言っていいだろう。犯人の行動からみても土地鑑はあるし、地元の人間と言っているようなものだ。すぐに犯人の目星はつく。

それより、副本部長が記者会見をするそうだ」

「記者会見を?」

「ああ。全国に向けて山梨県警の優秀さをアピールするらしい。山梨県警は、身代金は取られたものの、あくまで人命重視の捜査で誘拐犯から無事人質を救出したと」

まるで本当に事件が解決したような気分でいる。

「でも部長。まだ犯人を逮捕してないどころか、何も情報を得ていませんが」

「細かいことはいい。津山も一緒に出てくれ」

「いいえ、まだ事件は終わっていませんから、それは部長にお任せします。私は、犯人が捨てたバッグを調べたいですし、今回の件を最初から順を追って考え直してみたいんです」

「津山らしいな。分かった。副本部長には俺からうまく言っておくよ。しかし、あの卑弥呼が女将の妹とはな。ま、とにかくご苦労だった」

深沢は津山の肩を軽く叩いてから、パトカーの方へ歩いていった。深沢の中では、事件はすでに終わっているようだ。もっとも、深沢の言う通り、人質は無事帰ってきたのだから、犯人が身代金を使えば今後の捜査はし易い。

振り向くと天野屋の玄関には、どこで情報を得たのか新聞各社のカメラマン連中が、盛んにフラッシュを切っている。

その間を、目立つ黄色のミニのワンピースを着た卑弥呼が、真っ直ぐ津山の方に歩いてきた。

卑弥呼は津山をきっと睨んでから、笑みを浮かべた。

「刑事さん。さっきは失礼なことばかり言ってごめんなさいね。私、カッとなると自分でも押さえきれなくて。とにかく、姉を無事助け出してくれて有り難う。本当に感謝してるわ。ただ、それだけ言いたくて…」

さっきの横柄な態度とは違い、少しはにかんで見える。

「あ、いえ……」

じっと見つめられた津山は、どう答えていいのか言葉に詰まった。

正直、津山は卑弥呼の目に魅せられていた。マスカラで縁取られてはいるが、亡くなった妻の奈津子の目に似ている。津山は狼狽えながらも慌てて視線を逸らした。

「また何か困ったら助けてくださいね。あのー、刑事さん。お名刺頂けるかしら」

津山はいつも手帖に挟んである、自分の名刺を差し出した。

卑弥呼はそれを見て、一瞬驚いたような顔で頷くと、胸の谷間にしまった。そして、意味ありげに笑ってから、玄関の方に帰っていった。

その後ろ姿をぼーっと見送っていると、顔馴染みの新聞社のカメラマンが声をかけてきた。

「お安くないですね、津山さん」

「ん?……」

「いい尻してますよね。あんなにボリュームある尻でも、政財界の間では軽いそうですよ」

山梨日日新聞の腕章を付けたその男は、冗談とも真実ともとれるようなことを言いながら、卑弥呼の後ろ姿にカメラを向けシャッターを切っている。

「今回はお手柄でしたね。『山梨県警、誘拐犯から人質無事救出』ってところですか。ま、明日の新聞を楽しみにしててくださいよ。

しかし、あの卑弥呼が天野屋の娘だったとはね。週刊誌やワイドショーは、今度のネタで大喜びでしょうね。少なくとも二週間は引っ張れる話題ですよ。ま、これで天野屋も『災い転じて福となす』ではないですが、いい宣伝になりましたよ。明日から、美人姉妹見たさに予約が殺到しますよ、きっと」

カメラマンは、フイルムを巻きながら一方的に喋った。そして、思い出したように、「あ、それから深沢部長に、有り難うございましたって、伝えておいてください。じゃ」

と付け加えて軽く会釈すると、駐車場に止めてある新聞社の車の方へ忙しなく走っていった。

情報を流したのは、深沢のようだ。深沢ではないが、誘拐犯から人質を無事救出出来たことで、事件はほぼ山を越えている。津山も、事件の経過はともかく、少しほっとはしていた。

2

三枝は、市長の小山田と甲府市内のホテルの一室にいた。

三枝が甲府へ来てからというもの、卑弥呼はまるで愛人のように身の回りの世話をしてくれている。有り難いことではあるが、独身の三枝にとって、やはり世間の目が気になる。あの妖艶な魅力に自分の理性がどこまで耐えうるかが不安であり、憂鬱でもあった。

そして、もうひとつ、三枝を憂鬱にさせることがあった。これは前者より深刻で、数日前の、富岡と名乗る男からの怪電話だった。

テーブルの上には、小山田が持ってきた三角縁神獣鏡が十数枚並べてあった。

小山田はゆったりとソファに腰掛け、顔には笑みを浮かべ煙草をくゆらしている。それとは対照的に三枝の方は、まったく落ち着かない様子で、部屋の中を苛立った表情で歩き回っていた。

「先生、何をびくついているんです。そんなのはイタズラ電話に決まってますよ。T大で成分比まで調べたんでしょう？　すべて本物ですよ。もっと自信を持ってくださいよ」

小山田は右頬の大きなホクロを撫でながら、腕時計を見て言った。誰を待っているのか、たえず時間を気にしている。

「その男は、この鏡は自分が造って捨てたものだと言っている。八年前に経営していた鋳物工場が倒産し、残ったものの処分に困り、あの沼地に廃棄したのが百枚の三角縁神獣鏡だと。だから、まだ一般に公開されてもいないのに、細かい部分の模様や銘文などを実に詳しく知っていた。成分比もわざと本物に似せたらしく、錫の含有率まで言い当てたんだ」

三枝は一気に喋った。

「先生、いい加減にしてくださいよ。そんなヤツの言うことを信じて、ここにある鏡が全部贋物とでも言うつもりですか？　第一、この錆、そう簡単にはつかないでしょう？」

「いや、その錆も何とかという特殊な腐食方法でつけたと。だから本物と見分けが——」

「先生！」小山田は一喝した。そして、穏やかに続けた。「確かにその男は鋳物関係に従事していたのでしょう。甲府でも鋳物工場がバブル不況の煽りを受け、何軒も倒産したことは私もよく知っている。だから、銅に関しても、腐食の方法にしても、詳しいんですよ。

それに、この鏡が一般に公開されていないと仰いましたがね、先生が記者会見で発表なさった時、テレビや新聞社のカメラが撮ってましたよ。模様や銘文はそれで知ったんですよ」

小山田は冷蔵庫から缶ビールを取り出し、テーブルの真ん中に置いた。

「最近は古代史ブームだから、考古学オタクも大勢いるんですよ。今回のことで、私も三角縁神獣鏡についての本を数冊読みましたが、けっこう詳しく出てますよ。電話を掛けてきた男も、そんな本を読み漁ったんじゃないですかね。声の感じから五十歳過ぎって言ってましたよね、そいつ。確か一千万円よこせと。ふん。金に困って思いついたんじゃないですか？　今は不景気だし、リストラで失業者も増えてますから。

気にすることはありませんよ。もし今度電話があったら代わってください、こちらで片を付けますから。そんなことより先生、来月開かれるシンポジウム、頑張ってくださいよ」

そこまで言うと、小山田は缶ビールのフタを開け一口飲んだ。

「旨い！　先生も…。そんな自信のない顔でどうするんですか。それとも、この前言ったことは根拠のないことで、この鏡は全部贋物だったという、記者会見でも開きますか？」

「いや、そ、それは…。この鏡は確かに本物だ、と思う…」

「だと思う？」揚げ足を取ると、まったく情けないといった目で三枝を見返した。「イヤになっちゃうな。自信をなくすと、本物か贋物かも分からなくなるんですか、先生は？」

「これは、本物だ。間違いない！」

三枝は怒気を含んだように叫んだ。

「だったら問題ないじゃないですか。後は調査して、邪馬台国の女王卑弥呼の墓かどうかを確かめてくださいよ。慌てることはない、ゆっくりでいいんです。調べつくして万が一間違いと分かったら、その時はその時ですよ。一縷の望みに賭ける。それが考古学ってもんでしょう。先生。失敗を恐れているようじゃ、考古学者としては二流だね」

「な、何だと！」

「だってそうじゃありませんか。新しいことをするには、それなりの勇気や覚悟がいる。今の先生のように、妙な電話にびくついたり、自分が言ったことが間違っているんじゃないかって不安にもかられる。でもそんなの恐れてちゃ、何にも出来ませんよ」

小山田は詰《なじ》るように言うと、少し間をおいてから、今度は優しく諭すように言った。

「でも分かりますよ、今の先生の心境。選挙の時と同じだね。私もね、いつも選挙になると今回は駄目なんじゃないかって思うんですよ。妙な脅しの電話もあるし、立候補なんかしなきゃ良かったってね。でもその時はもう遅い、采は投げられた後なんですよ」

三枝も確かにそうだ、と思った。小山田の言う通り妙な男からの脅しを理由に、三枝は逃げているのかも知れない。

三枝はT大の考古学の教授とはいえ、未だに新説は勿論、仮説と呼べるものも発表していない。確かに幾つかの論文は発表したものの、定説の付属のようなものだったり、学派に沿った言わば当たり障りのないものである。今までは仲間の新説が学会で発表される度に、いつも嫉妬のような感情が湧いていた。それがどうだろう。こんな人も羨む機会を得たというのに不安で仕方がない。この前の記者会見のように、今まで一度も経験したことのない矢面に立ってみて、初めてその怖さを知ったような気がする。

だが、それ以上に驚いたのは、小山田に胸の内を読まれたことだ。

「『人間《じんかん》到る所に青山《せいざん》あり』ですよ。覚悟を決めることですな。ま、先生にこんなこと言っちゃあ叱られるが、日本全国の小高い丘を掘れば、何か出てくるもんです。七里岩なんて所は昔、新府城もあったくらいだから、時代は違っても人骨の一本や二本は出てくるでしょうよ」

その時、ドアをノックする音が聞こえた。小山田は微かな笑みを浮かべると、待ちかねていたようにドアの方へ行った。入口でその来訪者に小声で何かを伝えている。

三枝は入口の方から微かに匂う甘い香りで、小山田と話している相手の見当が大凡ついた。

「じゃ先生、私はこれで失礼します。シンポジウムまであまり時間がありませんが、頑張ってくださいよ。みんな期待してるんですからね、先生には」

小山田は入口の方でそう叫ぶと、顔も見せずに部屋から出ていった。

それと入れ替わりに、絨毯を踏む鈍い靴音が近づいてきた。

「先生。暫く」

訪ねて来たのは、やはり昼子こと卑弥呼だった。顔だけを突き出して悪戯っぽく笑っている。

三枝は軽く手を挙げ、それに応えた。

「あら、先生。元気ないわね。どうなさったのかしら?」

卑弥呼はゆっくり部屋に入ってきた。

今夜の装いは、目も眩むほどのコンポーズブルーのシルクのミニドレスで、躰の線が透けて見える。しかも豊かな胸を強調するかのように、襟元が大きく開いている。三枝でなくとも、大抵の男ならすぐ元気になりそうだ。

「先生、一日中ホテルにいらしたんですって？　体に悪いですわ。今夜は外でお食事しましょ。私にもちょっといいことがあって、乾杯したい気分なの。甲府にも美味しいところはありますのよ。そうだ、美味しいアワビの煮貝を出してくれる寿司屋があったわ。先生、アワビはお嫌い？」

卑弥呼は三枝の反応の悪さに、連れ出すのに時間がかかると思ったのか、手に持っていたコートをソファに投げ出すと、三枝の視線を遮るように窓の前に立った。

ドレスの後ろは前以上に大きく開いていて、白くしなやかな肌が露出している。

「甲府の夜景を見るのも、久しぶりだわ。あら、何かしら？　あのライト」

卑弥呼は出窓に両手を置くと、腰を高く突き上げ眼下に顔を向けた。

三枝の目にミニスカートからすーっと伸びた美しい脚が、否応なしに飛び込んでくる。黒の網ストッキングに包まれた太股が妙に悩ましい。

卑弥呼はちらりと熱い視線を三枝に送ると、また顔を外に向けた。それは三枝の気を惹こうとするあざとい行為と分かった。卑弥呼のつけている香水までもが、まるで魔法のように三枝の理性を停止させ、欲情を掻き立ててくる。

三枝はそれから逃れるように卑弥呼から目を背けた。

卑弥呼は、窓ガラスに写った三枝の逡巡した様子を見ながら、

「先生。勇気って頭で考えることじゃなくて、行動することじゃないかしら」

と、意味ありげに呟いた。

恐らく、シンポジウムの件を言っているのだろう。ふとその言葉に顔を上げると、ガラスに写った卑弥呼と目が合った。

「結果を恐れていたら何にも出来ない。でも結果を出さずに逃げたら一生後悔するわ。いつまで、どこまで逃げたら気が済むの！」

卑弥呼は鋭く切り込んできた。

「誰のためでもなく、ご自分のために立ち向かいなさいよ」

それでも反応しない三枝を睨むと、テーブルの上にあった三角縁神獣鏡を一つ手に取り、

「あなたにはこれしかないのよ。この鏡に、自分を写して見てみなさいよ！」

と叫び、大胆にも三枝の前に投げた。

三角縁神獣鏡は、まるでスローモーションのように宙に弧を描き落ちてくる。

三枝はそれを躓きそうになりながらも、床すれすれで受け取った。

そして、錆びて写るはずのない古鏡をしっかと見た。

見つめれば見つめるほど、卑弥呼の言葉がすーっと胸に収まっていく。

（確かにそうだ、俺にはこれしかない。俺は一体、どこへ逃げようとしていたのだ——）

そう思った瞬間、今まで心の中でモヤモヤとしていた気分が、まるで憑き物が取れたかのように、急に軽くなっていくのを感じた。それと同時に、そのことに気付かせてくれた卑弥呼がこの

上なく愛しく思え、思いも寄らないような大胆な行動に出ていた。

三枝はゆっくり立ち上がると、三角縁神獣鏡をテーブルに置き部屋の明かりを消した。そして、夜景を見ている卑弥呼を後ろから抱きしめ、豊かな胸を両手で鷲掴みにしていたのである。まるで悩みが消えたと同時に、抑制していた理性までもが消えたかのように――。

「そうよ、先生。行動する勇気をお持ちなさい」

卑弥呼は別段慌てることなく、夜景を見ながら静かに言った。そして、微かな吐息をつきながら、三枝に身を任せていった。

3

津山が再び天野屋を訪れたのは、照子が解放された翌日の午後だった。

津山と中田は、八階にある社長室の隣りの応接室で待たされていた。

お茶を運んで来た仲居の話では、照子は至って元気だという。それとは対照的に番頭の沼田の方は、事件の緊張と疲労で病院へ入院したことも、厭味たっぷりに話してくれた。

また、今度の誘拐事件は勿論だが、卑弥呼が天野屋の娘だとマスコミが大々的に報道してくれたお蔭で、予約が半年先まで埋まり大忙しになったことを伝え、下がっていった。

照子が解放された直後に、新聞社のカメラマンが予想した通りである。それほどテレビや週刊誌は今度の件に注目している。ただ、残念なことに事件としてではなく、照子と卑弥呼の隠された過去についてである。今回の誘拐事件が離れていた姉妹をめぐり会わせたことで、事件をよりミステリアスなものに変えてしまったのだろう。

間もなくして、照子が入ってきた。

「お待たせして、すみません」

照子は、落ち着きのある深い緑のシックな着物を着ていた。頭から包帯は消えている。

津山は軽く挨拶をすると、いつものように手帖を広げた。

「お疲れのところすみません。頭の方は、もう大丈夫ですか?」

「ええ。今朝、病院で検査して貰いましたけど、異常ないそうです」

照子はやや緊張した面持ちで答えた。

「それは良かったです。正直、ほっとしました。何しろ九日間も救出出来なかったものですから、責任を感じてまして。

では早速ですが、質問を始めさせて頂きます。思い出せる範囲で結構ですからお話しください。

確か女将さんが最後に目撃されたのが、五月五日の夜九時、愛犬ジョンと散歩に出られた時です。その後の足どりから教えて頂けませんか?」

「はぁ。ここを出ていつものように、加茂春日神社に散歩に行きました。神社に入る道で、いきなり犬が走り出したものですから…」

「犬が、ですか?」津山は念を押した。

「ええ。犬が走り出したのです。ですから、引き綱を持っていた私は、着物を着ていたせいで転んでしまったんです。それからが…」

「覚えていらっしゃらないのですね。犬が…。その時、車にはねられたような激痛とかは、ありませんでしたか?」

「それが思い出せないんです」

「仲居頭の平井さんの話では、女将さんはジョンの散歩の時は必ずジャージに着替えられるというのですが」津山は手帖を見ながら、確認するように訊いた。「その日はなぜ、着替えられなかったのですか? 着物で犬の散歩は無理だと思いますが」

「え?…、ええ。あの日はゴールデンウィークでしたから、着替える暇がなかっただけです」

「なるほど。では昨日までの九日間、いらっしゃった場所なんですが?」

照子は頭を振った。

「そこがどこだか…。ただどこか病院の一室だとは思うのですが…。すみません。

あのー、刑事さん。一つ質問させて頂いても宜しいですか?」

「え? あ、どうぞ。何なりと」

「実は私、自分が誘拐されたなんて思っていませんでしたの。だから正直、昨日はびっくりしまして…。私は何か事故に遭って病院に運ばれ、それで入院していると思っていたのです」

照子の意外な答えに、津山と中田は顔を見合わせた。

「誘拐されたとは思わなかった…。ほう。だから、九日もの間、逃げ出そうとは考えなかった、と言われるのですか？」

照子はゆっくり頷いた。

「そうですか…。しかし、その間、天野屋に連絡を取ろうとは、思いませんでしたか？　普通は連絡すると思うのですが」

「勿論です。仕事のことは気になっていましたから。でも、二日目だったと思いますが、食事を運んできた看護婦さんが、連絡しておきましたから安心してくださいと言われたんです」

「二日目に…。で、その看護婦の顔はご覧に？」

「ええ。ただ、花粉症とかでマスクをしてましたけど。微かですが、目は覚えています」

「花粉症でマスク、ですか。声の感じからその看護婦の歳は、幾つぐらいに思えましたか？」

「そうですねぇ、三十過ぎだと思いますが」

津山は一つ一つ確かめるように、手帖に書き込んだ。

「でも、天野屋から誰も見舞いに来ないのを、変とは思いませんでしたか？」中田が口を挟んだ。「他の人間ならともかく、女将さんなんだから、普通はすぐに飛んで来ると思いますが？それに、すぐ入院と言っても、女性の方は着替えとか、必要な物が色々あるでしょう？」

中田の疑うようなやや刺のある言い方に、照子はまったく不快といった表情に変わった。

「ええ。勿論思いましたけど、看護婦さんが連絡しておきましたから、と言われたんです。そう言われて別に疑う必要もないと思いますが。天野屋は連休明けもずっと予約で埋まってましたから、大変だったはずです。勿論、みんなは私が入院していることも、怪我の状態も聞いているでしょうから、そのうち暇になれば誰か来ると思っていました。下着とか色々な物は、看護婦さんが用意してくれましたしね。

第一、忙しい時に見舞いに来たら、それこそ私に怒られに来るようなものです。天野屋では身内に何があってもお客様優先。それがモットーですし、それが旅館業というものです」

津山は大きく頷くと、中田の肩を軽く叩いた。口を挟むなという合図である。

「なるほど。では、病室から一度も出られなかったのですか？　売店とか、トイレとかも」

「怪我をしたのが頭ですから安静に、と言われてましたので。新聞や本などは看護婦さんが部屋まで持ってきてくれましたし」

「では、窓からは何か見えませんでした？　山とか建物とか」

「それが模様の入った曇りガラスで何も。婦人病棟は外から覗かれないように工夫していると仰っていました。以前、若いお嬢さんが入院していた時、覗かれたことがあったらしいんです。それ以来、窓ガラスを模様入りの曇りガラスにすべて替えたみたいです」

「曇りガラス……？　でも、空気の入れ換えに、窓ぐらいは開けるでしょう？」

「刑事さん」照子はやや呆れ顔になった。「最近の病院事情をご存知ないんですのね。今はどこも空調設備がしっかりしていますから、防犯のためにも窓を開ける必要はないんです。それに周りが田圃で、農薬を撒く時期なので窓は開けないでくださいと言われてましたから」

津山は頷いた。供述通りだとすれば、犯人は複数でかなり計画的だ。箕田が推理したような、天野屋の女将を偶然ひいてしまった犯人が思いつくには、時間的にも物理的にも無理がある。

第一、箕田が見せてくれた事故現場の写真からしても、目の前にいる照子の快復は早すぎる。ただ、誘拐とは思わなかったという点は信じがたい。

「ところで、担当医は怪我について、何と仰ってましたか？」

「それが運び込まれた時には手当をしてくださったらしいんですが、それ以来一度も診察して貰えませんでしたの。私も変に思い、看護婦さんに訊きましたら、学会に出られているとかで。しかし、指示は受けていますから、安心してくださいと言われました」

「学会に…。では、昨日ですが、なぜ、加茂春日神社にいたのですか？」

「分かりません。あそこまでどうやって来たのか、私自身よく分からないのです。その前の日に看護婦さんが――その時もマスクはしてましたけど、『明日は退院です』と言って夕食を持ってきましたが、それからの記憶がまったく無いのです」

「ふーん。それからが…」

津山は疑うような目で照子を見た。

「たぶん、その中に睡眠薬か、何かが入っていたのではないかと思います」

「ほう。睡眠薬、ですか?……」

そう言いながらも、津山の口元は無意識にほころんだ。あまりにも都合のいいまとめ方だと思えたからだ。さっきまで誘拐されたとは思っていなかったと言い、そのすぐ後に、翌日の退院にも拘わらず睡眠薬を飲まされたと言う。まったく妙な話である。

「でも、まさか怪我人をあんなところに放置する病院はないでしょう。それこそ警察沙汰――」

「しかし、あそこに寝かされていたのは事実ですし、記憶がまったく無いのも事実です。これ以上、どうお答えすれば満足なのですか」照子は怒ったように遮った。「それから、刑事さん。先程から気になっているのですが、私は事実を申し上げ、捜査に協力しているのですよ。なのに、あなた方お二人は、まるで私が加害者でもあるかのように、疑った目で見て……。

私達のように旅館業を営んでいますと、相手が何を考え、何を欲しがっているかは大凡察しがつくものです」

照子は睨んだ。天野屋は妹の卑弥呼といい、気丈な性格が多いらしい。

「女将さん。そう怒らないでください。相手の言ったことを復誦するのは私の癖でして、他意はありません。目つきの悪さは刑事特有でして、不快に感じられたのなら謝ります」

津山は、そう言って頭を下げた。

今後の捜査に照子の証言は不可欠である。これ以上気分を害されては供述にも大きく影響する。照子が言うように、加害者ではなく被害者なのだから。

「いえ、そこまでなさらなくとも。ただ…」

語尾は濁しつつも怒りは納まらない感じだ。

何気なく顔をあげると、壁に掛かった大きな世界地図が目に留まった。

「ところで、女将さん。海外へは、よく行かれるんですか？」

津山は、話題を変える単なる世間話のつもりで訊いた。

「えっ」照子はまるで虚を衝かれたように驚いて、目を泳がせた。「まさか。こんな商売をしていますと、今回のような怪我でもしない限り、ゆっくり休めませんわ。ましてや海外なんて行けるはずがありません」

その態度には、なぜか今までの落ち着きはない。かなり動揺しているように見える。

その後、暫く沈黙があった。

その沈黙を破って電話が鳴った。照子は、なぜか救われたように受話器を取った。

照子は二言三言話してから、「あの、妹の昼子からなんですが、同席しても宜しいかしら？」

と、受話器を着物の袖で押さえ、津山に訊いた。

津山は顔をしかめ、右手を大仰に横に振ってみせた。

照子は津山の反応に少し笑みを浮かべ、受話器を耳にあてた。

「あ、昼子。もしもし…？　まぁ、返事も聞かずに切ってしまって、気が短いんだから。

ごめんなさい、刑事さん。今、下のロビーからでしたので、すぐにここへ来ると思います。あの子、短気だから人に待たされるのが嫌いで」

津山は苦笑しながら、今書いた手帖のメモを一通り見てから、

「我々はこれで引き上げます。あ、誤解なさらないでください、別に昼子さんを嫌ってのことではないんです。ただ、昼子さんは我々には刺激が強すぎて、特に独身のこの中田には」

と言って中田の肩を叩いて、簡単な言い訳をした。

正直、男を挑発するような衣装と香水をつけた昼子が同席では、若い中田でなくとも思考を停止させられそうだ。その上、あの高飛車な態度を前に、事情聴取など到底無理というものだろう。

津山と中田は、照子に丁重に挨拶して社長室を出た。

幸い津山達は天野屋の玄関に出るまで、卑弥呼の顔を見ずに済んだ。

パトカーに乗り込むと、中田は堰を切ったように、照子への疑問を投げかけてきた。

「何か変ですよ、あの女将。誘拐されたとは思ってもいなかったなんて。だいたい九日間もの間、一度も天野屋に連絡も取らないで、女将が務まるものですかね。それに——」

「もういい。それより早くエンジンをかけてくれないか。車の中がまるで熱帯地獄だ」

津山は額から流れる汗を拭った。

五月の晴天は、時折初夏を思わせるほど気温が上がる。特に甲府は盆地のため、内陸性気候で

ムシムシする。日陰のない駐車場に止めた車の中は、まるでサウナのようだ。

中田はエンジンキーを廻した。冷房を最高に効かせたがすぐには涼しくならず、汗がみるみるワイシャツを濡らしていた。

「暑い！　天野屋の露天風呂にでも入って行くか」

「いいですね。ゆったり温泉につかって…。しかし、妙な供述でしたね、課長」

「うん。すべて嘘だとは思わないが、所々問答集をそのまま言ってるような話し方だったな」

「課長の感じた妙なところって、どこです?」

「ま、辻褄が合いすぎる、というより、作り話のようなところかな。特に犬が引っかかる」

「犬?」中田は、意外と言いたげに言葉をくり返した。

「ああ。自分が可愛がってるペットは普通、名前で呼ぶものだ。家族同様だからな。『うちのハナ』とか、『うちのラッキー』と言うように。しかし、女将は何度も『犬』と言っていた」

「なるほど」中田は感心したように、自分の手帖に書き込んでいる。

「それから、何気なく『海外』と言った時の、女将の驚き方が気になる。あれは何かを隠してる顔だ。ま、もっとも、睡眠薬で話の辻褄を合わせたのもおかしいが、何よりも、昨日、卑弥呼と再会した時だ」

「卑弥呼と、ですか?」

「うん。女将は、妹の卑弥呼に十五年ぶりに再会したはずだ。それなのに人質解放直後、妹の卑弥呼を見ても、女将は別段感激した様子も、驚いた様子もなかった。普通は違うと思うがな」

「そうですね。でも、誘拐事件のショックからでは？」

「それはない。女将自身、誘拐されたとは思ってもいなかったと言ってたじゃないか」

「それもそうですね…。そう言われれば確かに変です。しかし、事故の後遺症ということは？」

「中田。それが本当なら、交通事故で頭を打って九日間も入院した人間に、どこにも怪我の痕がない方が不思議じゃないか？」

中田は神妙に頷いた。

確かに照子の証言と行動には矛盾がある。津山はそこにこの事件を解く鍵があるように思えた。

「ただ、今回の誘拐事件が、女将の狂言だったとしても、また共犯だったとしても、彼らにとって何も得ることはないんだがな」

「そうですね。動機が分かりませんね。高々二千万円ぐらいで天野屋の信用を捨てるとは思えませんし、まさか天野屋の宣伝のためとも思えませんからね…。

…あれ、課長。あそこを歩いているのは、天野巌。テン・ワイナリーの社長ですよ」

「本当か？　じゃ捕まえろ」

「えっ、やはり犯人なんですか？」

「馬鹿もん。事情聴取だ」

中田は「なーんだ」というような表情で、車のエンジンを切った。

津山は、天野屋に入りかけている天野巌を呼び止めた。

「すみません、警察ですが。天野巌さんですね」

警察手帖を出すと、天野巌はびっくりしたように見返した。六十歳をやや過ぎたくらいだろうか、ワイナリーの経営者らしく、顔にはその風格が感じられる。日焼けでやや黒光りした肌に、白い髪と口髭が印象的で、そのままワインのラベルになりそうな顔立ちだ。

「あ、はい、そうですが。私に何か?」

「今回の女将さんの誘拐事件のことで、お話を伺いたいのですが」

「ああ、そうですか。私で分かることなら…」

天野巌はかなり動揺している。

「早速ですが。我々の調べでは女将さんが誘拐される前、つまり五日のお昼のことですが、最後に会われたのが天野巌さんとのことなんですが、どういう用件だったのでしょうか?」

「別に用件というほどのことは無かったのですが。ただ一緒に昼食でもと思いまして」

「ゴールデンウィークの忙しい時にですか?」

「え?　ええ…。ま、その辺の感覚が鈍いので、よく照子に叱られるんですよ」

答えている顔からは、汗が噴き出している。

「ほう。ではその時、一緒にいた女性はどなたですか?　何人もの方が目撃なさっているんですよ。サングラスを掛けた四十歳位の。皆さん、たまに見かけると仰ってましたが」

「あ〜、あの人ですか。あの人は、……いやー参りましたな。実は私のコレでして」

天野巌は照れながら小指を立てた。

「つまり、愛人、と言うことですか。で、お名前は？」

「いやー、困りましたな。それだけは勘弁してください。年甲斐も無くとお思いでしょうが、家内や社員にも内緒でして」

額は益々汗で光って、精力絶倫のようにも見える。

「ほう。では天野さん。なぜ、そんなにも隠さなければならない人を、女将さんに会わせたのですか？　聞くところによりますと、天野さんは照子さんを、実の子供以上に可愛がっておられるとか。普通、そこへ自分の愛人を連れて行けますかね。私にも年頃の娘がいますが、そんな真似は出来ませんが」

「いや、別に愛人として紹介したわけではないのです」大仰に手を左右に振った。「まぁ、お蔭様でワインの売れ行きが好調でしてね。本格的なワインバーを甲府に出店しようと考えまして、そこの店長を彼女に任せようと思っているのですよ。あの子はソムリエの免許を持ってましてな。そのー、つまり挨拶ですよ」

さすが経営者だけあって臆することなく答えているが、照子同様不自然さは否めない。

「挨拶…。ところで、今までどこにいらっしゃったんですか？　誘拐事件のことは、平井さんから電話でお聞きになっていたはずですが」

「いや。勿論心配してましたよ。ただ、商売柄各地を回っていまして、こちらの都合だけでお客との約束をキャンセルするわけにはいかんのです。それに私が駆けつければ、犯人があらぬ疑いを持って、かえって照子の命が危険に晒されます。第一、警察であるあなた方の足手まといになるだけで、何の役にも立ちませんよ」

　よりいっそう顔から汗が噴き出している。

「ま、いいでしょう。でも天野さん、今後はその女の方と一緒に事情を伺うことになるかもしれませんので、当分の間、連絡が取れるようにしておいて頂きたいのですが」

「それは約束しますよ。ところで刑事さん、照子は元気でした？」

「はぁ？　ええ。今妹の昼子さんといらっしゃいますよ。これから、お会いになるんでしょう？」

「え？　あ、いや、ちょっと急用を思い出しまして…。元気なら、それでいいんです。では」

　天野巌はハンカチで汗を拭うと、待たせてあった黒のベンツに乗り込んで帰って行った。

「課長、変ですね。あれは嘘を言ってる顔ですよ」

「ほう。中田にもあれが嘘だと分かるのか」

「分かりますよ。それよりなぜ、もっと追及しなかったんですか？　任意で引っ張れば、何か出てくるかもしれませんよ」

「ああいうタイプはとことんシラをきるから、追及しても時間の無駄だ。それより、なぜ嘘をついたかを考えた方が早い」

「逆捜査法ですか。つまり、天野巌は怪しいということですね」

「ある意味ではな。まぁ、女将の言ってることを検証しながら、じっくり今回の事件の全容を見ていこう。もっとも、部長じゃないが、もう焦ることはないんだからな」

と、言いながら二人が帰りかけた時、天野屋新館の勝手口から老人が一人、杖をつきながら険しい表情でこちらに向かって歩いてきた。そして、津山の背広の襟を掴んで、「あの女は娘じゃない。追い出してくれ！」と叫んだ。

津山は老人の腕を押さえながら、あまりのことに中田と顔を見合わせた。

「あのー、お爺さん。あの女とは──」

津山の言葉など耳に入らないといった様子で、老人は顔を近づけ続けた。

「昼子は化け物じゃ。天野屋を乗っ取りに来た。あの女は化け物じゃ。追い出してくれ！　頼む」

まるで何かに取り憑かれたように一方的に喋っている。

そこへ仲居頭の平井が「会長！」と叫びながら追いかけてきた。平井は会長と呼んだ老人の手を掴んで、無理矢理体を勝手口の方に向けさせた。

「あのー、平井さん。この方が会長の？」

「ええ、会長の天野勇です。昼子さんが戻ってきたものですから、妙に昔の記憶が蘇って興奮しているんです。刑事さん、あまり気にしないでください、ご覧の通り惚けてますから」

「わしは惚けてはおらん。昼子は化け物じゃ、この天野屋を乗っ取る気じゃ」

「はいはい。会長、部屋に戻りましょう。失礼します、刑事さん」

平井は強引に会長を連れていった。

「やっぱり不倫で出来た子供は、いつまでも憎いものなんですかねぇ」

中田は二人の後ろ姿を見ながら、溜息とともに感慨深げに言った。

津山はもう一度天野屋の新館を見上げていた。

第三章　卑弥呼効果

1

六月になると山梨も梅雨に入った。山梨県警は先の誘拐事件で人質を無事救出したことを大々的に発表したものの、未だに犯人を挙げられず恥を晒す結果となっていた。

また、照子の解放から二週間後、誘拐事件に関係すると見られる新たな殺人が起きた。黄色いバッグを捨てた笛吹川に架かる下曽根橋の河川敷から、ガソリンによる焼死体が発見されたのである。誘拐事件の時、上空から見ていた中田が黄色のバッグを一時見失った場所で、しかも死体の側からは、山梨銀行の検印のある札束の燃え残りが出てきた。

津山は自宅で夕食を取りながら、テレビのニュースを見ていた。

――先日、笛吹川の河川敷で発見された黒こげ死体の続報です。初めは焼身自殺と思われていましたが、司法解剖の結果、遺体は鋭利な刃物で数カ所刺されており、山梨県警本部は、他殺と断定。殺人並びに死体遺棄事件として捜査を開始しました。

調べによりますと、殺されたのは年齢五十から六十歳代の男性で、身長は一メートル七十五センチ位。今のところ身元はまだ判っておりません。また、遺体の側にあった一万円札の束、二百万円分の燃え残りの帯封から山梨銀行の検印が見つかり、先ごろ解放された天野屋の天野照子さん誘拐事件で使われた身代金と一致したことから、誘拐事件との関わりについても捜査中です。尚、殺された男性は数年前から、下曽根橋近くの河原で生活していた男性ではないか、との証言もあることから、仲間割れを模倣した偽装殺人の疑いもある、と県警本部では見ています。

次に――。

ニュースが終わると、晩酌を楽しんでいた父源一郎が口を開いた。

「最近何だか知らんが、妙な事件が起きて、お前も大変だな。だが、栄一郎、焦りは禁物だ。マスコミなんか気にせん方がいい」

源一郎は最近のマスコミ報道には批判的だった。昔、学校の教師をしていただけに、野次馬的な物の見方は好きではない。その父が気にするなというのは、見誤るなとの助言だろう。

「分かってますよ」

津山の表情を見て安心したのか、すぐに話題を変えた。

「きょう、観応寺に行って来た。この前の法事のお礼をしようと思ってな。それより、あの鏡の騒動で七里岩周辺は凄かったぞ」

百枚の三角縁神獣鏡の出現は、地元では話題を独占していた。不景気のためか、それにかける期待がかなり大きいようだ。

「卑弥呼の墓でも出てきたのですか？」

「いや、周りを塀で囲っていて、中でどんな発掘をやっているのかも分からん。何でも盗掘する輩《やから》がいるそうで警戒が厳重だった。もっとも、卑弥呼の骨でも出てくれれば凄い発見だからな。それより、その周辺が凄い。商魂たくましいと言うか、色々露店が出ていてな。それこそ卑弥呼饅頭や卑弥呼酒、鏡煎餅に、神獣鏡焼きというお好み焼き屋まであったぞ。とにかく街全体が卑弥呼一色といった感じだ。この不景気にけっこう賑わってて、テレビの取材も来ておった」

『卑弥呼効果』と呼ばれる今回の発見は、かなりの経済効果をもたらしているらしい。県や市が目の色を変えるのも無理はない。

「そこで、お爺ちゃん、本物の卑弥呼さんに会ったんだって」美奈も食事の後片付けが終わって、お茶を飲みながら話に加わった。「サイングらい貰ってきてくれれば、良かったのにね。ほら、あの有名人の、お母さんに似た、グラマラスな美人よ」

津山にはそれが誰であるかすぐに分かった。最近、古代の卑弥呼同様、何かと話題を提供している卑弥呼こと天野昼子である。

「栄一郎、長生きはするもんだな。色白は七難隠すと言うが、透けるような色白でなぁ。まるで女神のように美しい。昔の卑弥呼もああいう妖艶さを持っていたんだろうな。美奈の言うように、亡くなった奈津子さんの生まれ変わりのようだったぞ。そこで、いい考えが浮かんだんだ。どうだ栄一郎、あの卑弥呼を後妻に迎えるというのは」

あまりに唐突過ぎて、津山はお茶に噎《む》せた。美奈までせき込んでいる。

「お父さん、冗談はよしてくださいよ。天野屋の誘拐事件で一度会いましたが、いくら奈津子に似ているからと言っても、あの手の身持ちの悪い、派手な女性は苦手なんです」

「ほう、面識があるのか。しかし、栄一郎、人を噂や外見で判断するようでは、お前も刑事としてはまだまだだな」

「噂や外見？　そんなので判断しませんよ」

「今、あの手の身持ちの悪い派手な女性と言ったじゃないか。ん？　何で身持ちが悪いと分かる、一度ぐらい会っただけで」

津山は言葉に詰まった。時々、現場でもあることだが、ちょっとした気の弛みで口をついた言葉が、自分を窮地に立たせてしまうことがある。ワードチョイスのまずさよと、かつて美奈が指摘してくれたが、今言った「身持ちの悪い」とは、新聞で見た雑誌広告の「卑弥呼を愛した男達」の見出しや、記者達の情報からの連想であって、確たる根拠はない。

源一郎は尚も続けた。

「噂は無責任な生き物だ、人のやっかみが入ってるからのう。妬《ねた》みが入れば入るほど、背鰭《びれ》尾鰭が付いて、ついには真実とは似ても似つかぬ化け物になる。まして外見は、その人の考え方や好みだから、自分の尺度に合わないからと言って簡単に批判は出来ん。人を判断するには目を見るのが一番。これは教員時代に会得したことだ。見た目は派手だが、本当は素直で優しい女だ。わしには分かる」源一郎はしみじみ頷いた。「ところで栄一郎。卑弥呼を後妻に迎えるというさっきの話じゃがな、何なら、わしが口をきいてやってもいいぞ。わしには強いコネがあるんじゃからな」

美奈はあまりにも真剣なその物言いに、また噎せていた。

「お爺ちゃん、向こうは大金持ちよ。そりゃ、卑弥呼さんみたいな美人で有名人が新しいママになってくれるのは嬉しいけど、所詮、お父さんとは釣り合わないわよ」

「そうですよ。こんな貧乏刑事の、舅こぶ付きじゃ、こっちが良くても向こうが断りますよ」

「そうかなぁ。栄一郎とは、なかなかの似合いだと思ったんだがなぁ…」

源一郎は冗談ともつかぬ顔で呟いた。

源一郎にどんなコネがあるかは知らないが、これが惚けの始まりかもしれない。津山はしみじみと年老いた源一郎を見た。

「それより、お爺ちゃん。観応寺の庵主さん元気だった?」

美奈は津山の窮地を救おうと、話題を戻した。

「おう、それを報告しようと思ってたんだ。あの寺、この前の法事の時とは様子が違って、少し変だったぞ。庵主さんに会おうとしたら、五十歳くらいの男が二人出てきてな。『聖師様は多忙につき、私達が承ります』と言うんだ。しかも厭な目つきでな」

「セイシ様？　何なの？　お爺ちゃん。そのセイシ様って」

「さあ？　わしにもさっぱり分からん。他にも本堂に真新しい木像があってな、大勢の女達がお経を読んでいた。うまくは言えんが、どこか以前とは違う」

「ふーん。でも別に変じゃないわ。だって、あそこはずっと前から女の人達の駆け込み寺だもん。それに、お母さんの法事の時聞いたんだけど、あの庵主さん最近、神憑《かみがか》りにあったんだって」

「神憑り？　仏門なのにか…」源一郎は首を傾げた。「しかし、あの寺は尼寺だ。男がいるのは変じゃないかのぅ？」

「ああ」美奈は思い出したように頷いた。「最近、行ってなかったから知らないけど、きっとその男の人達、ストーカーから女の人達を守っているのよ。確か三年位前から、いたと思うけど」

「何だ、そのストー何とかとは？」

「ストーカー。女の人の後を執拗につけ廻す男のことよ」

「痴漢のことか。ここは日本だ、日本語で言え」

「近いけどちょっと違うのよ。ただ最近、ストーカーばかりじゃなく、暴力を振るう夫が増えてるそうよ。だからその男の人達はきっと、ストーカーや妻に逃げられた夫から女性を守るガードマンよ。

警察は夫婦間や男女間のことにはあまり入りたがらないらしく、事件が起きるまでは見て見ぬ振り。当てにはならないんだって週刊誌にも書いてあったわ。それだけ世の中には不幸な女の人が多いってことね。でも、さすが庵主さんね。今はそういう不幸な女の人達も守ってあげているんだ。私も久々に遊びに行ってみようかしら」

「じゃ、わしはそのストーカーとかと間違えられたわけか?」源一郎は納得できない様子で腕組みをした。「でも、なぜ警察は放っておく。そういう弱い立場の人を守るのが警察の本分だろう。なぁ、栄一郎」

「ええ、まあ。今までは民事不介入の原則上、見過ごすしかなかったのですが、法律の改正もあって、警察も今後は放ってはおかないですよ。ただ、介入するにはまだまだ微妙な立場なのも確かです。それより、今夜は疲れたから早めに寝ます。ご馳走さま」

津山は逃げるように席を立った。

事件のさ中、未だ解決の糸口さえも見つかっていない今は、妙な縁談話は勿論、警察の話題に触れられることでさえ疲労に感じる。

2

津山は自分の部屋に入るとすぐに布団に潜った。壁越しに二人の会話が子守歌のように聞こえ、今までの疲れもあってか、いつしか深い眠りに入っていった。

最近、石和にオープンしたばかりのビュー岩宿ホテルは、長引く不況にも拘わらず、三百五十もある客室のすべてが埋まっていた。

バブル崩壊後に倒産したホテルを改装・改名したものだが、このホテルの売りは、様々な会議や公演、コンサートなどが開ける本格的な大ホールと、イベントや結婚式などの多目的なスペースとして利用出来る大広間である。また、防火設備など人命に対してのセキュリティには最新のシステムを導入し、それもひとつの謳い文句にしていた。

その自慢の大ホールでは、先頃、新府城跡付近から出土した三角縁神獣鏡について、多くの考古学者や歴史学者を集め、『卑弥呼の墓』というシンポジウムを三日間の予定で開いていた。

表向きは山梨県教育委員会が主催し、N市の社会教育課がシンポジウムを指揮している形を取ってはいたが、第一発見者の小山田が県教育委員会にけしかけたというのが真相らしい。

しかし、何よりも今回の目玉は、今や時の人である発掘責任者のT大学の考古学者・三枝典男が打ち出した仮説である。三枝は三角縁神獣鏡が百枚出土したことから、『魏志倭人伝』の一文に出てくる卑弥呼の鏡であり、発見現場こそが『卑弥呼の墓』である可能性が高い、という仮説を発表したのである。

一方、大広間でも温泉ホテル協会の会議が開かれていた。甲信地区の名だたる旅館やホテルの女将や経営者の殆どが集まっている。その中に最近ミステリアスな事件として話題を呼び、被害者であり協会の会長でもある、天野屋の女将・天野照子も出席していた。

この会議も三日間の予定で開かれてはいるものの、夢のある先のシンポジウムとは対照的に、深刻な議題を抱えていた。

バブル崩壊は、ホテル温泉業界にもかなりの打撃を与えている。企業の倒産や縮小などで社員旅行や接待ゴルフなどの減少・廃止に加え、家族旅行などの一般客が減ったのが主な原因だ。いずれのホテルや旅館も宿泊客の獲得に様々な工夫を凝らし、経営面ではリストラなどで何とか乗り切ろうとしていた。しかしここに来て、銀行の貸し渋りで、どうにも首が回らなくなったというのが実情で、かつて明かりが絶えることなく栄えてきた、幾つもの有名な老舗旅館が相次いでのれんを畳んでいる。この平成不況は、出口のまったく見えない長いトンネルのようで、多くの経営者の心を暗く包んでいた。

温泉ホテル協会の会議は二日目に入っていた。大広間では朝から、各ホテルや旅館が抱えている業績不振に加え、銀行の貸し渋り対策について議論していた。

集まった温泉やホテル八十数社のうちの殆どが、銀行からの借り入れを止められており、建物が抵当に入っている所もある。このままでは経営自体難しく、現状維持もままならない深刻な状態だった。そこで協会内で資金の運用を、という提案が出た。各ホテルや旅館の株を新たに増やし売買することでの資金提供である。しかし協会にも限度がある。天野屋はすでに幾つかのホテルに出資しているものの、天野屋だけでは到底すべてを救済出来るはずもなかった。

そこに新たな資金提供を申し出てきた者がいた。昼子こと卑弥呼である。

卑弥呼の経営するグループ企業には、エステサロン、美容整形、ブティック、会員制クラブ、特殊浴場などがあるが、この不景気にもかかわらずその殆どが黒字で、特に世間にはあまり知られていないフレンズハート・ファイナンスという消費者金融もその傘下にあり、皮肉にも平成不況とともに伸びていた。これが資金提供の出所らしい。

卑弥呼の人気もさることながら、資金提供というお土産に惹かれた参加者も多かった。しかも政財界に顔が利く卑弥呼が後ろ盾になれば、その方面の客の利用も当て込めるため、今まで貸し渋っていた銀行も態度を変える可能性がある。温泉ホテル協会にとり卑弥呼は、まさに救世主的存在に思えた。

照子が改めて、卑弥呼を紹介したのはお昼近くになってからである。

途中参加した卑弥呼は、いつもの華やかな衣装とは対照的に、シックな紺色のスーツを着ていた。女というより一事業家といった感じだ。知的に見えるせいか、逆に妙な色気を放っている。集まったホテルや旅館の男性オーナー達は、ステージの袖に立っている時から、卑弥呼の清楚な美しさに魅せられていた。

卑弥呼は、拍手に迎えられ中央のマイクの前に立った。

「皆様、天野昼子です。世間では、卑弥呼で通っていますけど――。

私は十八歳の時に山梨を出ました。随分昔のことのように思いますが、ようやくここまで来ました。今年、山梨にお店を出した時は、懐かしさよりも見返してやろうという気持ちが強かったものです。私は幼い時から嫌われよくいじめられましたので…。しかし、そんな気持ちが薄れたのは、姉の誘拐事件です。姉は私をいつも庇ってくれました…」

当時を思い出したのか、ハンカチで目頭を押さえた。

「ごめんなさい、つまらないことをお話して。今、私が姉やこの山梨、そして皆様のためにお役に立てることを本当に嬉しく思います。

ご融資については、後ほど詳しく係の者が説明いたします。資金は充分とは申せませんが、微力ながら皆様のご期待にそえられるよう用意しておりますので、ご安心ください」

会場の全員が拍手した。照子が笑顔で駆け寄り、卑弥呼の肩を抱いてマイクを持った。

「皆様。こんな時にお願いと言っては何ですが、私も四十歳を越え、あの誘拐事件以来、やはり歳を感じております。そこで名誉ある協会長を、ご辞退したいと考えております」

照子のあまりに唐突な申し出に、場内は一瞬静まり返った。

「その代わりと言ってはなんですが、妹の昼子、いえ、卑弥呼に、協会長の座に着いて貰おうと思いますが、如何でしょうか?」

照子が話し終わらないうちに、会場から「卑弥呼!」という連呼とともに、一段と大きな拍手が沸き起こった。

卑弥呼は驚きとも笑顔ともつかぬ顔で、照子と会場を見比べていた。

卑弥呼は昨日までの照子の態度に、少なからず違和感を感じていた。特別これといって決め手になるようなものはないし、気のせいと思えば思えなくもない。十五年ぶりに再会したのだから、それなりのわだかまりはなくもないのだが、何となく根本的な部分で違うような気がして、それを確かめずにはいられない気分だった。

卑弥呼は照子を昼食に誘った。午後は、協会のホテルや旅館のオーナーが卑弥呼からの融資額の相談や手続きをしていて、二時までは間がある。

二人は、ビュー岩宿ホテルで一番見晴らしのいい、七階のスカイレストランに来ていた。

梅雨時にしては珍しく、雲の切れ間から富士が雄大な姿を見せている。レストランの音楽も風景に呼応するかのように、ストリングスのゆったりとした静かな曲が流れていた。

照子は今朝と同じ着物を着ていた。明るいベージュに茶色の帯を締めていて、全体に品よくまとめている。卑弥呼は会合の時とは違い、薄紫のドレスにコサージを着け華やいだ装いでいる。

卑弥呼はパンプキン・スープをスプーンで口に運んだ。

「何年ぶりかしら、こうしてお姉ちゃんと食事するの」

姉妹だからだろう、卑弥呼の声にはいつものような気取りはない。

「そうね。ずいぶん経つわね」

目の前の富士山を見ながら、照子は感慨深げに呟いた。

ウエイターがステーキを二人の前に置き、簡単な説明を加え下がった。二人は笑みを湛えながらワインを傾けると、ナイフとフォークでステーキを一口大に刻み口に運んだ。

「ねえ、覚えてる？　昔、お父さんと三人で露天風呂に入った時のこと。私が小学校一年でお姉ちゃんが、確か…中学二年だったと思う。ほら、夏休みで誰もいなかった朝よ。私が牛乳をお風呂に入れて…。覚えてない？　牛乳風呂よ。私、クレオパトラみたいになりたくて。でも、湧き出るお湯ですぐ透明になって…。楽しかったなぁ」

「そうね。そんなこともあったわね」

照子は何気なく相槌を打っている。卑弥呼は赤ワインに口をつけると、注意深く照子を見つめた。照子は付け合わせのゆでた人参を食べている。

「あら、いつから人参食べられるようになったの？」

「ん？」照子は少し驚いたようだが、すぐに平静になった。

「嫌いだったはずでしょう？」

「何言ってるの。私も、もう四十歳よ。好き嫌いを言ってたら、天野屋の女将は務まらないわ」

「それも、そうね」

二人はまた他愛もない話をしながら、楽しそうに食事を進めた。

食事が終わってデザートが運ばれてきた。杏《あんず》のシャーベットだった。

先程のウエイターが二、三説明をして下がっていった。

「ねえ。一つ訊いてもいい？」

「何よ、あらたまって」

「うん……。今朝、会議の席上、どうして急に、協会長の座を私に譲るなんて発表したの？　協会のメンバーでもない私に」

「それは…。あの時も言ったように、四十を過ぎて歳を感じたのよ。それにメンバーじゃないって言っても、貴女だって天野屋の娘でしょう。権利はあるわ。協会の会員も賛成したじゃない。昼子が適任なのよ」

「それはないけど…。分かったわ、それはそれで」

「まだ、他にもあるような口ぶりね」

「ん？　うん…」

「何よ、変な子ね。いつもの貴女らしくもない」

卑弥呼は食後のシャーベットを口に入れながらも、目は睨むように照子を見た。

照子の方は、「なーに」と言いたげな顔で見つめている。

「じゃ、はっきり言わせて貰うわ。ねぇ、顔はそっくりだけど、貴女は誰なの？」

照子は驚いたように卑弥呼を見返した。

「えっ、何、馬鹿なこと言ってるの。昼子」

「昼子…、か。やっぱり、昼子って呼んだわね。昔、その名前では絶対呼ばなかった。私がその名前を嫌ってることを知ってたはずだから。姉は、いつも〈ピコ〉って呼んだわ」

照子は今度は明らかに狼狽している。

「さっき言った親子三人で入った露天風呂の話だけど。あれはすべて私の作り話。父が私と一緒にお風呂に入ったことなんて一度もない。そんなことあるわけがないわ、あんなに私のこと嫌っていた父が」

照子の顔は明らかに苦渋に満ちている。それでも平静を装って微笑み返してきた。

「御免ね。誘拐事件以来、時々記憶がなくなることがあるの。ただ、貴女を傷つけまいと口裏を合わせただけなの」

「そう。じゃ、人参のことも？」

照子はグラスに残った赤ワインを飲み干した。その間も、注意深く卑弥呼を見ている。

「勿論、そうよ。よくは思い出せないけど、昔は確かに——」

「好きだった」言下に言った。「姉は人参が大好物だった。私が嫌いだったから、よく食べてくれたわ」

「ちょっと。貴女って人はどこまで人が悪いの。私は頭を打って以来、記憶が時々無くなるのよ。そんなにも私を追いつめたいの！」

照子は膝に載せていたナプキンを、ボンと勢いよくテーブルに叩きつけた。しかし、卑弥呼は動じない。

「記憶喪失？　ふん。私を甘く見ないで。人を見る目は確かなのよ」

卑弥呼は詰るように言った。照子は一瞬見返したものの、落ち着きがない。

「もう一度訊くわ。貴女は本当に誰なの？　何を企んでるの？」

照子の首筋にうっすらと汗が滲んでいる。

「貴女が姉というなら、右腕を見せて。子供の時につけた傷跡があるはずよ」

「貴女こそ、十五年も経って天野屋へ何しに来たの？　そんなことで私を追い出せるとでも思ってるの」

暫く二人は睨み合った。どちらも動かない。

その時、ウエイターが照子に電話が来たことを告げに来た。

照子はすくっと席を立つと、怒ったように出口の方へ向かった。


照子は不愉快な気分のまま一階のロビーに降りた。

ロビーの隅のテーブルで薄茶色の帽子を被った男が、照子に気付き手を挙げた。五十過ぎの男は、営業マンのような紺の背広を羽織っている。

照子はその出で立ちをしげしげと見てから、ソファに座った。

「水村さん、その格好はどうなさったの？」

男は「しっ」と遮ると、辺りを見回した。

「犯人を欺くためですよ」用心深く小声で囁いた。「それより、卑弥呼はどうです？」

「怪しいですね。何か企んでるみたいです。今も卑弥呼と会っていたんですけど、水村さんの電話で助かりましたわ」

「まさか…」

「ええ」照子は伏し目がちに答えた。「薄々感づいているようです」

「そうですか、やはり…」

水村は沈鬱な表情で頷いている。照子も水村に合わせて小声で言った。

「協会長の件は、犯人の指示通りに卑弥呼に譲りましたわ。それから生命保険も、私の死亡時の受け取りを卑弥呼——天野昼子にして入っておきました」

「それでいい。不本意でしょうが、何もかも要求通りにしてください。今は我慢しかありません。先日、テレビのニュースで知ったんですが、犯人は浮浪者を殺し、身代金の一部と一緒に遺体を燃やしたそうです」

「私も見ました。下曽根橋の事件でしょう?」

「ええ。警察は偽装殺人と見てるようです。犯人は殺人までする輩ですから、何をするか分かりません」

「怖ろしい相手ですね。その後、犯人から何か言ってきました?」

「いいえ」水村は頭を振った。「ただ……正直に申しますと、私はもう限界です。いっそのこと警察にと思うんですが——」

「それは、やめてください！　もう少しの辛抱ですよ、水村さん」
「それは分かっているのですが……、分かりました。しかし、貴女も充分気をつけてください
よ。今夜あたり何かあるかもしれません。胸騒ぎがするんです…」
水村は不安げな表情で、辺りを見回した。
「それから、一緒に来ている番頭の沼田と仲居頭の平井は勿論ですが、天野巌という男にも気を
つけてください。あの男も今回の件に、何か一枚咬んでいるような気がするんです」
「私もそう思います。さっきもここのフロアマネージャから聞いたのですが、叔父が私の泊まっ
ている部屋を教えろと、しつこく言ってきたそうです。相手が叔父だから教えたそうですが…」
「うーん、それは危険だな……。部屋は確か七階の、七〇五でしたよね？」
「いいえ。七〇一号室です」
「そうですか。きょうは満室だから部屋は代えては貰えんでしょうが、くれぐれも気をつけてく
ださい。とにかく今回の件は、周りがすべて敵だと思ってください。恐らく、沼田や平井以外に
も内応者がいるはずです」
「えっ、他にもいるんですか？」
「いると思います。照子さんがいくら女将と思っていても、血縁者から見れば所詮、血のつなが
りのない養女。親戚縁者は面白くないですよ。それが裏で従業員と結託して、現社長を引きずり
降ろす。よくある話です。誰が首謀者か分からない以上、用心に越したことはない。誰かを雇っ

ている可能性もありますし…。いずれにせよ、それほど天野屋は大手になったということです。私はこれで引き上げますが、くれぐれも気を付けてくださいね」

「分かりました。水村さん、また連絡してくださいね。いつもは強がっていますが、私も時々心細くて…」

「何を気弱な。私ならともかく、天野屋の女将が。貴女なら大丈夫、乗り越えられますよ。お互い最後まで頑張りましょう。では」

水村は帽子を深々と被り直すと、背中を丸め用心深く小走りでロビーを出ていった。

3

卑弥呼は午後には同ホテルの、別の会場で開かれていた、シンポジウムにも参加していた。卑弥呼という名前が同じという以外、考古学とはまったく無関係なのだが、まるでゲストのように振る舞っている。もっとも、彼女がいるだけで殺伐とした答弁が、華やいだ雰囲気になっているのも確かであった。勿論、それは卑弥呼のファッションセンスに依るところが大きい。

卑弥呼は体の線がはっきりと分かる、スパンコールの入った紺色のチャイナドレスを身にまとっていた。胸元のハート型に大きく開いた窓のような切り込みからは、胸の谷間が白く覗いていて、その豊かな胸には数カラットのダイヤがキラキラ光っている。その上、手には白扇を持ち、扇ぐ度に卑弥呼のつけている香水が会場全体に拡がり、何とも蠱惑《こわく》的な世界をかもし出している。会場ではまさに注目の的。充分広告塔の役目を果たしていた。

ステージにはスライド用の銀幕が張られ、側にはまるで何かの審査員席のように椅子が並べられていた。三枝と卑弥呼は並んで座り、その隣りには県知事、県教育委員会、文化庁の面々、そして末席には小山田とN市の社会教育課、商工観光課の職員が座っている。

壇下は考古学者や歴史学者、マスコミ、一般の考古学ファンなどで埋め尽くされていた。

今回のシンポジウムの目的は、発掘に必要な公的資金獲得のための、公聴会のようなものである。事前下調べの段階で遺跡としての価値が認められれば、今後の調査・発掘費として少なくとも億単位の金が動く。その後の観光収入などの経済効果を考えると、不景気のさ中、県や地元にとっては、結果次第で光明にもなり得るのである。

シンポジウムの争点が、日本人の最も興味のある『卑弥呼の墓』というだけに、否が応にも議論は盛り上がりを見せていた。

初日のパネルディスカッションも終わり二日目も終盤になると、質疑応答は過熱した。中でも今回の発掘に関われなかった、地元Y大学の教授であり、三枝の考古学の先輩でもある岡島隆正は、執拗に駁撃《ばくげき》していた。

岡島はマイクを渡されると、微かな笑みを浮かべ質問を開始した。

「三枝先生。今回出土した鏡百枚を拝見させて頂きましたが、本物のようですな。しかし、昨日から三角縁神獣鏡の説明が中心で、多少うんざりしております。

今回仮説として挙げられた『卑弥呼の墓』。と言っても、先生の隣りに座っていらっしゃる、美しい御婦人のことではありませんよ」

岡島の厭味とも皮肉とも取れる言葉に、場内は嘲笑と拍手が湧いた。

岡島の後輩である三枝に、「先生」という形容をつけるだけでも腹立たしかったにちがいないと噂する者もいて、マスコミは面白おかしく二人の対決を記事にしている。

そのことを知ってか、岡島はわざと会場の反応を楽しんでから質問を続けた。

「幾つか質問があります。まず場所です。先生は卑弥呼の墓の場所を風水で定めたと仰った。当時の人々が、現在の女子高校生のように、風水に凝っていたとは面白い仮説ですな。

私の調べでは、風水は卑弥呼の死後、中国の晋の時代に郭璞《かくはく》という人が『葬書』の中で初めて書いています。また、近年話題になったキトラ古墳の壁画にも風水で使う、青龍、白虎、朱雀、玄武の四神が描かれていますが、これも八世紀初めのものです。なのに卑弥呼の生きていた三世紀には無かった風水で、あの場所を特定したという説自体、妙な話です。

また、未だ邪馬台国の所在が九州説と近畿説とはっきりしない中で、そのどちらからも遠い山深い甲斐をなぜ選んだのでしょう。当時は冷凍車も無く、遺体を運ぶのも大変だったはずです」

隣でY大学学長の市川が大きく頷いている。

「次に、古墳です。『魏志倭人伝』に『卑弥呼以て死す。大いに塚を作ること径百余歩、葬に殉する者奴婢百余人なり』とありますが、これが事実だとすれば『径百余歩』ですから、卑弥呼の墓は円形で、魏の尺度で計算しますと、直径が約百五十メートルということになります。そんな大きな丸い墓が七里岩の一体どこに存在するのですか？　私はあの辺りをよく知っていますが、新府城以外に土を盛った大きな丘は見たこともありません。

それに卑弥呼の石室や棺は、一体どこにあるのでしょう？　あれほどの女王をまさか棺にも入れず埋めたとは、考古学上考え難いですからね。

以上についてお答えください」

岡島はマイクを係の者に渡すと、壇上の三枝を見て微かに笑った。

三枝も、挑戦的ともとれる薄笑いを浮かべ、岡島を見た。

「沢山の質問、有り難うございます。地元の考古学の教授に、ここまで今回の発掘に興味を持って頂けて光栄です。ただ岡島教授は、卑弥呼の墓がこの山梨にあることが不名誉なのか、それとも何か不都合でもあるかのように、仰っていらっしゃいますね」

さっきのお返しのような言葉に場内から、僅かに拍手が湧いた。

「それはともかく、まず初めの質問、卑弥呼の墓の場所の特定ですが、その前に時代背景を明らかにしておかねばなりません。

当時、邪馬台国は南の強国・狗奴《くな》国と戦争状態にあり、そのさ中卑弥呼は死にました。平時ならともかく戦時下にあっては、敵である狗奴国に、大将である卑弥呼の死を隠すのは至極当然なことです。

少し余談ですが、名将武田信玄も、自分の死を三年間隠すように命じたと言います。それほど大将の死は士気に大きく影響します。ましてや三十余国の連合軍の長であった邪馬台国の女王卑弥呼ともなれば、味方と言えども隣国に知れては一大事。だからと言って、遺体をそのままにしておくわけにはいかないですし、大がかりに古墳を造るわけにもいきません。そこで選んだのが今回の七里岩だったのです。

先程、岡島教授は――風水は卑弥呼の死後、云々――と仰いましたが、それについては少々異論があります。

昨年、中国南京の歴史博物院に行きましたが、磁石の固まりである、『司南《しなん》』の模型が展示されていました。これは、卑弥呼が生きていた時代より遥か四、五世紀も前の春秋戦国時代に発見されたものです。当時、北ではなく南を指していると考えたので、『司南』と名付けたのです。

漢代に入りこれを使って風水羅盤の元を作り、その後三国時代の魏の時代には東西南北は勿論ですが、陰陽《おんみょう》・五行《ごぎょう》・八卦《はっけ》などの思想と道教とが結合し、風水の元の理論を完成させました。

つまり、魏と行き来があった卑弥呼の時代には、それに近いものが既に伝来した可能性があったと推測されます。

『魏志倭人伝』にも、卑弥呼は『鬼道を事とし、能《よ》く衆を惑わす』と書いてありますが――」

その時だった。会場から「現代の卑弥呼もよく衆を惑わすぞ！」という野次が入って、笑いで少しどよめいた。

隣りで静かに座っている卑弥呼は、別段表情も変えず白扇を扇いでいる。

三枝も野次にまったく動じることなく説明を続けた。以前記者会見で緊張していた時とは違い、まったく別人のように堂々と見える。

「この鬼道とは現在のシャーマニズムのことだろうと言われていますが、風水などの思想を元に卑弥呼は鬼道を行っていたのだと思います。ですから卑弥呼の側近達が、元々墳墓の地を占い定める風水で、七里岩を選んでも不思議はないわけです。

尚、邪馬台国の所在地については、私は畿内説を支持してます。当時の人達にとってこの甲府盆地は、奈良盆地と似た、望郷の念が湧く土地だったのではないでしょうか。

それに霊峰富士です。先日、七里岩に登って見ましたが、眺めはまさに感動そのものでした。古代人達は、あの場所こそが卑弥呼を埋葬するのに相応しいと思ったにちがいありません」

三枝はそこまで説明すると、卑弥呼こと昼子が入れてくれたコップの水を飲んだ。

卑弥呼と一瞬目を合わせてから、益々自信に満ちた張りのある声でマイクに向かった。

「次に古墳ですが、これは恐らく新府城の真下に埋まっているものと思われます」

その大胆な推論に場内がざわめいた。しかし、三枝は臆することなく続けた。

「地元の方ならよく御存知でしょうが、十六世紀の戦国時代、信玄亡き後の武田氏は、まさに卑弥呼と同じように織田・徳川連合軍との間で戦続き。城を持たなかった武田氏が、一刻を争う中で古墳を利用して築城したとしても不思議はありません。

武田家の重臣穴山梅雪《あなやまばいせつ》は、孫子の兵法書など中国の書物を愛読していたそうです。梅雪が同じように風水によってこの地を探しあて、真田昌幸らに命じて築城させたのではないかと推測します。彼らにとっては、古墳であろうが小高い丘であろうが、短期間で城を造るのに格好の場所であったにちがいありません。その下には自然の要害の地である七里岩。安全性は、梅雪が能見城《のうけんじょう》を建てていたことから保証済みです。

石室や棺ですが、恐らくそれらの石は、新府城築城の際、城壁などに利用したのではないかと思います。

以上が、岡島教授への回答です」

岡島は頷きながらマイクを持つと、すぐ立った。

「大変丁寧な回答を有り難う御座いました。

先生は今の説明の中で、卑弥呼は極秘裏のうちに葬られ、武田信玄のように、その死は周りにも秘密にされたようなことを仰いましたが、それでは死後、誰かが卑弥呼として振る舞ったことになる。つまり、影武者でもいたのですかね、映画のように。もし、そうだとすると卑弥呼に似た人間が、数年間卑弥呼を演じていたことになりませんか?」

三枝はやれやれという顔で答えた。

「それに関しては、今回の発掘調査とは無関係なように思いますが、あえてお答えします。

『魏志倭人伝』の中に、卑弥呼は人前に姿を現さず、また近づけず、一生純潔を保ち――」

その言葉にまたもや会場から、「現在の卑弥呼とは大違い！」という野次が入った。

三枝は臆することなく、わざと大声で「一生純潔を保ち鬼道に仕え」と復誦《ふくしょう》してから、説明を続けた。「唯一人の男子にその神意を伝達させたとあります。これは何人も入れない、隔離した部屋なり、宮殿を持っていたからです。ですから、伝達係が自問自答の演技をすれば、誰だっていいわけですよ」

三枝は席に着くと同時に、昼子の手を優しく握った。

「なるほど、分かりました。しかし」と一旦切ってから、岡島は不遜な笑みを湛《たた》え、挑むように向き直った。「今の答えは別として、その他はその殆どが推論にすぎない。我々考古学にたずさわる者にとって推論だけでは、仮説を新説として認めるわけにはいかない。

そこで、あえて最後にもう一つだけ質問させて頂きます。

今、先生は古墳が新府城の真下に埋まっていると仰った。では、新府城跡から約百メートルも離れた現在の発掘場所の沼地から、なぜ百枚の鏡が出たのでしょうか？

先生のお話では、埋葬品である卑弥呼の鏡が埋まっていた場所と、卑弥呼の遺骸が納められた古墳とは別々の場所のように聞こえますが、その点は如何でしょう？」

三枝は小山田と目線を絡ませた。まるでその質問を待ち望んでいたかのようである。

「仰る通りです、岡島教授。実は私もその辺りが不思議でならない。試掘溝からだけでは残念ながらそこまでしか判りません。今判っていることは三角縁神獣鏡が百枚出てきたことだけです」

「それだけで仮説を立てるのは、あまりにも無謀ではありませんかな」

「そうでしょうか。三角縁神獣鏡が百枚出てきただけでも、推論・仮説を立てるには充分値すると思いますすよ。勿論、今後の調査は必須ですが――。

そこで、今回ご出席頂いている山梨県知事、並びに文化庁の皆様と県教育委員会の方々に、ご理解と今後の調査の予算を組んで頂きたいと願う次第です。どうか日本の考古学発展のためにも、宜しくお願い致します」

三枝はいつしか話す相手を、知事とその隣りに居並ぶ文化庁や県教育委員会の面々に向けている。岡島は完全に無視されたかたちになっていた。

虚を衝かれた県知事は逡巡している。文化庁らしき数人の顔色を伺ってから、同じように相槌をうってマイクに向かって挨拶した。

「二日間に渡り白熱した議論を楽しく聞かせて頂きました。今回の山梨での発見が全国に誇れる遺跡であり、卑弥呼神話や邪馬台国所在地問題を解く上で、大きく貢献できるものと期待しております。

尚、今後の調査に関しては県、並びに県教育委員会とも、前向きに検討し、協力していきたいと考えております。三枝先生のご苦労を無駄にすることなく、今後とも引き続き発掘調査を宜しくお願いします。大変ご苦労さまでした」

簡単な挨拶だが、言葉には今後の調査をほぼ認める含みを持っている。

知事は自ら進み出て三枝に握手を求めた。三枝は握手をしながらも、知事の後ろにいる卑弥呼と小山田と交互に目を合わせほくそ笑んだ。三人三様の思惑が一致したかのように――。

4

津山以下捜査課の刑事達は、甲府の地図を前に捜査会議を開いていた。夕刻から始まった会議は、八時を過ぎてもまだ続いている。議論の焦点は天野屋の女将誘拐事件と、それに関連があるとみられている下曽根橋の殺人並びに死体遺棄事件である。

二つの事件共通の手がかりとみられる一万円札の札束の燃え残りと、黒こげの死体が履いていたゴム長靴が、各々ナイロン袋に入って机の中央に置かれていた。

津山は自分の手帖と鑑識からの報告書を見ながら、説明に入った。

「もう一度確認のため、新情報とともに事件の要点を伝えておく。

まず、笛吹川河川敷の黒こげ死体だが、司法解剖の結果、鋭利な刃物による他殺と断定。刺し傷は、背後から腹部へ一カ所、前から胸部及び腹部へ五カ所、顔・首にそれぞれ二カ所。直接の死因は、胸から心臓を直撃した刺し傷と判明。その後、遺体を焼いたものと思われる。

死亡推定日時は五月二十五日夜から未明にかけて。これは二十五日夜に河川敷で何かが燃えているのを見たという、付近の住民の目撃証言と一致する。つまり、天野屋の女将が解放された、ほぼ十日後ということになる。

側にあったこの燃え残りは、鑑識の結果、やはり山梨銀行が人質事件の際、用意した二千万円のうちの二百万円分で、数百万円分が灰になっていたと判った。何だ？　中田」

「ということは、この二つの事件は、同一犯ということですか？」

「ほぼ間違いないだろう。今後はこの二つの事件を一連のものと考え、捜査を進めていく。

ではまず誘拐事件の方だが、犯人はかなり土地鑑がある。恐らく地元の人間と考えていいだろう。天野屋の女将の供述に不審な点もあるが、犯人は複数と思われる。病院や個人医院の病室を、徹底的に調べてくれ。それから、犯行に使われた携帯電話だが盗品だった。

次に河川敷での殺害だが、被害者はこの河川敷で暮らしていたと思われる。死体発見場所からは流木で作った柱や、歯磨きのチューブや髭剃りなどの生活品が多数、焼け残っていた。

恐らく、浮浪者に罪を着せ、仲間割れのように見せかけたのだろう。それで身元を隠すために被害者を焼いたと思われる。今、鑑識には歯型を県内の歯医者に当たって貰っているが、まだ被害者は割れていない。とにかく、この男の身元を洗う唯一の手がかりが、焼け残ったこのゴム長靴だ――」

そこへ交通課捜査係の箕田警部が入ってきた。何か言いたそうな顔で控えている。

津山は説明を中断して、声を掛けた。

「何だ、箕田。神妙な顔して」

「うん。天野屋の犬の首輪に付着していた血液が、ひき逃げ事件の被害者のものと一致していたのだが、どうやらそれは天野屋の女将のものらしい」

箕田は天野屋の近くで起きた、ひき逃げ事件を捜査している。天野屋の女将が誘拐されたこともあり、充分な現場捜索や聞き込みができず、十日以上も捜査は中断させられていた。

「ん？　犬の首輪に付いた血液と、ひき逃げ事件の被害者のものと同一だったのは聞いているが、それがなぜ天野照子さんの血液だと分かったんだ？」

「いや、血液からじゃない。ひき逃げ現場から採取した髪の毛からだ。それを天野屋の女将の部屋にあった髪の毛で調べたんだが、鑑識はほぼ同一人物に間違いないと言っている」

「ということは、ひき逃げ犯と誘拐犯は同一という、箕田の推理は正しかったわけだ」

「いや、違う。道路にあった血量は尋常ではなかったから、完治するにはかなりの時間がかかるはずだ。だが、解放後現れた女将は、大怪我はしていなかった」

人質解放後、津山自ら照子の腰や膝を触ってはいるが、頭以外に怪我はなかったばかりか、翌日には頭から包帯も消えていた。

「つまり、ひき逃げ事件と誘拐事件の被害者は照子さんだが、人質解放後の照子さんは別人だと言いたいのか？」

「うん。妙な話だが、そういうことになる」

それが箕田を神妙にさせる理由らしい。

「うーん。車にはねられた人間が十日後にはピンピンして帰ってきた。確かに妙だな。となると、やはり、天野照子さんをもう一度調べる必要があるか……。

中田、今夜のうちに連絡を取っておいてくれ。明日一番にそちらに伺うとな」

中田は「はい」と言って、すぐに天野屋へ電話をかけた。

「しかし、どうも腑に落ちん」箕田はまた首を傾げた。

「妙と言えば、箕田、解放後の照子さんの供述も妙なんだ。何か嘘を言っているような気がする。ただ、頭を打ったのが事実であれば、供述に曖昧さがあっても不思議はないが」

「ひょっとして、あの誘拐事件は狂言か?」

「まさか、それはないだろう。天野屋ほどの大旅館の女将が高々二千万円ぐらいで、何のためにそんなことをする必要がある。いくら貸し渋りの銀行でも、天野屋ならそれぐらいなら貸すだろう。第一、狂言と分かれば天野屋にとっては信用をなくすどころか、死活問題だ。それこそ、リスクが大きすぎる」

「ま、そうだよな。……事故から十日間か」箕田は指を折って数えていた。「整形手術かなぁ? 最近は一週間もかからないそうだからな」

「整形手術? いくら医学が進歩しているからと言って、現実的じゃない。それこそ、本部長に怒鳴られるぞ」

「そうだな。やっぱり、下手な考え休むに似たりだな。お、そうだ、忘れてた。ちょっと大声では言えないが…」箕田は辺りを見回しながらもばつが悪そうに、懐から封筒を出した。中には数枚の写真が入っている。「実は誘拐事件直後、仲居頭の平井さんに頼みこんで、女将の部屋に入らせて貰ったんだ。女将の髪の毛が欲しくてね。その時、箪笥の引き出しの奥にあった写真を偶然見付けたんだ。まるで隠すようにしてあったから、何かあると思って借りてはみたんだが、関係なかったみたいだ。ま、これも下手な考えの結果だな。

津山。悪いが何かの折に返しておいてくれ、頼む」

箕田は黙っていてくれ、という感じでウインクをした。津山はその意味を汲み取ると写真に目を移した。その中の一枚に、天野巌と照子が外国らしい風景をバックに笑顔で写っている。

「分かった。ん?……ちょっと待てよ」津山は一旦しまいかけた写真を机の上に広げた。「確か…女将は、海外には行ったことがないと言ってたな」

そこへ、電話を掛け終わった中田が戻ってきた。

「ええ。あの時、課長がおかしいと言ったのを覚えてます」中田は写真を見て目を輝かせた。「あれ、これフィレンツェですよ」

「ということは、あの女将の供述には嘘があったということか…。しかし、なぜ被害者である照子さんが嘘をついたのだろう…。

ところで中田、天野屋と連絡は取れたのか?」

「ええ。ただ、女将は温泉協会の集まりとかで石和のホテルへ行ってるそうです。沼田さんも平井さんも一緒で、戻りは明日の午後になるそうです」

「そうか、それなら仕方ない。きょうはここまでか…」津山は舌打ちした。「ま、箕田のお蔭で少しは糸口が見つかったからな。明日、午後に出向くとするか…」

箕田が後を引き取った。

「そう、果報は寝て待てだ。ま、相手は逃げも隠れもしないんだから、会ってこの写真を突きつければ、我々の疑惑も追々解決するさ。それより久しぶりに早く帰って、明日に備えようぜ。このところ上からのプレッシャーが厳しくて、ゆっくり家にも帰れないからな」

箕田は冗談めかして言ったが、最近の県内すべての事件が未解決で、副本部長の児島は毎朝のように各課を回って檄を飛ばしていた。そのため、〈地取り〉と呼ばれる聞き込みに、全捜査員が歩き回っていて、毎晩のように帰宅が遅くなっている。

津山の「解散」という一言で、捜査員全員が待ちかねたように疲れた重い体を引きずって帰っていった。


同じ頃、卑弥呼と小山田を乗せたリムジンは、夜の中央高速を長野方面に向かっていた。

「ねえ、こんな時間に何の用かしら?」

卑弥呼は後部座席で不満そうに言った。

無理もない。彼女にとって昼の小難しいシンポジウムなどは退屈そのもので、それがようやく終わり、やっと自分の存在をアピールできるパーティが始まったばかりだったのだ。しかも宴もたけなわ、これからという時に、小山田に連れ出されたのである。

「さぁ。電話では話せないと言ってたからな」小山田も卑弥呼の隣で、つまらなそうに言った。

「しかし、卑弥呼さん。前から訊きたかったのだが、あの人とはどういう関係なんだ。あんた程の金持ちで、政財界にも顔が利く有名人が、何か弱みを握られているわけでもないだろう。それとも男と女の、抜き差しならぬ関係なのか？」

「さあ、どうかしら…」

「ほう、それもミステリアスな一面か？　ま、こっちはそれなりに恩義もあるし、シンポジウムの成功を報告しなければならないから丁度いいが。何か妙な関係に見えるな」

卑弥呼はこれ以上触れられたくないのか、話題を変えた。

「きょうの三枝先生、素敵だったわね。あんなに男らしい方とは思わなかったわ」

「ん？　ああ、よくやってくれたよ。しかし、あんなに不安がっていた三枝先生が、卑弥呼さんの魔術で立ち直るんだからな」

小山田は右頬のホクロを撫でながら、意味ありげに笑った。

「まぁ、魔術だなんて。ちょっと自信をつけてあげただけよ」

「ははは…。ああいうインテリタイプは、卑弥呼さんみたいなのに弱いんだな。教授と呼ばれて

三枝に対する嫉妬も混じってか、蔑《さげす》むように言った。

「でも、素敵な人よ。純粋で」

「まさか惚れたんじゃないだろうね、あんなオヤジに。百戦錬磨の卑弥呼さんが」

「さぁ？　それを報告する義務があるかしら」

卑弥呼は満更でもない様子で答えると顔を背け、車窓から見える山梨の満天の星空を見ていた。

5

津山が目を覚ましたのは明け方近くだった。近所を駆け抜けていった数台の消防車の、けたたましいサイレンの音に起こされたのである。

津山にとってサイレンは現場急行という合図のようなもので、あたかもパブロフの犬のように条件反射で気が高ぶってくる。警官特有の職業病みたいなものだろう。その後、何度か眠ろうと試みたが、眠りかけようとする度に、また別のサイレンで起こされたのだった。

ベッドから這い出てリビングに行くと、娘の美奈はすでに起きていた。朝食を作っているらしく、少し煙ってはいるものの、卵焼きのいい匂いがしている。

「なんだ、もう起きてたのか。真夜中にサイレンが聞こえていたなぁ」

津山はさすがに気になって署に電話を入れた。

交通課の夜勤が、焚き火によるぼや騒ぎだと説明してくれた。

「焚き火によるぼや騒ぎ？　この深夜にか…。いつもこの時期になると変なのが出てくるな」

津山は電話を切ると、誰に言うでもなく呟いた。

「ところで、美奈、こんなに早くどうしたんだ。まだ四時前だぞ」

美奈は少し躊躇ってからコンロを指さした。

「お札《ふだ》をね、焼いたの。本当は外で藁と一緒に焼かないといけないんだけど、うちはマンションだし、藁なんてないから」

「それで煙っているのか。お札って、また何かのおまじないか？」

「話せば長くなるから」その話題は話したくないらしく、美奈は面倒臭そうに言った。「きょう、これから観応寺に寄ってから会社に行くの」

「寄ってから？　観応寺は会社とは全然別方向だぞ。第一、こんな朝早くから何しに行くんだ？」

「ちょっと徳を積みにね。簡単に言うと、お寺の掃除」

執拗な津山の問いに、少々うんざりしている様子だ。

「何だか知らないが、最近熱心だな。母さんみたいなのも考えものだぞ」

「分かってる」美奈は面倒臭そうに言った。

亡くなった妻の奈津子は、暇さえあれば観応寺へ行っていた。自分の体の弱さを神仏に頼ろうとしていたのだろう。津山は、奈津子が癌だと知ってからは好きにさせていた。その母親の影響もあるのか、美奈は幼い頃から神だの仏だのが好きな子供だった。

「ところで、お父さん。中田さん今度の日曜日空いてるかなぁ」

「ん？　今は事件で休みどころではないよ。当分、休日返上だな。何か中田に用なのか？」

「え？　あ、いいの、忙しいんなら。また今度にするから」

「何なら俺が伝えてやろうか？　毎日、一緒だからな」

「う～ん。いいの。別に急がないから」

美奈はそれ以上触れるなとばかりに、いつものように手のひらを広げて横に振った。

「おかしな奴だな……。ん？　あ、なるほど。ああいうのがタイプなのか」

確か一カ月前、中田が津山を家に送って来た時の、美奈の中田を見る目が違っていた。

「ちょっと、何勘違いしてるのよ」そう言いつつも顔が赤らんでいる。「そういう先入観が、物事の判断を誤らせるんだっていういつもの口癖、忘れたの？　ちょっと頼みがあるだけ」

「頼み？　頼みって？」

「それは…。それは、お父さんには関係ないわよ」

「何だ、関係ないとは。お前は俺の娘だし、中田は俺の部下だ。こんなにも関係があるじゃないか」

一お父さんもオヤジね、一々娘のことに首を突っ込みたがるんだから。そういうのって、一番嫌われるのよ。もういい。電話で中田さんに直接訊くから」

津山はそう言われても、なぜか嬉しかった。こんなたわいもない会話が、疲れを癒してくれる。娘の入れてくれたお茶を啜りながら、横顔を見ているとほっとする。やがて誰かと結婚し、今と同じように食事を作り、人並みの家庭を築いていく。そんな風景を妻の奈津子にも見せてやりたかったと、しみじみ思った。

「何、ニヤニヤしてんのよ」

「うん？　お前も母さんに似てきたなと思ってな」

そんな感慨を打ち破るかのように、電話が鳴った。

「おう、何だ中田。今お前の――何だって！　分かった、すぐ行く」

「どうしたの？　お父さん」

「石和のホテルが全焼して、かなりの人が焼け出された」

「じゃ、夜中に聞こえてたサイレンは、それだったの？」

津山はそれには答えず、素早く着替えると飛び出していった。

第四章　ホテル炎上

1

津山が石和町の火災現場に着いたのは、東の空に太陽が昇りはじめる頃だった。

全焼したのはビュー岩宿ホテルで、すでに鎮火したものの、辺りはまだくすぶり異臭が立ちこめている。焼け残った建物はまるで爆撃にでもあったかのように、鉄骨やコンクリートが真っ黒になっていた。その周りを十数台の消防車がまるでバリケードのように囲み、救急車が消火の水でぬかった道を、サイレンを鳴らし泥をはねながら出入りしている。上空にはテレビ局のヘリコプターがけたたましい羽音を轟かせ旋回していて、さながら戦場のような様相を呈していた。

茫然と立ち尽くす津山の姿を、中田が見つけて走ってきた。

「課長、大変なことになりました。宿泊中の天野屋の女将さんが、現在消息不明です」

「何！　天野照子さんが？」

「ええ。他に沼田さんや平井さん、それから卑弥呼さんも。昨夜は宿泊客が多くほぼ満室状態で、四百人程が宿泊していたそうです。誰が無事で、どれほどの方が亡くなったのか、人数もはっきりしません。出火原因は今、消防署と協力して捜査中です」

「他の連中はどうしてる？」

「焼け出された方々の身元の確認を取っています」

「そうか。しかし、全焼とは火の回りが早いな」

「ええ。昨夜は甲府市内のあちこちで焚き火によるぼや騒ぎがあって、消火がいつもより遅れたようです。その上、このホテルは最新の防火システムを完備していたそうなんですが、作動しなかったみたいです」

「作動しなかった？……。ところで、このホテルの責任者は？」

「無事です。焼け出された人達と近くの小学校に避難しています」

「とにかく、事情を訊こう」

避難場所の小学校の体育館では、ホテルのオーナー夫婦がすでに取調べを受けていた。

「すみませんが、詳しく話を聞かせてください」

津山は優しく声を掛けた。だが、オーナー夫婦は震えていて、嗚咽するだけで言葉にならない。どちらも着の身着のままで、五十歳過ぎだろうが、それよりも老け込んで見える。

「出火原因は今調べているところですが、どうやら厨房のようです」

消防署の班長らしき四十歳過ぎの男が、見かねて口を挟んだ。

「そうですか。ところで、六月のこの時期に満室だったというのは珍しいですね」

「ええ。二つの会合があったとかで、昨夜は宿泊客ばかりか、県やマスコミ関係者で一杯だったらしいですよ。ほら、最近七里岩で昔の鏡が出てきたとかいう、あれですよ」

「三角縁神獣鏡ですか?」

「それです。そのシンポジウムとかで、夜遅くまでパーティをしていたそうです。もう一つは温泉協会の会合とか言ってました」

「その中に天野照子さんがいたはずなんですが」

その問いに、嗚咽していたオーナーの妻の方が反応した。

「ええ、いらっしゃいました。でも最上階にお泊まり頂いていたものですから、多分…」

側で聞いてた中田は、がっくりと腰を降ろしてしまった。消防士は説明を続けた。

「出火したのが明け方ですからね。それでなくとも、昨夜はあちこちでぼや騒ぎが幾つもあって、こっちはてんてこまいでした。やっと署に戻ったところに、これです。

殆どの宿泊客は非常ベルを聞いて逃げたらしいんですが、運の悪いことに、非常階段の出口ドアがロックされていて、開かなかったんですよ」

「開かなかった?」

「ええ。新しく取り付けた、セキュリティシステムのスイッチが切ってあったんです。だから防火扉も作動せず、こんな惨事に」

「誰がそんなことを」

「……私です」

ホテルのオーナーが躊躇いがちに呟いた。

消防士も事情を知っているらしく、気まずそうに口を開いた。

「…実は一昨日の夜に、このホテル内でぼや騒ぎがあったんですよ。宿泊客の一人が、浴室のドアを開けっ放しで風呂にお湯を張ってましてね。その湯気で火災報知器やスプリンクラーが反応してしまったんです。ま、たまにあることなんですが、一時は大変な騒ぎになりまして。それで、一時的にセキュリティシステムを切って貰ったんです」

「では、それをそのままに？」

その問いに、オーナーの妻が震えながら答えた。

「そのお客様に恥をかかされたって怒られたもので。だから…」

消防士もその場にいたらしく、渋い顔で答えた。

「県のお偉いさんです。出張ホステスとご乱行だったらしいんですよ」

「つまり、昨夜はセキュリティシステムのスイッチが入ってなかったということですね」

オーナーはこくりと頷いた。

「ただ、元々あった非常ベルは、生きてましてね。誰かが押してくれて、良かったですよ」

「…で、非常ベルが鳴った時刻は？」

「確か午前四時頃です。我々が到着したのがそれから十五分後ぐらい。ま、いつもならもっと早く駆けつけられたのですが、市内各地のぼや騒ぎで分散してたものですから、到着した時にはもう手の付けようがない状態でした。まさに虚を衝かれたような感じです」

「……午前四時」

そこへ若い消防士が数人入ってきた。

「班長。死者の数は十名程で、殆どが煙を吸い込んでの一酸化炭素中毒です」

「その中に四十歳ぐらいの女性はいなかったですか？」

津山が横から口を挟んだ。

「さぁ？　中に三体ほど、黒焦げで性別だってはっきりしないものもありますから。火元は厨房です。漏電で何かに引火して、食用油やプロパンガスのボンベへと燃え移ったらしいです」

そこへ、五十歳位の男が血相を変えて入ってきた。

「おい、消防の角田はどこだ！　班長の角田は！」

津山と話をしていた男のことらしかった。

「何ですか？　小山田市長」角田は怪訝な顔で応えた。

「おっ、いたか。今すぐ七〇七号室へ行って、鏡を全部取ってこい」

「鏡を？　あ〜、例の三角縁神獣鏡ですか。残念ながら銅と言えども、この火事では熔けてしまったでしょうね」

「いいから、行ってきてくれ」

「無理ですよ、今は。やっと鎮火したところですし、現場検証も終わっていませんからね」

「あれは俺の宝なんだ。頼む、見てきてくれ。この通りだ」

小山田は今にも泣き出しそうな顔で、神妙に頭を下げた。

「市長、お気持ちは分かりますが」津山が見かねて横から口を挟んだ。「班長が言ったように鎮火したばかりで、今は大変危険です」

小山田はきっと津山を睨み付けた。津山はその視線の意味を汲み取ると、警察手帖を出した。

「私、山梨県警刑事部捜査課の津山といいます。小山田さんの私物に関しては、現場検証が済み次第、我々警察が責任をもって捜索しますから、ご安心ください」

津山は鎮火後のいつもの事務的な言葉を並べた。しかし、小山田の顔は一変した。

「し、私物だと！　貴様。国家の宝の三角縁神獣鏡を…、馬鹿者が！　あの三角縁神獣鏡は、邪馬台国の女王卑弥呼のものかもしれんのだぞ。燃えてなくなりましたでは済まないんだ。

ふん。とにかくお前達下っ端では話にならん。おっ、そうだ。部長の深沢はどこにいる？」

「まだ、来ていませんが…」側にいた中田が応えた。

「来たら、すぐ俺の所に来るように言え！　馬鹿者めが、国家の財産を何だと思ってるんだ。日本の警察もこのレベルか」

小山田は吐き捨てるように毒づくと、出ていった。

「あのオヤジ、何様のつもりですかね。部長を呼び捨てにして…」

中田は小山田の後ろ姿を見送りながら、憮然として言った。

「あの男にとっては鏡が宝なんだ。俺の言い方も悪かったようだ」

三角縁神獣鏡を私物と言ったのはまずかった。小山田が怒るのも無理はないと思った。

「しかし課長、あんな男に、馬鹿者扱いされるのは頭にきますよ」

津山は軽く笑ってから、一応小山田の依頼の件を手帖に書くと、火災現場に戻っていった。


鎮火から四時間程経った昼近く、ようやく惨事の全貌が見えてきた。七階建てビュー岩宿ホテルはほぼ全焼。死者並びに重軽傷者の人数がおおよそ明らかになった。

死者十二名、重軽傷者六十余名、行方不明者数名。出火場所は地下二階にある厨房。出火原因は漏電に伴う過熱によるものと発表された。

遺体の殆どは一酸化炭素中毒死で、非常口辺りの廊下で折り重なるように倒れていた。外傷や火傷は少なかったものの、三体だけは損傷が酷かった。

当日は宿泊客ばかりか、かなりの人の出入りがあって、身元確認は遅々として進まない。場所が石和だけに、外国人売春婦や出張ホステスも多数いたらしく、名前さえはっきりしなかった。

夕方に入り、捜査員達は続々と県警本部に引き上げてきた。

津山が捜査課に戻ろうと階段を上がると、鑑識の亀山が待ちかねていたように寄ってきた。

亀山は津山より十年先輩の、現場の好きな男である。すっかり白くなった頭髪を隠すように、紺の帽子を被っていた。

「津山、ちょっと」人に聞かれるのを嫌うように、隅の方へ導いた。「まだ、はっきりしないが、今回の出火は放火かもしれん」

「放火？」

「うん、よく調べてみると不審な点が二、三ある。

まず火元の厨房だが、厨房のコンセントにタイマーがセットしてあった。そのタイマーに差し込んであったのは、ただの五メートルの電気コードだ。コードの先は焼けていた」

「ただの五メートルの電気コード？　何のコードだったのですか？」

「何も」亀山は首を振った。「ただその周りには、ガソリンが撒かれたような痕跡があった」

「厨房にガソリン？　…妙ですね」

「うん。タイマーは、ホテルで使っていた目覚まし時計が使われていた。かなり焼け焦げていたから初めは上階のものが、火災で落ちてきたのかと見逃すところだったがな。厨房のコンセントにはめ込んであったので、不思議に思って調べてみた。深夜の三時半にセットしてあった」

「深夜三時半に…」

「恐らく、発火装置としてコードの先を裸にして、それをガソリンに火が付くようにしておいたのだろう。後は、ホテルの厨房だけに、プロパンガスのボンベや食用油、アルコールなど燃えやすい物は幾らでもあるからな。タイマーはホテルにあるものを使っているし、仕掛けも実に簡単だ。その気になれば一人でも出来る」

「うーん」津山は低く唸った。

「それとも一つおかしい点がある。セキュリティシステムが切られていた」

「それについては、もう判っています――」

津山は、亀山にその理由を説明した。

「そうか。オーナーの業務上過失致死の責めは免れないな。しかし、他にも妙なことがある。七階の燃え方が特に酷い。そこから出てきた一体だけは殆ど燃えていて、一部白骨化している。通常ビル火災で焼死すれば、遺体は殆どが一酸化炭素中毒か黒こげで、白骨までには至らない。

今回の場合、周りの遺体は殆どが一酸化炭素中毒死だ。なのに七階だけ高温で燃えるのは不自然だとは思わんか？　恐らく、ここもガソリンで燃やしたのだろう」

「では、これは放火というより、殺人が目的だということですか？」

「分からん。ただ、通常の火災とはどこか違う」

「分かりました。では、殺人の線からも捜査してみます」

「うん、頼む。俺の思い過ごしであってくれればいいが…」

亀山はどうもすっきりしない様子で、階段を下りていった。

捜査一課の部屋に入ると、朝早かったせいもあって、殆どが机を枕に眠っていた。ただ、中田だけは亀山と同じく、津山の帰りを今や遅しという顔つきで待っていた。

「あ、課長、新しい情報です。昨夜四時頃、非常ベルが鳴ったと何人もの人が証言しています。助かった宿泊客の殆どは、そのベルの音で目を覚ましています。ただ、前日にもぼやによる誤報騒ぎがあって半信半疑だったらしいです。非常ベルはセキュリティシステムを導入する前のもので、押された場所は外の玄関脇にあるものです」

中田は自分の手帖を一気に読み上げた。

「外の玄関脇の非常ベル？　外にいた人間ということか…」

「それから、ベルが鳴った直後、男が着物姿の女をまるで拉致するかのように出ていったのを、宿泊客数人が目撃しています。男は六十歳位で口髭があったと言っています」

「口髭…。中田、非常ベルに指紋が付いていないか、鑑識に採取して貰ってくれ」

「もう頼んであります。それより、目撃証言をまとめると、異口同音、男は天野巌に歳格好が似ているんです。それに着物姿の女は照子さんに」

「ん？　しかし、中田。そういう先入観が真実を――」見誤らせると言おうとした時、さっき別れた亀山が勢いよく部屋に入ってきた。亀山にしては珍しく興奮している。

「やはり、殺しだ！　焼死体の死因は、司法解剖の結果、絞殺だ」

「絞殺！」

「ああ。しかも遺体の一部が燃えて白骨化していた。これはガソリンで焼いた証拠だ。つまり、死体を事故死に見せるための放火ということだ」

通常火事による焼死体の骨は、燃焼温度が低いため黒っぽいか褐色だが、燃焼温度が六百度を越えると成分のカルシウムだけが残り白骨化する。

「放火……。ところで、その女性の遺体が出てきた部屋は？」

「確か七〇一号室だ」

「七〇一！　天野照子さんです」中田が叫んだ。

「他に、七〇七号室から出た二つの焼死体についても、少し不審な点があるので今解剖を急いでいる。津山、本部長に報告しておいてくれ。俺はもう一度現場に行ってくる」

亀山はそう言って歩き出してから、何かを思い出したのか立ち止まった。

「お、そうだ、中田。非常ベルに着いていた指紋は、お前の持ってきたワインボトルに付着していたものと一致したぞ」

「そうですか、やっぱり」中田は手を打った。「石和からの帰り、テン・ワイナリーの社長室からワインを数本借りてきたんですよ。天野巌の指紋が欲しくて」

「つまり、その男が非常ベルを押してくれたというわけか。何か目撃しているかもしれんな」

亀山はそう言うと、入ってきた時のように勢いよく出ていった。

反対に津山は、唯一の証人を失って愕然としていた。

「天野照子さんが絞殺……。またしても天野巌か…」

県警本部の全員が召集されたのは、すでに夜の九時を回っていた。山梨県でも稀な大惨事だけに、県警本部長の飯野他、全捜査員、それに石和署からも応援が来ていた。

鑑識の亀山の放火説は、ひとまず公には伏せられることとなった。発表した後の影響を考えると、慎重に成らざるを得ない。

津山達が事情聴取するはずだった、天野屋の女将天野照子は、残念ながら死亡と推定。番頭の沼田と仲居頭の平井は、火傷を負い病院に運び込まれていた。二人とも命に別条は無かったものの、全治一カ月と診断され、かなりの重傷だった。

全捜査員を前に、亀山が黒板に簡単なホテルの見取り図を書いて、事務的に報告していた。普段とは違い怒気を含んだ声に聞こえる。

「これまでに判ったことを報告する。出火場所は二カ所。今回の場合は出火原因、というより放火方法と言った方が正確だろう。

一つは地下二階の厨房。裸のコードをタイマーでセットした形跡があった。厨房の床にガソリンを撒いた痕跡もあることから、発火装置としてセットしたらしい。使用されたタイマーも同ホテルのもの。セットされた時間は午前三時半。午前四時に誰かが非常ベルを押していることから、出火時間はほぼセットされた時間、午前三時半前後と思われる。

次に、もう一つの放火場所は七階の七〇一号室。ここでもガソリンを燃やしている。これは発見された遺体の一部だけが、白骨化していたことからも判る。尚、仏さんは宿泊者名簿から天野照子さん。但し、死因は司法解剖の結果、首の骨が折れていて絞殺と判った。

また、死因に不審なものが他に二遺体あった。七〇七号室から発見された男女だ。司法解剖の結果、どちらも黒こげだが呼吸気道内には煤煙の痕跡はない。男は推定五十歳前後。宿泊者名簿から三枝典男氏と推定。女の方は二十歳前後。身元はまだ判っていない。以上」

亀山は報告が終わると、主任捜査官である津山にそれとなく出番を促した。

「では、少し補足する点があるので報告する。恐らく犯人は、前日のホテル内でのぼや騒ぎで、当夜、セキュリティシステムが切られていたことを知っていたと思われる。

そのことを最大限に利用し、裸のコードをタイマーにセットしガソリンを燃やすという、実に簡単な仕掛けで放火している。また、深夜に天野照子さんの部屋に忍び込み絞殺、同じく放火し事故死に見せかけている。部屋の鍵は壊された形跡もなく、キーも部屋にあった。犯人がどうやって部屋に侵入したか、今のところ判っていない。これらの知識と冷静さを持った行動から察すると、かなり計画的で、犯人はプロに近い可能性もある」

プロという一言で捜査本部全員がざわめいた。津山は続けた。

「犯人は、といってもまだ単独犯か複数かも判らないが、これまでに得た情報から、想定される犯行時間を順を追って説明する。昨夜のビュー岩宿ホテルは、夜十一時近くまでパーティが開かれていて、宿泊客以外にも出入りが多かったらしい――」

そこへ、若い鑑識係が報告書とともに、亀山に何か伝えに来て耳打ちした。亀山は二度ほど頷くと、津山に駆け寄って同じく耳打ちして報告書を手渡した。

津山は少し間をおいてから、また向き直った。

「新たな情報だ。七〇七号室から発見された二遺体のうち、一人は三枝典男氏と断定。女の方は外国人と判った。外国人女性の身元等は今調べている。司法解剖の結果、いずれも睡眠薬を飲んでいる」

とそこまで言ってから、津山は自分の言葉を復誦した。

「睡眠薬?……。まあいい、後にしよう。では、捜査のポイントを頭に入れ行動してくれ。

まず一つ目。犯人は天野照子さんと、何らかの関係があったと考えられる。彼女の当日の足どりが欲しい。また、部屋に出入り出来た人間の有無も調べてくれ。

次に、厨房に入りガソリンを撒き、タイマーを午前三時半にセットした件について。

厨房は、当夜鍵が掛かっていたかどうか、料理長の記憶が曖昧ではっきりしない。掛かっていなかったとすれば、誰もが出入り出来たことになる。料理長によると厨房が消灯したのは一時過ぎと言っているから、タイマーはその後ほぼ二時間の間にセットされたと考えていい。そこで不審者の目撃者探し。

三つ目。七〇七号室から発見された二遺体。三枝典男氏と外国人女性についての目撃証言が欲しい。何だ、中田」

「七〇一号室に放火した件ですが、いくら深夜でも、誰か気がつくんじゃないですか?」

「俺もそう思うが、周りの部屋の宿泊客の殆どが一酸化炭素中毒で亡くなられていて、証言がない。ただ、助かった宿泊客らも午前四時頃、非常ベルの音で初めて火災を知ったようだ。非常ベルを押したのは、お前の調べで天野巌と判っている。しかし彼も目下、行方不明だ。それから天野巌らしき人物が午前四時頃、着物姿の女性を無理矢理連れ出して行くところを多くの宿泊客が目撃している。つまり、天野巌は最重要参考人と言える。その後の足取りを掴みたい。

とにかく、我々はまだこの事件の全容を把握出来ていない。そこで聞き込みだが、当日の宿泊客、出入りした人間の数は多い。宿泊客名簿並びにホテルの関係者名簿はここにあるから各班手分けして、なるべく多くの目撃証言を取ってくれ。以上だ」

津山が手帖を閉じると、捜査員全員が席を立ち、すぐさま指示通り各班に分かれて、名簿の割り付けをしだした。

津山は、先程報告を受けた三枚の睡眠薬の件と、天野巌の行方とともに連れ出された着物姿の女性が誰なのか気になっていた。

2

警察はビュー岩宿ホテルの火災を放火殺人事件と発表。各報道機関は、あまりに酷い惨劇だけにトップで伝えていた。

その後の調べで、火災前夜のホテル内でのぼや騒ぎは、消防署の班長の証言通り、県職員幹部の乱行が原因と判った。だが、それ以外の進展はない。

また、非常ベルを鳴らしたとみられる最重要参考人の天野巌の消息は、現在のところ何も掴めていない。そのことで火災直後の不審な行動から疑念をいだく捜査員もいるが、放火したのであれば非常ベルを鳴らしたこと自体矛盾する――と津山は思った。

ただ、天野巌が深夜になぜあのホテルに来たのかという点と、以前天野屋の駐車場での津山との約束――いつでも連絡できるように――という点においては、津山も不信感は拭えないでいる。

不審といえば、天野巌以外にもいる。天野昼子こと、卑弥呼である。

聞き込みでは、火災直前とも思われる時刻にホテルを出たことが分かっている。

ただ、人物が人物だけに慎重にと、津山は刑事部長の深沢に釘をさされていた。恐らく、バックにいる政治家や警視庁のことをほのめかしているのだろう。深沢は誘拐事件の時のことが忘れられないようだ。

火災から二日後、津山と中田は、甲府市内にある卑弥呼の事務所に来ていた。

卑弥呼も、今回の火災直後の――「天野屋の女将照子さん、死亡」――報道には、かなりのショックを受けているようで、午前の面会を希望したが、激しく拒絶された。しかし事件が事件だけに、どうにか夕方に会う約束を取り付けたのである。

事務所は、今や甲府では最も有名な七階建て卑弥呼ビルの五階にある。津山達が通された部屋は事務所というより、まるで迎賓館の中を思わせるような洒落た調度品に囲まれた広い部屋だった。

入口には美しい大理石の大きな裸婦像があって、部屋全体は大理石の乳白で、真紅のカーテンや絨毯とでコントラストを出している。津山達が座っているソファも、バロック調の細工と刺繍がしてあり、かなりの逸品のように思えた。

壁には卑弥呼の描いた絵が数点掛けてある。何とも魅惑的で、その世界に誘うように裸婦がこちらを見つめている。場慣れしていない二人にとっては、何とも居心地が悪く落ち着かない。

卑弥呼は、朝の電話で話した時の取り乱した様子とは違い、気丈にも普段と変わりなく平静を装って仕事をしていた。津山達が待っている場所から少し離れたところで、クラブに勤めるホステスの面接なのか、数人の若い女が卑弥呼の質問に答えていた。

津山は卑弥呼を見ていた。

卑弥呼は水色のノースリーブのワンピースを着ている。面接をしながら、髪をとかす仕草や何気ない動作が、亡くなった妻奈津子を想わせる。父源一郎の言うように生き写しのようだ。

卑弥呼は最後の一人が終わると、若い女性秘書に面接用紙を渡し下がらせた。そして、ソファに座っている津山達の方へ来ると、無愛想に正面のソファに腰を下ろし脚を組んだ。

「この度は、お姉さんのことでは、ご愁傷様です――」

津山が御悔やみを言おうとすると、卑弥呼は「あれは姉じゃないわ」と憮然として遮り、黄色のポシェットから煙草を出して、虚ろな表情でくゆらした。何とも横柄な態度に見える。

そのお蔭で、津山は妻への郷愁を消すことができた。すでに刑事の顔に戻っている。

「しかし、あの部屋に泊まられていたのは――」

「違うわ。あの女は、姉じゃない。顔は似ていたけど別人よ」

冷たく突き放すように言った。

「別人？　では誰だと言われるのですか？」

「さあ？」他人事のように素気ない。

「なるほど。それが喧嘩の原因ですか？」

「喧嘩？」

「ええ。昼食の時、ホテルのレストランで二人が言い争ってたのを、ウエイター数人が目撃してるんですよ」

卑弥呼は「ふん」と、冷ややかに答えるだけだった。

「まあ、いいでしょう。ところで、卑弥呼さん。夜九時頃、パーティを途中で抜け出されたそうですが、どこへ行かれたのですか？　フロント係が、外出されたのを見ているんです」

「それ、どういう意味？　まさか、あの放火の犯人が私とでも仰りたいのかしら？」

卑弥呼はいつもの高圧的な態度で、津山達を見据えている。

「それは今後の捜査次第です。あらかじめ言っておきますが、今回のホテル放火殺人事件は、警視庁ではなく、最後まで山梨県警が捜査しますので、それはご承知ください」

津山は毅然として言った。

別に脅かすつもりはなかったが、天野屋女将誘拐事件の時のように、大見栄を切られる前に機先を制したのである。しかし、卑弥呼はまったく動じていない様子で、煙草をくゆらしていた。

「あの夜、どこへ何のために行かれたのですか？　正直にお答えください」

「正直に？」マスカラで縁取られた大きな目が、津山を睨んだ。「ふん。まるで初めから疑っている口ぶりね。好きになれないわね、そういう態度」

「卑弥呼さん。あの放火で、多くの方が亡くなられているんです。その方々のためにも、捜査に協力して頂けませんか。どこへ行かれたんですか？　あの夜は」

津山は質問をくり返した。

「あの夜？　そうね、あの夜は…」薄ら笑いを浮かべ、意地悪い目つきで津山を見ている。「やはり言えないわ。市長の小山田さんも一緒でしたから」

「それは、女性の口からは言えないという意味ですか？」

「失礼ね」卑弥呼は細い眉を上げ、きっと睨んだ。「小山田さんとはそういう関係ではありません。それに、私が出かける時は必ず秘書兼運転手の秋山、他に警備の二人も一緒ですから、残念ながら刑事さんが想像するような所ではありませんの。ただ、ビジネス上、軽々しく申せませんので、それはご理解くださいな」

「ビジネス上…、ですか？」

津山は訝しげに卑弥呼を見た。

「ええ、そうよ。その目はどういう意味かしら？」

「いえ、別に…。では、ビュー岩宿ホテルにお戻りになった時刻は？」

「ホテルには戻らなかったわ。小山田さんと別れてから、このビルの最上階にある私の部屋に戻ってきましたから。時間はそうね、午前二時を回ってたかしら。確認なら、このビルの警備員か、秋山にでもお訊きくださいな」

「つまり、卑弥呼さんは火災前にホテルを出られて、戻ってはこなかったわけですね」

「妙な言い方をなさるのね」

卑弥呼はまた眉を吊り上げ睨んでいる。津山は無視するように質問を続けた。

「ところで、お姉さんの照子さんですが、確か戸籍では、養女となってますよね」

「ええ、そうよ。祖母が観応寺から…」

「観応寺から？　あの観応寺ですか？」

「ええ。詳しいことは知りませんが、観応寺に捨てられていたのを、祖母が勝手に貰い受けたと聞いてますけど…」

ほんの一瞬だが、憎しみとも哀しみともとれる表情だった。

「姉の照子さんとはあの誘拐事件まで、十五年近くも離れていたと聞きましたが、その後、急に会われたというのは？」

「刑事さん。それって愚問じゃないかしら」長い髪をたくし上げると脚を組み替えた。「私が山梨を出たのは、何も姉が嫌いだったからではないのよ。もっとも、あんな事件でもなければ、私も素直には天野屋の敷居は跨げなかったでしょうが…」

卑弥呼は不愉快とばかりに、窓の外に顔を向けた。

津山には大凡の理由は分かっていた。天野屋の女将照子の誘拐の時、番頭の沼田が言っていた、卑弥呼は不倫の子、というのがその原因だろう。津山は穏やかに続けた。

「先程、照子さんのことを別人と言われましたが、何か根拠と言いますか…」

「根拠？　何となく違う。それだけよ」

「何となく…、そうですか。実は、天野巌さんらしき人物が、火災のさ中、着物姿の女性を無理矢理連れ出して行くところを、多くの宿泊客が窓から見たと証言しているんです。その女性が照子さんに似ていたと」

「姉に似ていた？　つまり、姉は生きている。そう仰りたいのね」

「いや。それはまだ…。ただ、焼死体の損傷があまりにも酷いものですから、誰とも断定はできませんが、我々警察としては――」

卑弥呼は何かに気付いたように、突然叫んだ。

「分かった！　犯人はあの女よ。あの姉そっくりの女。ほら、人質解放の時に会った女だわ」

「姉そっくりの女…。しかし、……それでは殺されたのは、やはり照子さんになりませんか？」

「それは絶対にないわ」

「どうしてです。お姉さんが泊まっていた部屋から発見されたのですよ。鍵も掛かっていましたから、普通に考えればー」

「姉は生きている！」卑弥呼は苛立った気持ちを爆発させるように、ヒステリックに叫んだ。

「とにかく、あの女は確かに姉ではなかった。あの火災で死んだのは別人なの。これは事実よ！」

卑弥呼の立場になって考えれば、無理もない。十五年ぶりに再会した肉親が、思いがけない災難に遭って、心の整理がつかないのだろう。これが、卑弥呼を苛立たせている原因らしい。

暫く気まずい沈黙があってから、卑弥呼は思い出したようにやおら口を開いた。

「あ、そうか。叔父と逃げたのが姉だったら、あの女が殺されたことになるのね。違う？」

津山にはその質問の意味が分からなかった。ただ、以前卑弥呼が出ていたテレビのインタビューの時のように、質問の方向を巧みに変えているように思えなくもない。

「それでは、焼死体で発見された女性を殺した犯人が、お姉さんという可能性も出てきますよ。今のお気持ちは分からないわけではありませんが、妙な憶測はやめて、捜査に協力して貰えませんか？　卑弥呼さん」

「妙な憶測？　ふん。つまり、私の言っていることは、まったく信じていないのね」

「いえ。そういうわけでは…」

津山は気まずさを一掃するように、質問を変えた。

「ところで、亡くなった三枝さんのことですが。卑弥呼さんとはかなり親しかったようですね。三枝さんの身の回りの世話は、すべて卑弥呼さんがなさってたと――」

その名前を出した途端、前にも増して顔つきが厳しくなった。

「刑事さん。あの先生、外国人の売春婦と寝入って逃げ遅れたんですってね」

「いえ。ただ、一緒に発見されただけで、その辺のことはまだ…」

「一緒に、か……。馬鹿ね、男って。一番大事な時に…」

卑弥呼は大きな溜息とともに、哀しみとも諦めともつかぬ言い方で宙を見つめた。そして、誰にいうでもなく、虚ろな表情で呟いた。

「ま、もっとも、その恩恵で私の商売は成り立っているんでしょうけど…」

「どういうご関係で、シンポジウムをご一緒されたのですか?」

「関係? ちょっとしたビジネス上の関係、とでも言っておきましょうか」

「それもビジネス上の関係ですか…。周りの方々は、卑弥呼さんとは親しいというより、特別な関係にあったと――」

「特別な関係?」怪訝な顔で遮った。「ふん。すべてフィクションよ、フィクション。それより、この際はっきり言っておきますが。クラブを経営しているからといって、私をそういう妙な目で見ないで頂きたいですわ。大変不愉快です」

「いえ。そういうつもりでは…。いや、そういうふうに聞こえたのでしたら謝ります」

津山は言い訳したい気持ちを抑え、素直に頭を下げた。一瞬、深沢からの注意が脳裏を過ぎったからだ。卑弥呼を怒らしても、今後の捜査がやり難くなるだけで、何のメリットもない。

卑弥呼は苛ついた様子で煙草を灰皿でもみ消すと、津山を横目で睨んだ。

「それも今回の放火殺人事件と、何か関係があるとでも仰りたいの？」

「ええ。司法解剖の結果、かなりアルコールも入っていたようですし、胃からは睡眠薬らしき成分が出てきましてね。他にも死因に不審な点があるものですから。

ところで、三枝さんは、以前から睡眠薬を常用なさっていたとか？」

「睡眠薬？」鸚鵡《おうむ》返しに言ってから首をひねった。「…変ね」

「ええ、変なんですよ。ここが一番ひっかかっている点なんです。ま、こんなことを女性の前で言うと失礼ですが、男女の交渉の前後にそんなもの飲むこと自体、不自然と言いますか…」

突然、卑弥呼が低く笑い出した。

「ククク…、刑事さん。ハルシオンよ、それ。女がお酒に入れたのよ。外国の売春婦がお客からお金を盗む時に、よく使う手よ。ククク…。それにしても、最後が売春婦とは…馬鹿な男…」

ハルシオンとは、即効性の強い睡眠薬のことである。盗み目的の売春婦がよく使う手口で、酒やジュースに入れて客に飲ませ、性行為もしないで、客が眠っている間に財布やクレジットカードなどを根こそぎ持っていくのである。こんな手口は最近では珍しくなくなっている。

卑弥呼は天井を見上げて笑った。ただ、目からは一筋の熱いものが頬をつたって落ちた。

津山は注視した。不思議というよりも、高慢な卑弥呼には似合ってはいなかったからだ。

卑弥呼はその視線を感じたらしく、それを誤魔化すように、別の煙草に火をつけた。そして、潤んだ目はあたかも煙草のせい、と言いたげに煙を手で払っている。

津山が注意深くその様子を見ていると、中田が横から口を挟んだ。

「でも、一緒にいた女性の胃袋からも出てきているんですよ?」

「女が誤って自分のグラスと間違えたんじゃないの?」

「間違えますかねぇ?」

「知らないわよ、そんなこと。私に分かるわけがないでしょう?」卑弥呼は突き放すように冷たく言った。「でも、現実には飲んでいたんだから、自業自得じゃないの」

卑弥呼に何か言おうとする中田を、津山は肩を叩いて制した。

「ええ、まあ。あり得なくはないですが…」

「とにかく。T大の教授というだけで、他には何も存じ上げませんわ」卑弥呼は急に杓子定規に言った。「それより、質問はもう終わりにしてくださらない。何だか、少し気分が悪いの」

それでも津山が質問しようとしたが、卑弥呼は素早く立ち上がると、部屋の出入口の方へ歩いていった。そして、出ていけとばかりにドアを開け、追いたてた。

下りのエレベーターで、中田がいつものように感想を口にした。

「卑弥呼は怪しいですよ、課長。姉の照子さんの時以上に矛盾してます。だいたい、実の姉が死んだというのに、よく平気でいられるものですよ。しかも、よりによって、別人だなんて…。それにしても、どの政治家がバックにいるのかは知りませんが、警察を小馬鹿にしたあの態度には頭に来ますよ。美人というのを鼻に掛けてるんでしょうね。

しかし、驚きましたよ。あの女にとっては恋愛もフィクション。ビジネスの手段なんですね。怖ろしい女だ」

津山にとっては、そんなことよりも、卑弥呼が見せた一筋の涙の意味が分からなかった。供述から考えても矛盾しているといえば、あれほどの矛盾に満ちた涙はないように思われる。わざと見せたのだろうか。それとも、本当に三枝を愛していたという証なのだろうか。もし、あれも計算の内とすれば、確かに怖ろしい女だ。

また、姉の照子に対しても、卑弥呼の『別人』といった言葉が引っかかる。津山や箕田が思ったように、何かが違っていたとしても、照子の生死に一切不安がないのも不自然さを感じる。

とはいえ、津山の心はなぜか、卑弥呼に同情的になっていた。

県警本部に戻ると鑑識の亀山が、三枝の死因について不審な点をあげ、捜査員達に説明していた。それは、焼け残った遺体の片方の眼球に、溢血点《いっけつ》があったということだった。

溢血点とは、眼球の白目にできる蚤《のみ》に刺されたような斑点のことで、絞殺された時によく見られる。また、女の方も顔面にチアノーゼ反応が微かにあったという。もっとも、さすがの亀山も、事故死か他殺かを断定するには至っていないようだ。

他にも三枝に関する情報が、聞き込みから戻ってきた樋口からあった。

火災のあったホテルで開催された三角縁神獣鏡のシンポジウムでは、地元Y大学の教授が新聞にも取りあげられるほどの激論を戦わせていたらしい。その教授は、宿泊名簿から岡島隆正、五十二歳と判明。自宅の住所も大学から聞いて難なく探し出すことが出来た。

さっそく二人は岡島の家に向かい、事情を訊くことにした。驚いたことに、岡島の家は七里岩とは目と鼻の先にあった。

「これだけ近い所で発掘をされれば、面白くないでしょうね」

中田は運転しながら言った。

津山は頷いたものの、頭の中では別のことを考えていた。

誘拐事件に次いで、犯人はなぜ二度も照子を執拗に狙ったのだろう。しかも今回の場合、照子を殺し焼死と見せかけるためだけなら、あまりに大げさなやり方のように思える。もし殺すことが本来の目的なら、誘拐時に殺しているはずだ。つまり、犯人は誘拐犯とは別人ということなのか。それとも、照子が二度も狙われたのは単なる偶然だろうか。

刑事部長の深沢は捜査会議で、卑弥呼の天野屋乗っ取りではと言っていたが、卑弥呼の経営するグループ企業の方が遥かに大きい。殺しというリスクを背負ってまで手に入れたいとは思えないし、例え本人が手を下さなくても、照子が殺されれば真っ先に疑われるのは、突然天野屋に現れた卑弥呼である。

ただ、怪しいことも否めないが、卑弥呼が見せた一筋の涙と、亡くなった妻の面影とが重なって、津山にはどうしても彼女を悪くは思えなかった。そればかりか、心の中では、誘拐事件で初めて会った時の卑弥呼の高慢な印象は薄れ、なぜか彼女に惹かれていた。

やがて岡島の家に着いた。幸い家族はみんな出払っていて、家には岡島ひとりだった。

岡島は津山の説明に落胆した。

「――そうですか、警察はやはり三枝君と断定しましたか。初めは女性の遺体と一緒に発見されたと聞いていましたから、彼ではないと思っていたんですが」

「ほう。それはなぜですか?」

「我々考古学をやっている人間は、女性よりは土いじりの方に興味をそそられるんですよ。特に三枝君なら尚のこと。まぁ、もっともあの夜の三枝君は特別だったかもしれませんがね。

でも、そうですか、彼でしたか。しかし、こんな大事な時に、まぁ、無理もありませんな、あまりの嬉しさに…。とにかく、無念でしょうな」

「あまりの嬉しさに?　無念?…」

津山は引っかかる言葉を鸚鵡返しに訊ねた。

「そうですよ。だって、これから本格的に発掘調査出来るという矢先の災難ですからね、刑事さん。私だったら死んでも死に切れませんよ」

それは、自分に置き換えての実感ある言い方だった。

「しかし、あんないい女性と死ねたことが、せめてもの救いですな」

「えっ、岡島先生はあの夜の相手の女性をご存知なのですか?」

一瞬、中田と目を合わせた。

「ええ。知っているも何も、あれだけのグラマーな美人ですからね。正直年甲斐もなく、ちょっと嫉妬しましたよ」

「ひょっとして、卑弥呼さん、ですか?」中田がすかさず訊いた。

「勿論、卑弥呼さんですよ」

津山はさすがに、がっかりしたように溜息をついた。

「岡島先生、卑弥呼さんなら生きてますよ」

「えっ! じゃ、三枝君は誰と」

「外国人女性です。まだ、身元は判っていませんがね」

「外国人女性?」岡島は驚いたようだ。

「ええ。ところで、岡島先生はシンポジウムで――」

「ちょっと待ってくれ。三枝君は何でその外国人女性といたんだね」

「ま、そこが日本の男の恥じるべきところでもあり、温泉街の影の部分でもあるのですが。警察の私の口から申し上げるのもなんですが…」

「つまり、三枝君が買春していたとでも言いたいのかね」

岡島は無礼千万な奴とでも言いたげに津山を睨んでいる。

「まぁ、ごく普通に考えれば、そういう可能性が最も高いです。ただ、まだ不審な点も──」

と言いかけると、憤然とした態度で言葉を遮った。

「それはおかしい。いや、おかしすぎる。昔、十年以上も前になるが、私が三枝君と東南アジアの遺跡を一緒に回った時、そういう心ない多くの日本人観光客を見て、彼は非常に怒っていたものです。その三枝君がそんなことをするとは、まったく信じられん」

「そうですか。でも男なら魔が差すことだって──」

「無礼な」中田の言葉を遮ると、何か閃いたように手を打った。「ひょっとするとこれは偽装殺人！　ん……？　そうか。つまり、私を容疑者と見ているわけですか？　警察は」

「いえ。ただ、我々警察も死因に不審な点が多いので、捜査をしているわけです。そこで岡島先生に当日の行動をお伺いしたくて。ところで先生は、三枝さんとは同じ大学の先輩でしたよね」

「そうです。ただ、向こうはT大の教授で、私より偉くなったがね」

岡島は、冗談めかして言った。

「シンポジウムでは亡くなられた三枝さんとは、かなり口論なさっていたという証言が参加者の方々から出まして」

「ほう」

「皆さん、その様子が尋常ではなかったと。ある方は、学説上の論争というより私怨的口論と仰る方もいまして…。調査は今後、三枝さんの後を岡島先生がなさるそうですね」

「いや。わしは正式には何も聞いてはおらん。勿論、そういう要請があれば、喜んでお引き受けするが。亡き三枝君のためにも」

「本当は初めから岡島先生が調査したかったんじゃないですか?」中田は無神経に切り込んだ。

「こんなにも発掘現場に近いと、やはり面白くはないですよね、同業者としては。それこそ、考古学者として嫉妬めいた気持ちが――」

「馬鹿もん! 何を言っておるんだ!」大声とともにテーブルを叩き、二人を睨みつけた。「短絡的、いや、そういうのをゲスの勘ぐりと言うのだ!」

この穏やかな学者のどこに、このような激しい感情があったのかと驚くほどである。岡島の顔は、怒りでみるみる赤くなっている。捜査が始まったら、被害者以外は全員容疑者――という深沢の口癖が、中田にとっては裏目に出たようだ。

「よく聞きたまえ。仮説を打ち出すということは、ただ単に華々しい発表の場が与えられるということではない。仮説は検証され、幾つものあらゆる角度の批判の洗礼を受けてこそ新説として認められる。それは仮説というものが持つ、学問上の宿命だ。そしてそれに耐えてこそ、仮説はより真実に近づき新説となる。だから、あらゆる批判や検証、時には愚問と思われる質問をぶつけることこそが、仮説を発表された人に対する最大の尊敬と礼儀の表現方法というものだ。三枝君も私も、真実を求めているからこそ、お互いに考えを戦わせたんだ。誰がつまらんことを吹き込んだかは知らんが、考古学というものはそういうものだよ」

岡島はまだ怒りが納まらない様子で、肩を大きく揺らした。

「まったく不勉強ですみません。今の話でよく分かりました」津山は素直に頭を下げた。「ただ、私も刑事として多くの方の証言を元に、あらゆる角度から捜査して真実を探さねばなりません。気分を害してなんですが、岡島先生のあの夜の行動や、何か気付いたことなどがあればお聞かせください」

津山の毅然とした態度に、中田の方が驚いている。

「真実……」少し間を置いてから、「ふん、君達警察も我々のように、真実を追求するという点では同じというわけですか」

「ええ、そうです」

岡島は津山をじっと見据えると、今度はニッコリと笑った。

「分かりました、刑事さん。捜査の役に立つかどうかは分かりませんが、知っている限りお話ししましょう。シンポジウムの後、親睦を兼ねたパーティがありました。考古学者ばかりでなく、政界や財界からもかなりの人が出席していましたよ。私は――」

岡島は考古学者らしく几帳面に、そこにいた人数に加え、その場の雰囲気や言動など、すべての行動をこと細かく報告してくれた。

「――そういえば、パーティの時、三枝君、結婚したいなんて言ってたな。彼はあの歳まで一人だったのです。いつも土に埋もれて死ねれば本望と言っていた男なんですよ。だから、考古学以外には何も興味が無かったと思います。その三枝君が、そんなことを言い出したから驚きましたよ。誰かに『まさに卑弥呼に魅入られたな』なんて言われて、冷やかされていました」

「ほう、意外と皆さん和気あいあいなんですね」

「いや正直、多少のわだかまりはあります。激論を戦わせますからね。ただ、仕事が終わって酒が入れば、やはり同じ考古学を志す仲間ですから」

「その『卑弥呼』というのは勿論、あの卑弥呼さんのことですか?」

「恐らく、そうですよ。まるで恋人同士のように寄り添ってましたから」

「そうなると、益々外国人女性と一緒に発見されたのは変ですねー」

中田が首を傾げて呟いた。

「だから、さっきも変だと言ったでしょう。こういう場合、彼が死んで得をする人間を探せば…。はっきり言っておくが、私には何の得にもならんよ」

津山は苦笑しただけで、それには答えなかった。

「ところで、パーティの途中、卑弥呼さんが抜けられた時、三枝さんはどちらにいらっしゃいました?」

「そうだなあ、すぐ追いかけて行って、二、三分したら戻ってきましたよ。そうそう、三枝君、口元に口紅をつけて戻ってきたんですよ。それを見て先輩の一人が、『今回の発掘は本物の卑弥呼の墓に間違いない。本物の卑弥呼が三枝に掘り出してくれって、卑弥呼の化身をあの世から使わした、まさに天の時だ』って言って、みんなを大笑いさせてましたよ。実に楽しいひとときだった。それなのに…」

岡島の顔はみるみるゆがんでいった。

「そうですか。で、岡島先生が最後に三枝さんを見られたのは?」

「確か、パーティが終わり、あのホテルに宿泊していた数人と、エレベーターに一緒に乗った時です。私と数人が六階で降りて三枝君に手を振って別れたんですよ、翌日もありましたからね。確か、十一時を少し回っていたと思います。

ん?　そう言えば、三枝君。『一本の線』がどうのこうのと、言ってたなぁ。それだけは寝る前にもう一度確認するとか、言ってましたよ。私には何のことだか、分かりませんがね」

「一本の線?…」

津山は一応手帖に書き留めた。この証言が事実なら、三枝は何かを調べていたことになり、外国人売春婦と寝入って逃げ遅れたこと自体、不自然ということになる。

津山は手帖をもう一度確認すると、その場を辞した。

岡島は玄関先で津山の手を取って、一日も早く犯人を探し出してくれるよう嘆願した。

車に戻ると中田はやや感傷的になっていた。

「男五十歳、もう少しですべてが手に入ろうとしていたのに…。無念だったでしょうね。名誉に、いい仕事といい女…。性格はかなりきついですがね」中田はエンジンキーを回すと、想い出したように叫んだ。「そうか。卑弥呼が急に怒ったわけが分かりましたよ。卑弥呼は三枝さんを真剣に愛していた。だから、三枝さんの裏切りだと思ったんですね、課長」

津山は返事をする代わりに頷いた。

「それなら、なぜフィクションなんて言ったんでしょう？　矛盾してるな」

中田もそれに気付いたようだった。恐らく卑弥呼は、女の面子《めんつ》からそう言ったのだろう。

暫く沈黙が続いてから、「あ、いけない」と、また中田が口を開いた。

「報告するのを忘れてましたけど、火災現場から出てきた三角縁神獣鏡、どうします？」

「ん？　あの火災で熔けないで残ってたのか？」

「いいえ、跡形もなく熔けましたよ。ただ二枚だけは、三枝さんの部屋の金庫に入っていたので助かったんです。やはり、小山田さんのところへ持って行きましょうか？」

「うーん。二枚だけだと、わざわざ怒らせに行くようなものだな。いずれ返すとしても、ちょっと時期をみてからにしよう。暫く、鑑識の亀山さんにでも預けておけ。あの人、ああいうの好きだから」

「分かりました」

中田はほっとしたようだ。小山田に頭ごなしに怒られないで済むと思ったのだろう。

途中、車が鳳凰院観応寺《ほうおういんかんのうじ》の前を通り過ぎた時、中田が思いも寄らぬことを話し出した。

「そう言えば、明日あの寺に行く予定ですよね、照子さんのことで。実は、昨日の昼休みに行ったんですよ。無理矢理、美奈さんに連れられて」

「うちの美奈が？」

「ええ。あのお寺の会員になれって。課長も会員なんですって？」

放火事件ですっかり忘れていたが、美奈が中田に頼みがあるって言っていたのはこのことだったのか——と内心がっかりした。

「いや、会員ではない。ただ、死んだ妻が熱心でな。今は妻の命日に法事をするくらいだ」

「そうなんですか。何でも鳳凰三山《ほうおうさんざん》の観音・薬師・地蔵をお祀りしているそうですよ」

鳳凰三山とは、山梨県の西側に位置する南アルプスの中のひとつで、観音岳・薬師岳・地蔵岳を指していう。古くから、地元では信仰の山として親しまれている。

「あの山の神様が、あそこの庵主さんに乗り移って言葉を喋るんですよ。あんなの見るの初めてだったから驚きましたよ。課長、ご存知でした？」

「いや、初めて聞く。まさか会員になったんじゃないだろうな」

「勿論入りましたよ」けろりと言った。「だって、美奈さんに一生のお願いって頭を下げられれば、イヤとは言えませんよ。それに課長にも色々面倒をみて貰っていますしね。

でも美奈さんに下心はありませんから、心配しないでください。勿論、宗教に興味があったわけでもありませんよ。ただ、興味半分ってところですか。このコンピューターの時代に、神様に会えるなんて面白いと思いませんか?」

中田は現代人らしく屈託なく笑っている。

「まあ、信仰は本人の自由だから何とも言えんが、ほどほどにしておけよ」

「分かってますよ。でも正直言うと、美奈さんと会えるのが楽しみなんです」

津山にとっては、嬉しいような何ともいえない複雑な気分だった。

第五章　現《うつし》世《よ》

1

昼間の中田との話は、家に帰ってからも引き続いた。津山は遅い夕飯を家で取りながら、美奈に話を切り出した。

「最近、急に観応寺に熱心なようだが――」

「お父さん、信仰心ていいことよ。中田さんも賛同してくれたのよ」美奈はのろけたように津山の言葉を遮った。「お母さんが、なぜ熱心だったのかが分かるわ。そうだ。お父さん達にも話しておかないと。今、若い女の子、特に女子高校生なんか、どんどん貞操観念が薄れてるでしょう。これって、卑弥呼のせいなんだって」

「卑弥呼って、今、話題のあの卑弥呼さん？　お前、大ファンだったんじゃないのか？」

「全然。あんな人間がいるから、世の中が堕落していくのよ」

あれほど熱狂的な卑弥呼シンパだった美奈が批判的になっている。美奈は週刊誌の記事めいた話をしてから、尚も続けた。

「――この世を現世《うつしよ》と言うんですって。神々の世界の現象がこの世にそのまま写し出されるから、そう呼ぶらしいの。だから神々の世界の秩序が乱れれば、この世も乱れるのよ」

津山も源一郎も、理解に苦しむといった顔で目を合わせた。

「それとあの卑弥呼さんと、どういう関係があるんだ」

津山は不機嫌そうに聞き返した。

「それが大ありなの。今、神々の世界でも勢力争いが凄いの。だから、その影響で世界各地で紛争が絶えないんだって」

「神々の勢力争いって、どこの神様とどこのだ？」

源一郎も怪訝な顔つきで話に加わった。

「それがね、日本と、どうも渡来の神々らしいの。神々の世界にも卑弥呼という、神様と人間との間に出来た背骨の無い蛭子《ひるこ》神というのがいて、日本の男の神々を誘惑し骨抜きにして渡来の神々へ寝返らせているらしいのよ。その卑弥呼もあの卑弥呼同様、グラマラスで魅惑的らしいわ。だからその躰を武器に次々と誑《たぶら》かしているんですって。あの卑弥呼の本名は昼子でしょう。昔、あの人のお母さんは、お客と――」

「ちょっと、待て」遮ったのは源一郎だった。いつもと違って厳しい顔になっている。「あの子の素性をどう聞いたかは知らんが、心根はいい子だ。悪く言わんでくれ」

「お爺ちゃん、どうしたの？　急に」

美奈は初めて見る祖父の怒った顔に驚いている。

「卑弥呼は、わしの教え子だ」

その答えには津山も驚いた。なるほど、それなら卑弥呼の性格を知っていても不思議はない。以前言っていた、強いコネとはこのことだったのだろう。

源一郎は目を瞑《つむ》ると、昔を想い出すように話し始めた。

「わしは、あの子が小学校三年生の時の担任だった。学校で飼っていた兎が病気で死んだ時、あの子だけが花を摘んできて、お墓を造ろうと言ったんだ。気持ちの優しい子だ…。ま、少々気の強いところはあったが、未だに年賀状をくれるのもあの子ぐらいだ」

「今でも年賀状を。見かけによらず律儀ですね。やはり人は外見では判断できないですね」

源一郎は軽く頷いた。津山もそんな卑弥呼の一面を聞いて、心のどこかでほっとしていた。

「お爺ちゃん、人は大人になれば変わっていくものよ。あの人は心を渡来の神に乗っ取られた悲運の人なの。昔は綺麗な心を持って生きていたでしょうが、今は渡来神の手先なの」美奈は縋《すが》るような表情で訴えた。「現にあの人の周りには、政財界の人間が大勢いるわ。それだけ影響力のあるところにいるのよ。その人達がみんな骨抜きにされていくのよ。そうなったら、この日本はどうなるの?」

「馬鹿げたことを。だいたいそんなこと、誰が言っとるんだ?」

「勿論、観応寺の庵主さんよ。いえ、聖師《せいし》様です」

美奈は背筋を伸ばし慇懃に言った。

「馬鹿な、信じられん。例え庵主さんでも」

「そこが敵の狙いなのよ」美奈は意を得たりとばかりに身を乗り出した。「こんな話、誰も真剣に耳を傾けようとはしないの。ところが、まったく気付かないうちに日本はどんどん変わっているの。例えば、中国や東南アジア、中東の密入国者が年々増えてるでしょう？ これは日本民族の純血を無くすためなんだって。ちゃんと兆しは出ているの。社会は『日本の国際化』なんて、いかにも分かったように美化してるけど、大和魂がどんどん無くなっていってるのよ」

「しかし、それと天野屋の昼子と何の関係があるんだ？」

源一郎は少しむきになっている。

「それがあるの。数年前、上九一色村でのオウム真理教のこと、覚えてるでしょう？ あれも手下だったの。渡来の神の狙いは、富士山を乗っ取ることなの」

「富士山を乗っ取る？」源一郎の顔が曇った。

山梨生まれの源一郎にとって、富士山は心の象徴のようなものである。それを馬鹿げた話といえども、渡来の神々が狙っていると言われれば、心中穏やかではいられない。

「そう。富士山を乗っ取れば、日本の神々は降参してしまうの。幸い日本の神々が勝って、警察を動かして潰したけどね。

ところが、今度は七里岩で『卑弥呼の墓』騒ぎ。七里岩と富士山は目と鼻の先よ。お爺ちゃんには悪いけど、現実にもあの卑弥呼が山梨に進出してきたのは今年。つまり、渡来の神々はもうそこまで来ているということなの、富士山を乗っ取るためにね。それを阻止しようと、人間界では残念ながら、あのお寺だけが気付いて敵と戦っているの」

確かに、上九一色村のオウム真理教には山梨県警は手こずった。教団のしようとしたことは、まさしく日本の乗っ取りである。しかも、サリンという猛毒殺傷ガスによる無差別殺人だった。東京の地下鉄で撒かれたサリンでは十二人もの貴い命が奪われ、今も五千人もの人々が後遺症と戦っている。

にも拘わらず、オウム真理教は実質的には何の反省も示さないまま、現在も各地で住民とトラブルを起こしている。それが敵の神と言われれば、そんな気がしないでもない。

「馬鹿げとる。第一、昼子はそんな奴の手先ではない！」源一郎は遂に怒りを露にした。「わしの教え子にそんな人間はおらん。例えあの庵主が言ったにせよ、人の不幸な生い立ちをそういう形で中傷すること自体、仏に仕える者としては失格じゃ。わしは庵主を見損なった！　あんな寺とは縁切りじゃ。美奈も、もうあの寺には行くな！」

「お爺ちゃんこそ、何言ってるの！　聖師様は間違っていない！」

「馬鹿な。人の道に外れておる。お前もこんな馬鹿げたこと言いふらすんじゃないぞ！」

「お爺ちゃんこそ間違ってる！　今はまだ見えないでしょうが、そのうちきっと分かるわ」

美奈もとうとう怒りだして、自分の部屋に行ってしまった。

気まずい沈黙が流れてから、「栄一郎、どう思う?」と、源一郎は自分の意見を確認するかのように訊いてきた。

「そうですね。普通に考えれば、やはり馬鹿げてますよ。神はいないとは言いませんが、人間を使っての争いとなるとどうも。しかし、観応寺の庵主さんにも困ったものですね」

「まったくだ。天野屋の親父が、こんな馬鹿げた話を信じなければいいが…」

源一郎はしみじみと呟いた。

「天野屋の親父って、天野勇さんを知っているんですか?」

「ああ。あの親父とは昔、家庭訪問の時、昼子のことで大喧嘩をしたことがある。あの馬鹿親父、まったく娘の気持ちを分かっておらん。しまいには昼子を家から追い出しおって。

そういえば、天野屋はあの寺の檀家だったはずだ。頼みの長女である照子さんをあのホテル火災で失って、昼子のことをああいうふうに言われれば、信じてしまうかもしれんな」

「そうですね。時が時だけに…」

津山は天野屋の帰りに見た、昼子を罵る天野勇の形相を思い出していた。

「栄一郎、わしの目を信じろ。昼子は見た目は派手になったが、心根は昔と同じで何も変わってはおらん。ただあの子に足りないのは、親の愛情だ」

津山は曖昧に頷いた。勿論、源一郎の願い通りであって欲しい、とは思うのだが——。

「近いうちに天野屋に行って親父の様子を見てくる。妙なことを言うようだったら、あの石頭の一つも叩いてやる。折角、昼子が戻ってきたんだ。今度こそ本当の親子にならねば……」

源一郎の言葉に、教育者としての意気を見た思いがした。


翌日、津山は中田と二人で、天野照子が幼い時に捨てられていた鳳凰院観応寺を訪ねた。寺に入ると、真田という五十歳位の男と、部下のように付き従う倉本という男が出てきた。源一郎が言うほどどちらも目つきは悪くはなく、寺男らしい人の良さそうな感じに見える。

真田の話では、半月ほど前から住職の尼僧、蓮風は病で今も床に臥せっているらしい。高齢だから仕方がないと言いながら、奥へ案内してくれた。

途中、本堂を覗くと、五、六十代の女性が大勢何か一心に祈っている。外の世界とはまったく異質な感じで、津山が妻の法事を行う時とはまるで違って見えた。美奈が言うように、現代はそれほど不幸な女性が多いのかもしれない。一心に祈ることで心の拠り所にしているのだろう。

二人が通されたのは、庭が見える八畳の和室だった。庭に池があるせいか、心地よい風が入ってくる。部屋の隅に布団が敷いてあったが、住職の蓮風は楕円形の机の前にウコン色の着物を着て正座していた。高齢ながら凛としたその姿は、一生を仏に仕えた気丈な性格の一面を思わせる。

真田は二人にお茶を勧めると、倉本とともに無言のままその場に座った。

「庵主さん、ご病気のところすみません。それより、先日は失礼しました。酔いすぎまして」

津山がいつも通りの挨拶とお礼を言うと、蓮風はにっこりと微笑んだ。

「いいえ。こちらこそ、美奈さんには色々お世話になっておりますのよ」

「きょう伺ったのは、天野屋の女将さん、天野照子さんの出生についてお伺いしたいことがありまして。照子さんは、このお寺に捨てられていたそうですが、その辺りを詳しくお聞かせくださいませんか」

「誰から、そのことを?」蓮風はやや強い口調で訊き返した。

「先日、天野昼子さんからお聞きしまして」

その名前を聞いた途端、蓮風の顔から笑みが消えた。

「昼子さんから…。そうですか」やや険しい表情で肘掛けを引き寄せると、遥か昔の記憶を想い起こすように遠くを見つめた。「随分昔、四十年も前のことです。朝、本堂の玄関脇から赤ん坊の泣き声がしてきまして。この寺にとっては、そういうことは珍しくはないのですが、あの朝はさすがに驚きました。何しろ、三人も赤ん坊が捨てられていたものですからね。

一つの籠《かご》の中には二人の赤ん坊。隣りにねんねこにくるまれて、もう一人が」

蓮風は、赤ん坊を抱くような仕種をした。

「で、照子さんは籠の中の? それともねんねこの?」

「さあ、それはどちらだったか覚えてはおりませんが、三人とも本当に可愛い女の子でした」

「天野屋さんへはどういう理由で?」

「もうお亡くなりになりましたが、天野屋さんの大女将、照子さんの祖母にあたる志津さんが、ぜひにと仰って。その時はまだ、息子の勇さん夫婦に子供が無かったものですから」

「そうですか。では、照子さんの方の母親をご存知なのですか？」

「いいえ、知りません。その後、誰も名乗って来ませんでしたから。しかし、一度に三人も捨てられていたのは、後にも先にもあの時だけでしたからよく覚えてますよ」

「では他の二人も、どこかへ里子に？」

「ええ、同じように温泉旅館に。えーと、確か…。ごめんなさい、歳のせいか思い出せなくて。これだから歳をとるとイヤね」

「いいえ、結構です。また思い出されたら、ご連絡ください。そうですか…。では、その後に昼子さんが生まれたというわけですね」

「ええ。昔は、貰い子をすると子供が出来るなんて言ったものですから」

蓮風はかげりのある表情で答えた。

「実はその昼子さんのことなのですが。昼子さんは不倫で出来た子と伺ったのですが…」

津山は手帖を見ながら、確認するように言った。

「…やはり、ご存知でしたか」蓮風は大きく溜息をついた。「あまりこういうことは、言いたくないのですが…。昼子さんは、天野屋の前の女将、蘭子さんが不倫して出来た子供なのです。蘭子さんのご主人の勇さんはそれはいい方なんですが、子供が作れない体だったのです」

「で、その不倫相手と言いますか、父親はご存知なので？」

蓮風は曖昧に首を横に振った。

「そうですか。ところで、その昼子さんにも関係することなんですが――」

津山は、ちらっと中田を見てから、昨夜の美奈の話をした。

「――神界だの渡来の神だのと。ましてや、卑弥呼さんが渡来の神に操られているなどと子供じみたことを庵主さんが仰ったなんて、美奈が言うものですから、私の父も激怒しましてね。ま、時期が時期だけにそういう中傷といいますか、噂がたちますと、マスコミの取材の多いさ中、今回のホテル放火の事件にも変に影響を与えますから…」

津山は遠回しに、蓮風に忠告したつもりだった。

蓮風はそれに気付いたらしく少し逡巡していたが、じっと津山の目を見てから言った。

「しかし、事実なのです。津山さんは、こんなことをいう私を惚けたか、気が触れたように思われるでしょうね?」

「いいえ。そんなこと…」

「いいんですのよ。私だって初めはそう思いましたから。でも後で、これが俗にいう神憑《かみがか》りだと知ったのです。そして、これが長く仏門で修行してきた私の、定めなのだと分かりました。うちの信者以外には、教えないことにしているのですが。いいでしょう。津山さんが中傷と仰るのならお話しましょう」

その時だった。側で静かに聞いていた真田が声をあげた。

「いけません！　いくら警察の方でも。それは規則に反します」

「この人は刑事でも、敵かもしれません、聖師様」

　今まで静かに座っていた倉本も、同じように訴えている。

　蓮風は二人を見返すと咎めるように、「もっと器を大きくしなさい、二人とも。特に真田さん、あなたの前世は戦国の世の武田家の策士なのですよ。もし敵なら相手の出方を見るべきです。敵も味方も呑み込んで策を巡らす、これが本当の戦略家というものです。前世と同じ失敗をまたくり返さないように」と窘《たしな》めた。

　真田と倉本は口惜しそうに押し黙った。

　津山には、彼らの会話があまりに異質で理解出来なかった。

「あのー、前世、ですか？」

「ええ。昔生きていたその人の在《あ》り様《よう》です。誰にもあるものです。勿論、津山さんにも、中田さんにもありますよ。ただ、生まれる時には忘れさせられて、この世に出てきますが」

「失礼ですが、庵主さんにはそれが見えるのでしょうか？」

「勿論です。それを霊視《れいし》と呼ぶのです」張りのある声で毅然と答えた。「津山さん、信じられないといった顔ですね。人の目には見えることが十個あるとしたら、見える人で三個、殆どの人は一個——目に見えること以外は信じないですから、なかなかこういう話は信じて貰えないのです。その一番いい例が心です。心は目に見えないからと言って、存在しないわけではありません。同じように神々や御霊の世界、また前世も目には見えない。だからといって存在しないわけではないのです。もっとも見えないから暮らしていけるのですが」

分かるような気はする。若い中田でさえ同じように頷いていた。

「この人の前世は、武田家の重臣の一人、真田昌幸です」蓮風は厳しい表情で真田を指した。「信玄公亡き後、武田家を見捨ててしまい、武田家は滅んでしまったのです。そして、また同じことを現世でもやろうとしているのです。それがこの人の宿命です。でも修行をすれば、同じ失敗を繰り返さないで済みます。

そしてこの倉本さんも、前世はやはり武田家に因縁があった方です。信玄公の影武者で、信玄公亡き後、信玄公に成りきれなくて、彼も武田家滅亡を早めた一人です。

二人ともどういう因縁か、この寺に導かれるようにやってきたのです」

改めて二人を見ると、不思議に強者《つわもの》のようにも見えてくる。その時遠くから鐘の音が聞こえてきた。何か用でもあるのか、二人は一礼すると無言のまま慇懃《いんぎん》に部屋を出ていった。

「ところで、卑弥呼さんが渡来の神に操られているという話ですが——」

「津山さん。あなたも魅入られたようですね、卑弥呼さんに」

「えっ」一瞬心の奥底を読まれたようで、津山は赤面していくのが自分でも感じとれた。

「まぁ、図星だったようですね」蓮風は呆れ顔で見返した。「ま、いいでしょう。彼女の本性を知れば目も覚めることでしょう。ところで、津山さん、『天《あめ》の岩屋戸神事《いわやどしんじ》』をご存知ですか?」

あまりに唐突過ぎて、質問の意図を謀りかねた。それよりさっきの「図星」という一言に動揺している。津山は、それを誤魔化すように平静を装い、口を開いた。

「ええ、昔、父から聞きました。確か天照大御神《あまてらすおおみかみ》が須佐之男《すさのお》の尊《みこと》の暴状を怒り、天の岩屋戸に隠れたため世の中が真っ暗になった。そこで踊りの上手い天《あめ》の宇受売《うずめ》の命《みこと》が舞いを見せたところ、天照大御神が出てきて再びこの世が明るくなった——という神話ですよね」

「それなら、俺も聞いたことがありますよ」中田は足を崩しながら言った。「確か、その天の宇受売の命の舞いが、世界初のストリップだったとか、中学の時の歴史の先生が言ってましたよ。『古事記』を書いた太安萬侶《おおのやすまろ》という人は、かなり面白い人だったんですね」

「すべては嘘です」蓮風はぴしゃりと遮った。「『古事記』は改竄《かいざん》——つまり、故意に書き換えられたのです。本当は神々の歴史書なのです」

「はあ…。それより、『古事記』と卑弥呼さんと何の関係が？」

津山は早く本題に入って欲しかった。『古事記』の話で時間を潰すわけにはいかない。四方山《よもやま》話なら早く引き上げたかった。

「津山さん。ものには順序というものがあります」

「それは分かってますが、実は色々、事件を抱えてまして…」

津山はさり気なく腕時計に目をやった。

「しかし、卑弥呼さんとまったく無関係ではないのですよ。この世は現世《うつしよ》と言われ、神々の世界で起こった出来事が、鏡のようにそのままこの世に写し出されます。最近、山梨で起きた事件も神事《かみごと》の複写。つまり、神界のことを知れば、必ず事件のことも分かります」

「しかし…」もう一度腕時計を見てから、一時間程費やす諦めのような決心をした。「分かりました。そこまで仰るのなら…」

津山の言葉に蓮風は満足そうに頷くと、居住まいを正し合掌した。

「まず、卑弥呼さんのことをお話する前に、『天の岩屋戸神事』の真実からお話しなければなりません。今から三千年前の話です」

「えっ、三千年も前の話、ですか?」中田が素っ頓狂な声を挙げた。

「そうです。神々にとって三千年はそれほど遠い昔ではありません。

神々の世界は今の九州辺りにあり、そこを高天原《たかあまはら》と呼びました。当時の日本の神々は天照大御神様の元で平和に暮らし、そのお蔭で人間界は戦もなく平和でした。ところが渡来の神々が、日本に上陸しようと虎視眈々と狙っていたのです。そして、今から二千年前、古事記にも出てくる『天の岩屋戸神事』——天照大御神様を陥れる罠が仕組まれたのです。

天照大御神様は、朝を告げて一日一日を結ぶ儀式——日継《ひつ》ぎを司る最も権威のある日本の最高神でした。ある日、日継ぎの儀式を終わられた天照大御神様が岩屋戸の前を通りますと、中から楽しそうな音楽や唄声が聞こえてきます。天照大御神様はいつも、自分とそっくりの影姫様をお連れになり、護衛の軍神数十名の神々と一緒に動かれます。いつもなら道草をなされないのですがその日に限って見ていこうと仰せになり、岩屋戸の奥へ奥へと入って行かれたのです」

蓮風は何かに取り憑かれたように、一点を見つめ話している。

「中では八百万《やおよろず》の神々が、舞台の上で唄や舞いに楽しく興じていました。その神々は天照大御神様がお出でになったことに気付き、奥にある特別席へご案内したのです。場内からは大きな喝采が起こり、踊りを見て頂こうと神々は舞台に殺到したのです。中でも踊りの上手い天《あめ》の宇受売《うづめ》の命《みこと》の舞いは、時の経つのも忘れさせる程でした。実はそれが渡来の神々の狙いだったのです。

一方、外では手力男《たぢからのお》の命《みこと》が、大きな岩で岩屋戸の入口を塞いでしまいます。一ミリの隙間も無く、それこそ神業、どこまでが蓋なのか見分けもつかないほどピッタリとです」

「あのー」津山は手で制した。「確か『古事記』では、手力男の命が岩屋戸を開いて、天照大御神を出したことになっていますよね」

「だから、改竄されていると言うのです。実は、手力男の命も渡来神の仲間だったのです。外はすでに深夜。朝までにそれほど時間がありません。日継ぎの儀式とは、太陽が昇り始める時に高天原にそれを告げることです。ですから、日の出には日継ぎの場所にいなくてはなりません。それが出来ないと、天照大御神様といえども、神力・霊力を失うのです」

「つまり、それが弱点ですか、天照大御神様の」中田はすでにのめり込んでいる。

「そうです。もっとも天照大御神様の周りには日頃、渡来の神々の不穏な動きに気付いて動いておられた神々もいました。大山津見《おおやまつみ》の神――天照大御神様の叔父上もその一人です。

大山津見の神は、手力男の命の一部始終を見て『しまった！』と思い、助けに向かわれます。しかし、閉じられた戸はびくともしません。時間は経ち、もうすぐ日の出という時に閃いて、鶏を日の出前に鳴かせたのです。

その鳴き声に天照大御神様だけが気付き、目にも見えない速さで出口に向かわれました。あまりの速さに護衛の神々は勿論、誰も気付きません。天照大御神様は、出口に着くと閉じこめられたことを初めて覚られます。しかし、天照大御神様の力でさえも岩戸は僅かに開くだけ。ところが外にはすでに援軍の怪力の神、摩利支天《まりしてん》が来ていて外からも引いていたのです。

摩利支天は岩戸を吹き飛ばし、その上に天照大御神様をお乗せして、この山梨の辺りまで運んできました。

その後、天照大御神様はご自分の不注意で供の者を置き去りにしたことを悔やみ、叔父上の大山津見の神の勧めで、自分の名前を捨て観音として身を隠すことを決心なさいます。それが鳳凰三山の観音岳です。ですから、観音岳の側には摩利支天と呼ばれる切り立った山が、観音岳を守るようにしてあるのです。また、長野県の戸隠という地名は、摩利支天が運んだ岩戸を隠したことから、その名前が付けられたのです。これこそが神々の真実の歴史なのです」

「へー、そうなんですか」

中田は、おとぎ話でも聞く子供のように目を輝かせている。

「このお寺は代々、鳳凰三山の観音様・薬師如来・地蔵菩薩をお祀りしています。ですから、そのご縁で私が神憑りになったのでしょう」蓮風は慇懃に合掌した。

「話を戻します。中にいたお供の神々も、天照大御神様が居なくなったことに気付き、外へ出ようとします。ところが、今まで楽しく唄や舞いを披露していた神々は、手に剣などの武器を持って、お供の神々を二重三重に取り囲み出口を塞いだのです。彼等はすべて敵の内応者。そして彼等も、天照大御神様が逃げられたことを知るや、天照大御神様とそっくりの影姫神を殺し、本物の天照大御神様のように見せかけたのです。その他のお供の神々も口封じのため殺されます。そして、岩屋戸全体を天照大御神様の墓にしたのです。

本物であれ偽者であれ天照大御神様を亡き者にする、これが敵の神々の目的だったのです」

「神界のクーデターですね。で、主犯は弟の須佐之男の尊ですか？」

中田は警官らしく、犯人が気になっているようだ。

「いいえ、彼はただ利用されただけです。元々粗野な性格ですから、そういうことを順序立てて考える術は知りません。すべての罠を仕組んだ渡来神とは、瓊瓊杵尊《ににぎのみこと》です。そして、後に九州にやってくるのです。それが俗に言う『天孫降臨《てんそんこうりん》』です」

「天孫降臨？　確かそれは、瓊瓊杵尊が天照大御神の命を受けて、高天原から日向の国の高千穂に、天降ったことをいうのではないですか？」

「津山さん、よくご存知ですね。でも『古事記』は、すべてが改竄されているのです」

「しかし、何の為にですか？」

「日本の歴史そのものを変え、この日本を乗っ取るためです」

「日本を乗っ取る？……でも『古事記』は神話であって、歴史書ではないのではないですか？」

「そう言う学者も多いようですが、実は改竄されたため話の辻褄が合わなくなったものですから、神話や譬《たと》え話などと言っているのです。第一、国費を使ってまで、『古事記』を編纂させているのですよ。いくら昔でもそんな無駄はしないでしょう」

『古事記』など未だかつて一度も読んだことのない津山は、首を傾げた。昨夜の美奈の話よりは真実味があるにしても、どう考えてもこじつけに思えてならない。

「ところで逃げた本物の天照大御神は、どうしたのですか？」中田は先を聞きたいらしい。「日本の最高神なんですから、何か手だてを考えるでしょう。反撃とか…」

「勿論そうしたいのは山々。ただ、日継ぎの儀式が出来なくなったために、今までの神通力や霊力はありません。その上、天照大御神様が死んだと思われた日本の神々は、遺言で後継者に瓊瓊杵尊を立てよと発表された以上、どうしようもないのです。敵も、逃げた天照大御神様を必死で探しています。

そこで叔父上の大山津見の神が日本の代表として、これ以上の争いをさせないために、御自分の娘御を人質として瓊瓊杵尊に差し出し、和解するのです。それが石長比売《いわながひめ》様と木花之開耶姫《このはなのさくやひめ》様です。しかし、瓊瓊杵尊は美人の木花之開耶姫様とだけ睦《むつ》み富士山に住まったのです」

「それでは、日本は乗っ取られたのですか？　その瓊瓊杵尊に」

「いいえ、中田さん。日本の山々を司る大山津見の神も御健在ですし、見張り役の妃でもある木花之開耶姫様も、その動きを御父上に伝えていますから、瓊瓊杵尊も勝手なことはできません。また日本古来の神々も、各地で同じように頑張っておいでですから。

瓊瓊杵尊とは二の神という意味です。それが一番に挑む。ですから、この世もその影響を受け、日本は一と二の攻防の歴史となったのです。ある時は南北に分かれ、ある時は東西に分かれて。どちらの神々も、その頂点に立つ人間の脳に、競って顕示されます。例えば、西に平家が立てば、東に源氏が。鎌倉時代の後の北朝と南朝。石田三成が西軍を指揮すれば、徳川家康が東軍を率いる――日本の歴史すべてが、神々の世界で起こったことの写しなのです」

「なるほど。まさに聖師様の言われるように、この世は現世《うつしよ》ですね」

中田は感嘆し、いつしか蓮風のことを聖師様と呼んでいる。

「ただ西暦二千年を節目に、ここ数年前から戦略を変えたらしく、瓊瓊杵尊の手下である卑弥呼が、日本の神々を誑かし骨抜きにしているのです」

「卑弥呼？　邪馬台国の、ですか？」

「いいえ。邪馬台国の卑弥呼さんは男性とは交わらず、生涯純潔を守られたそうです。ですから、霊力があったのです。瓊瓊杵尊は、現世で有名な邪馬台国の卑弥呼さんの名を盗んだのです。神界でもその名は有名でしたからね。神界の卑弥呼とは、蛭子神《ひるこがみ》のことをいいます。蛭子神とは背骨のない蛭《ひる》のようなもの。神や人の生気を吸うのです。蛭子神では正体を晒しているようなものなので、卑弥呼と名を代えたのです。蛭子神とは、神と人間との間に出来た子供のことです」

「えっ！　神と人間が、そのー、つまり…、出来るんですか？」

中田の意識は別のところにあるらしい。蓮風はそれに気付いたらしく、楽しげに続けた。

「神はその気になれば何でも出来ます。地震や雷、台風、津波だって起こせますから、人間との交渉などは簡単です。ただ、神と人との恋は侵してはならない罪深いことですから、普通は産む前に流すのです。ところが稀に、流れずに生まれることがあるのです。神界と人間界のどちらにも属さない、いわばその化け物は、躰を武器に色仕掛けで神も人も陥れるのです。

神界ではその淫らな行為を秘め事ならぬ、ヒミコ事と呼んでいます」

「ヒミコ事…」津山は復誦した。

「彼女には、神界の掟も人間界の規則も通用しません。神々は卑弥呼の色香に惑わされ無能にされ、人は廃人にされてしまうのです、しかも知らないうちに。それが怖いのです。そうなってからではどうしようもありません。例え私の力でも」

津山は中田と顔を見合わせた。蓮風は尚も話を続けた。

「瓊瓊杵尊はとても頭のいい神です。卑弥呼を木花之開耶姫様の後釜にするということで、彼女を利用しているに過ぎません。卑弥呼は曖昧を武器にします。それは自分が神にも人間にも属さない、曖昧な生まれだからです」

「しかし、天野昼子さんが、その化け物の卑弥呼とは考えられません」

津山は思わず、卑弥呼を弁護してしまった。そんな津山に中田が驚いている。

「やはり、津山さんには話しておかなければなりませんね。

あの当時、天野屋では子供が出来ないのを、周りが妻の蘭子さんのせいにしたのですよ。負けず嫌いだった彼女は、他人の種で妊娠して、それをご主人の子として産もうと考えたのでしょう。それでお客と…。そして生まれたのが昼子さんです。蘭子さんはその後、昼子さんを残しその男と駆け落ちしてしまいました。数年後、相手の奥さんに刺され亡くなったそうですが。

確か、当時の新聞にも載っていたと思いますよ」

「やはり、昼子も生まれてはならない女。しかも、色香で世の男を惑わす」中田は感心したように言った。「確かに卑弥呼の供述も曖昧でしたよ。神界の卑弥呼とまったく同じです、課長」

「しかし……」津山は尚も首を傾げていると、蓮風が続けた。

「霊能力がある人間は、神々と対話ができます。また、神々も利用したい人間には、その意思を伝えてきます。日本の神も渡来の神もそれは同じです。人間界では閃きといっています。ただ、昼子さんの場合は、渡来神に操られています。私にはそれがはっきり見えるのです」蓮風は病身にも拘わらず、しっかと目を見開いた。「彼女は自分で気に入って、その名前を付けたと思っていますが、すべては敵の神々が彼女の頭に送ってきたことです。だから彼女も魅入られた、悲しい傀儡《かいらい》でしかないのですよ」

「しかし、今までのお話は神々の世界、神が存在すると仮定した場合の話で、それと昼子さんを結びつけるのは…」

津山の口から、また卑弥呼を擁護する言葉が自然に出てしまった。父の源一郎と同じく、不幸な生い立ちをそういう形で非難するのは、生理的に好きにはなれない。しかし、その一言で蓮風から穏やかさが消えた。

「では津山さんは、この世に神仏は存在しないと言われるのですね」

「あ、いや、そういうわけではありませんが…」

正直、言葉に詰まった。寺に来て神仏否定など場違いである。

「中田さんも、そうお思いですか?」蓮風は挑むような目で中田を見た。

「いいえ、僕は存在すると思います。そうでなかったら、善悪の規範となるものがなく、この世から道徳がなくなってしまいます。第一、我々警察の存在自体、意味がないものになってしまいますよ。それに、世界には数多くの宗教があって多くの人が信仰していることは、やはり神の存在なくしてはありえないことでしょう。

もっと身近にはお正月の初詣。年々参拝者が増えるのは、やはり神は居ると思う人が多いからではないでしょうか。聖師様が仰る通り、普通の人間の目には見えない世界に住まう神だからこそ、偉大なんだと僕は思いますが」

それでも津山は首を傾げた。

「ただ、昼子さんの生い立ちをこういうふうに結びつけてしまうのは、如何なものかと…」

「津山さん。世の中は目に見えることがすべてではないのですよ」

「それは分かっています。ですが…」

蓮風は少し呆れたように見ている。

「昼子さんはとても綺麗な方です。どこか津山さんの亡くなられた奥様、奈津子さんの若い頃に似ています。心惹かれるのも分からないではないですが、あの子は厄を招く女です。この日本のためにも、美奈さんのためにも、心を奪われないよう気を付けてください。廃人にされてからではどうしようもないのですから」

そう言うと、蓮風は合掌し真言を誦した。

帰りの車の中で、中田も「課長、本当に魅入られてしまったんじゃないですか？　気を付けてくださいよ」と、冗談ともつかぬ言い方で心配していた。

周りからそう言われると、自分でもそんな気がしてくる。最近、刑事としての勘の冴えが無い上、妙に卑弥呼のことが気になっている。瞼を閉じると、なぜか卑弥呼の悲しそうな顔が浮かぶ。

（魅入られるとは、こういうことをいうのか――）と、心の中で呟いた。

2

県警本部に戻ると、津山は蓮風の言った事件を新聞の縮刷版で探した。

確かにその事件はあった。東京都目黒区のアパートで、中年の男女が鋭利な刃物で殺害されている。被害者の女は当時、殺された男と内縁関係にあった昼子の母、天野蘭子である。

夜八時過ぎ、津山がその記事を前に考え込んでいると、捜査課に訃報が届いた。ビュー岩宿ホテルのオーナー夫婦が、火災の責任を感じ首つり自殺をしたのだ。

津山は「しまった！」と思うと同時に、事件に対する認識の甘さを痛感した。

この自殺の一件は、本部内に津山の捜査のまずさを指摘する雰囲気を作り出した。副本部長の児島や刑事部長の深沢までもが、津山の捜査の進め方に疑問を感じている様子だった。

その上マスコミまでもが、自殺の原因は警察の初動捜査の悪さにあると指摘し、未だに解決出来ないでいる県内の他の事件を伝えるとともに、警察の無能ぶりを強調していた。

夜遅く帰宅した津山は、部屋に閉じこもった。

もう一度、冷静に事件を振り返ってみたかったのである。津山が観応寺へ行って以来、気が付くと、なぜか美奈は目を合わそうとしない。目を見ると敵の神に魅入られると、本気で思っているらしい。津山にとっては馬鹿げたことでも、美奈は真剣のようだ。

夜十一時を過ぎた頃、部屋で沈思黙考していた津山に意外な人物から電話があった。取り次いだ美奈の表情で、大凡相手の見当はついた。

「夜分、ごめんなさい」やはり卑弥呼だった。「ちょっと思い出したことがあって」

教えてもいない自宅の電話番号を、なぜか卑弥呼は知っていた。

「姉のことだけど。別人って言った、その証拠を思い出したの」

「証拠を？」

「そうなの。ねぇ津山さん、これからどこかで会わない？　会ってお話したいわ」

その声にはいつもの気取りはなく、まるで友達にでも言うように、馴れ馴れしい。

「これから…、ですか？」

側で聞いていた美奈は、その言葉でだいたいの意味を察したらしく、激しく首を横に振って拒絶のサインを送っている。それは美奈の男友達に目を光らせていた、数年前の自分と立場が逆転したかのように思えた。

「いや、止しましょう。今夜はもう遅いですし、明朝、事務所の方へ伺いますよ」

「どうして？　他にも気になることがあるの。それに、津山先生――あなたのお父様も心配事があったら、息子さんに遠慮無く相談しろって」

今までの卑弥呼とは違い、甘えたような声だ。

（なるほど、電話番号を知っている理由はそれだったのか――）

「それとも」卑弥呼は色っぽく笑ってから、「私が怖いのかしら、栄一郎さん」と悪戯っぽく津山の名前を呼んだ。その時、なぜか蓮風から聞いた話が頭を過《よぎ》った。

「今夜はちょっと調べたいことがありますので。やはり、明日の朝―」

喋っている途中で電話は切れた。いかにも気短な卑弥呼らしい。

美奈は、何か言いたそうな顔で津山を見ている。それを無視して自分の部屋に戻ろうとすると、背中越しに美奈が「気を付けてね、お父さん」と悲しげに呟いた。

翌朝、津山は捜査員が出払った捜査課の席で、事件を振り返っていた。

いつもは行動的な津山だが、蓮風や周りの影響か頭の中がもやもやして、卑弥呼に会うことすら躊躇っている。今朝の面会の約束もすっぽかしていた。気にしないようにと思えば思うほど、蓮風の言っていたことが気になってくる。

「馬鹿げた話だ。天照大御神が取り替えられたなんて…」

と呟いた瞬間、思わずハッとなった。

――天照大御神様とそっくりの影姫神――一つの籠の中には二人の赤ん坊――

蓮風の言葉が浮かんできた。津山は急いで自分の引き出しから照子の写真を出し、机の上に広げた。海外で撮ったものらしいが、どの写真にも照子と天野巌が写っている。

（どうして今まで気付かなかったのだろう――）

すべてのことが、一本の糸のように頭の中でつながりだしていく。

交通課の調べで、一カ月前に起きた春日居町のひき逃げ事件の被害者は、天野照子である可能性が高い。もし、彼女がその時点で死亡していたとすると、人質解放後に現れた照子は別人、つまり双子の一人ということになる。それなら、大した怪我もしていない理由も、その後の供述に不審な点があるのも納得できる。

「あの女は娘じゃない」と凄い形相で叫んでいた会長の天野勇は、照子のことを言っていたにちがいない。照子似の女と昼子の二人が、天野屋を乗っ取りに来たと言っていたのだ。

卑弥呼もそれに気付いたのだろう。だから、照子を「別人」と言った、卑弥呼の供述も頷ける。

それより、卑弥呼は嘘を言っていなかった——という喜びにも近い感情が湧いていた。

（つまり、犯人は天野照子が双子であることを知っていた——）

「うーん。となると、天野巌も当然知っていたはず…。しかし…」

そこへ交通課の箕田が入ってきた。

「ほう。その顔は解決の糸口を掴んだな、津山。あ、忘れないうちにこれ」箕田は司法解剖の報告書を手渡した。「いま下で、亀山さんから津山にと渡された。ホテル放火事件で見つかった女の遺体——天野照子さんが泊まってた部屋から出た遺体だが、驚いたことに死後一カ月経っていたそうだ。だから、照子さんは生きているということになる」

「えっ！」津山は本心驚いている。「つながった…」

「つながった？　何が？」

「その遺体こそ、天野照子さんだ」

「まさか」

「ちょうど一カ月前に春日居町ひき逃げ事件があっただろう？　今、箕田が捜査中の。それが照子さんだ」

「何だって？　しかし、解放後の天野照子さんをみんなが見てるぞ」

「そうだ。ま、聞けよ。照子さんは生まれてすぐ観応寺に捨てられていた。昨日、そこの庵主さんから話を聞いて判ったんだが、一つの籠の中に二人の赤ん坊と、側にねんねこにくるまれた赤ん坊の、計三人の女の子が捨てられていたそうだ。庵主さんは、どの子が照子さんかは覚えていないらしいが、籠の中の二人の赤ん坊が双子だとしたら辻褄が合う」

「双子だとしたら？　天野照子さんが？」

「そうだ。箕田がこの間、天野屋から借りてきた、この写真が役に立った。これは外国で撮ったもので、日付からすると、ここ数年毎月海外に行ってることになる。それから、ほぼ毎月一回、天野巌氏が天野屋に照子さんと同じような歳格好の女を連れて行っている。これは双子を交互に海外に連れ出すためだ。そして、これがその証拠写真というわけだ。ところがこの前、照子さんは解放後の事情聴取で、海外には行っていないと答えている。勿論、それは嘘だ。

ま、これは出入国管理局で調べれば簡単に分かることだ」

「うーん。あり得なくはないか…」

「ようやく事件の全容が少し見えてきた。まだ仮説の域は出てないが――」津山は黒板に書きながら説明を続けた。「ホテル放火の丁度一カ月前の、春日居町でのひき逃げ事件の被害者は、照子さんだった。箕田の言う通り、犯人は偶然、彼女を車ではねてしまったことで誘拐を思いつく。そして、すぐ天野屋女将誘拐事件が起きた。照子さんはこの時すでに死亡している。現場の道路に流れた多量の血痕はこれで説明がつく。犯人は十日後、もう一人の照子さん――つまり、双子を女将として解放したんだ。その後、犯人は照子さんの遺体をホテル放火で葬った。だから、焼死体が死後一カ月経っていた。それが理由だ」

「うーん。しかし、妙な話だな」箕田はすぐ批判的な目になった。「犯人は、どうして一カ月前に死亡した照子さんの死体をわざわざホテルまで運んで、焼死したように見せかけたんだ？　運ぶ途中で見つかるというリスクを考えれば、本部長じゃないが、その辺の山林、富士の樹海にでも埋めた方がいいんじゃないか。

もし、俺が照子さんの双子と共犯者だったら、身代金も入ってるし、そのまま天野屋の女将をやらせておくよ。例え照子さんが人が変わったと言われても、誘拐事件のショックでという言い訳もできる。そのうちみんなの記憶も薄れて、ひき逃げと誘拐事件は時効を迎え迷宮入りだ。

それよりも津山、肝心の心の問題を忘れているぞ。だいたい、もし照子さんが双子だとしたら、血のつながった姉妹だぜ。片方がもう一方の死を、こんなふうに利用出来るかな」

箕田は、やや呆れ顔になっている。

「……それもそうだな」

津山も自信なさそうに呟くと、それを窘めるように箕田は続けた。

「確かにこの三つの事件には、照子さんが関係しているかもしれない。だが、全部を一つの糸で結ぶのはどうかなぁ、無理があると思うけど。ま、双子の発想はなかなか面白かったが、そういう机上な考えが一番嫌いじゃなかったのか？

やはり何か変だぞ、最近の津山は。いつもの読みの深い津山らしくないし、考えに一貫性がない。マスコミの批判で焦る気持ちは分かるが、もっと腰を落ちつけて。それとも集中出来ない何かわけでもあるのか？」

その問いに一瞬、蓮風の言った神界の卑弥呼の話が頭を過った。それを振り払うように頭を振った。

「……ん！　でも待てよ。そうか心か」右手で額を叩いた。「なるほど、誘拐事件は続いていたのか。犯人は照子さんを人質に取っていた。だから、双子のもう一人は、仕方なく犯人の言う通りに動くしかなかったんだよ」

「だけど今、ひき逃げ事件で、彼女は死んでたって言ったじゃないか」

「事実はそうだ。しかし犯人は、死んだ照子さんを、生きてるように言ってたんだよ、きっと。それを利用して脅せば…」

「ふーん。でも、ホテル放火殺人とはどうつながるんだ？」

「それは…」

――本物であれ偽者であれ天照大御神様を亡き者にする、これが敵の目的だったのです――

津山は蓮風の話を再び思い出していた。

「そうか。照子さんが本人であろうがなかろうが、死んだことを公にしたかったとすれば――」

「その理由は？」

「そう畳み込むなよ。うーん。例えば、照子さんの死亡によって得する人間がいる、としたら…」

津山は言葉に詰まった。その人間がすぐに浮かんだからである。

「そうだなぁ。あの天野屋の女将が死ねば、土地家屋など財産を相続する人間。例えば…」急に箕田の目が輝いた。「ん？　いるよ！　いるいる、妹の昼子。そうだ！　卑弥呼だよ！」

「いや、それはあり得ない」津山はすぐさま否定した。「卑弥呼さんのグループ企業の方が、天野屋の資産より遥かに大きい。殺しというリスクを背負ってまで手に入れるとは思えない」

「だからといって、優良企業とは限らないぜ。この不景気だ。表面上は良くても火の車ってことも多い。最近の大企業の倒産がそうだ。とにかく、卑弥呼の会社の経営状態をすぐ二課の連中に調べさせれば…。津山、きょうは冴えてるな」

「いや、まだ仮説の域を出ていない。卑弥呼さんだって、照子さんとは姉妹だ。第一、誘拐事件の時、心配して乗り込んできたほどだ」

「そこがおかしい。勘当同然に追い出された卑弥呼が急に…」今度は箕田が何か思い当たったらしく意気込んだ。「そうか！　それが動機か。確か照子さんは養女で、卑弥呼は実子だから二人に血のつながりはない。天野屋は養女の照子さんではなく、自分が嗣ぐものと思っていたら」

「考えすぎだよ。それに箕田の言うとおり、やはりこの仮説には無理がある」

「おいおい、津山。おかしいじゃないか、さっきまであんなに力説しておいて、今度は妙に消極的だぞ。まさかあの手の女に弱いわけでもないだろう。

あっ、そうか。だから照子さんの双子の一人は、未だに姿を隠しているんだ。そうだよ、きっと。うん、間違いない。とにかく、これで春日居町ひき逃げ事件も解決か。交通課としても嬉しいね。ま、卑弥呼のことだから、事故車はそれこそ地中深くに埋めたのかもしれないな」

箕田が興奮しているところへ、聞き込みから中田が帰ってきた。

「きょうは収穫ありましたよ。入院中の天野屋の番頭、沼田さんから面白い話が聞けました」

「ほう、ご苦労さん。こっちも今面白い話をしてたんだ。な、津山」

箕田はにこにこしながら、津山にウインクをした。

「それで何か判ったか?」

「ええ、課長。誘拐事件の後、沼田さんは、女将が以前と違っていることに気付いたそうです。照子さんには右腕の内側に深い傷の痕があったらしいんですが、解放後の照子さんにはそれが無かったそうです。仲居頭の平井さんからは直接聞いていませんが、沼田さんによると、平井さんもそれに気付いていたらしいです」

箕田は目を輝かせ、津山に「ほら」というような顔をしてから、嬉しそうに尋ねた。

「中田。それはどういうことか分かるかね」

「つまり、解放後の天野照子は偽者。最近、美容整形の技術も上がってますから、犯人は誘拐事件の後、そっくりに整形した天野照子の偽者を送ってきたということですか？」

「なかなかいい推理だが、惜しいねぇ。もう少し深く読まないといけないぞ、捜査課の刑事たるものはな。答えは双子。照子さんは双子だったんだよ」

「えっ、双子？」中田には意外だったらしい。

箕田は中田に、今まで津山と話していたことを説明した。

中田は時々、沈んだような津山の顔を横目で見ていた。そして、箕田の説明が終わると大きく頷いてから「なるほど。この世はまさしく現世《うつしよ》ですよ、課長」と、津山に言った。

中田は、蓮風の話を元に津山が仮説を立てたと思ったようだ。

「となると、今回の事件は一挙に解決ですね。やはり犯人は卑弥呼」

「そう、動機もはっきりしている」

「それでかぁ、思い出しましたよ。以前、天野屋へ課長と行った時、会長が『あの昼子は化け物。この天野屋を乗っ取りに来た』と叫んでたんですよ。会長は惚けてはいなかったんですね」

「なるほど。血のつながりは無いとは言え、娘の意図は分かってたんだな」箕田はしみじみ言ってから、急に張りきり出した。「ま、交通課としてはひき逃げがあった五月五日の、卑弥呼のアリバイを探ってみるよ。あの女が直接ひいたのではなくても、卑弥呼の部下ということも考えられる。それを利用したのかもしれん」

「ちょっと待ってくれ。まだ推理の域を出てない。それに、火災の前、天野巌氏が照子さんらしい女と逃げたという目撃証言がある以上、まずはその二人を見つけだささないことには。また、卑弥呼さんを調べるのなら、かなりの容疑が固まってからと、部長からも言われている」

「ほう。津山、お前がそういうことを言うとはな」

箕田は呆れ顔で頭を振った。

津山は自分の浅はかな仮説を後悔していた。

「課長、この世は現世ですよ。本物か偽者かは判りませんが、火災直前に逃げて助かった天野照子さんの件と、彼女の身を安じて非常ベルを鳴らし助けに行った叔父の天野巌さんの件。このふたつ、どこか天の岩屋戸神事の話と似ていますよ」

中田は励ますように言った。

「天の岩屋戸神事?」箕田が首を傾げた。「何だ、それ?」

「いえ、こっちの話です。それに卑弥呼が親しかった、考古学者の三枝教授の死亡についても、何か関係があるんじゃないですか?」

「ちょっと待ってくれ。実は…」と津山は言い難そうに切り出した。「夕べ遅く、卑弥呼さんから電話があった。彼女も照子さんを別人と見ていて、その証拠を知っている口振りだった。また、以前、事情聴取の時もそれに拘っていた。憶えているだろう? 中田も」

「ええ。それは憶えていますが…」

「もし、彼女が犯人だとすれば、なぜ、そんなことに拘ったり、俺に教える必要がある?」

「女に甘いな」箕田は冷ややかに笑った。「それは簡単に説明がつく。例えば、大きな樽の酒に毒を入れたとする。犯人は自分に容疑がかからないように、少しだけ酒を飲んだ。そして、被害者を装った。それと同じだ」

「そうですよ、課長。あの女ならそれぐらいの駆け引きはやるでしょう。だいたい初めから変だと思ってたんですよ、あの女は。あの大火災の後、姉は死に、付き合っていた三枝教授も死んだというのに、ホステスの面接なんかやってるんですからね。どういう神経かと思いましたよ。

課長は、あの女の流した一筋の涙を信じているんですよ。馬鹿馬鹿しい」

「まぁ、そう言うなよ、中田」箕田は中田の肩を叩いた。「そうやって人を信じるところが、津山のいいところでもあるんだからな」

「いいえ。課長は完全に魅入られているんですよ。とにかく、入国管理局で天野照子さんの件、調べておきます」

中田は津山の返事も聞かず、部屋を飛び出していった。

「魅入られている？　津山、どういうことだ？」

それには答えず、津山は目を閉じ、今の推理を頭の中でもう一度検証していた。

第六章　招かざる客

1

ビュー岩宿放火殺人事件から一カ月が過ぎたが、捜査の進展はほとんど見られなかった。焼け跡から出てきた死後一カ月の焼死体の身元は、あまりに損傷が激しいためＤＮＡ検査さえも不可能で、依然分からないままである。これが遅れの一つの原因でもあった。

捜査課の空気は重かった。特に副本部長の児島の苛立ちは酷い。マスコミからの批判が出る度に、女将が解放された時の記者会見の録画が流され、児島は山梨県警の代表であるかのように毎回登場させられ、指名手配犯以上に全国にその顔を知られてしまっている。そのせいか、児島の叱咤は頂点に達していて、怪しいと思われる人間はすぐにも犯人になりそうな気配だった。中でも、放火直後にホテルを抜け出した着物姿の女と、それを迎えに来たと思われる天野巌の消息が掴めないだけに、かなり疑念を抱いている様子だった。

津山も天野巌に対しては、児島と同様、疑いを持っている。もっとも、行方が分からない以上如何ともしがたい。また、津山が箕田に話した天野照子の双子の仮説は、刑事部長の深沢に「現実的でない」と、一笑されるに留まった。ただ、深沢も卑弥呼のことでは、箕田に話した時と同じ反応を示し、疑い始めた感じに見えた。

津山と箕田は、甲府駅から程近い焼鳥屋の屋台にいた。お互い捜査に行き詰まりを感じている。

箕田が担当している春日居のひき逃げ事件も、未だに被害者すら判らず加害車両も見つかっていない。また、卑弥呼のアリバイなどを調べたようだが、これといった進展はなかったらしい。

津山は、蓮風から聞いた神界の話を箕田にした。

「この話、どう思う?」

「うーん。そうだなぁ。この世が神界の現世《うつしよ》というのはなまじ嘘とも思えないな。詳しくは知らないが、俺の姉が行っているお寺の尼さんも、神の声や姿が見えるらしい。

ま、そういう人間がいても不思議ではないがね。俺達のように俗っぽいと、そういうものも見えなくなるんだろうよ。よく赤ちゃんが大人には見えない霊と話すって言うだろう。

確かに、その天岩屋戸神事とビュー岩宿ホテル放火殺人事件、どこか似ているな。特に卑弥呼が共通してるところなんか、そっくりだ。まさにこの世は現世ということだな」

「うーん。確かに、よく似てるんだが…」

「庵主さんも、庵主さんなりの正義で悪と戦っているんだろう。俺も観応寺へ行って、ひき逃げ事件を神様に助けて貰うか、なぁ、オヤジ!」

箕田は津山が側で考え込んでしまったので、思案の邪魔にならないように、話の矛先を焼鳥屋のオヤジに向けたようだ。焼鳥屋のオヤジは還暦を過ぎたくらいだろうか、人の良さそうな顔でニコニコしながら、升を履いたコップに二盃目の冷酒を注ぐと、二人の前に並べた。

「でも、庵主さん、病気になって今大変だって、うちの婆さんが言ってましたよ。それで信者達が、毎日病気平癒を祈ってるとか…。旦那も入るんだったら早い方がいいよ」

「俺が入る？　冗談じゃないよ。俺は背後霊とか水子の霊とか、抹香臭いのは駄目なんだ」

「旦那、若い頃かなり遊んだ口でしょう？」

「違う違う、かみさん一筋」箕田は大仰に手を振った。「だいたい、俺みたいな人間が行ったら、神様仏様が逃げ出すよ。馬鹿に読むお経はないってね。ははは……」

常連らしく呼吸もぴったりで、お互い楽しそうに笑っている。

「オヤジ。庵主さんが病気だなんて、やけに詳しいけど、信者かい？」

「うちの婆さんに無理矢理入れられまして。でも、最近辞めたんです。そこに貼ってある二枚のお札、商売繁盛と厄除けですがね、幾らすると思います？　一枚で五万円ですよ」

屋台の中の上の方に、『鳳凰院観応寺』の朱印が押されたお札が二枚、張り付けてあった。

「ほう、随分するね。じゃ、相当ご利益あるんじゃないの？」

「そんなの関係ないですよ。初めのうちは、あると思ってましたがね。この不景気、助かりたい一心での神頼みってところです。ところが、儲かれば神仏のお蔭と言ってお布施をさせられ、儲からないと精進が足りないからって、先祖供養を毎月やらされるんですよ。この不景気でしょう、売上はどんどん落ちていく。その上、お布施お布施では、たまったものじゃない。毎月七、八万円もってかれては、こっちの方が干上がっちゃいますよ」

「ほう、随分金がかかるな。貧乏刑事には無理ってことか」

「それればかりじゃないんですよ。旦那、覚えてます？　去年、うちの婆さんが私のこと、ラッパ、ラッパって言ってたのを」

「あー、覚えてるよ。お喋りで法螺吹きだからだろう、オヤジ。言い得て妙だよ」

「あははは…。でも、本当は違うんですよ。私の前世は上杉の喇叭《らっぱ》、つまり、忍者だったらしいんですよ。ある日、甲斐武田に潜入したんですが、お姫様が湯船につかってるところを覗き見して、ドジにも捕らえられたらしいんです」

「ほう。これまた女好きのオヤジらしいね」

「それで殺されると思ったら、そのお姫様が命乞いしてくれて助かったらしいんですよ。それで上杉のことを洗いざらい喋って。そのお姫様を守り一生を終えたのが私で、そのお姫様というのが、何と、うちの婆さんですって。前世、一緒になりたいという想いが、この世でそうさせたって言うんですがね」

「オヤジのかみさんがお姫様？」

「畏れ多い話でしょう。前世の罪を消すとか言われて、またお布施させられましたよ。ま、それもイヤでね。今になって前世の責任まで負えませんよ。婆さん一人でもう充分」

「まったくだ」

二人は大声で馬鹿笑いをした。それとは反対に会話にも入らず考え込んでいた津山が、酒を一気に飲み干すと、「やっぱり、おかしい。箕田」と声を荒げた。

「どうしたんだ？　急に」

先程まで一緒に笑っていた焼鳥屋のオヤジは、気を利かすように、「ちょっと、醤油を切らしたんで買ってきます。旦那方、留守番しててください」と言ってその場を外した。

箕田は目だけでオヤジに「すまない」と合図を送ると、改めて向き直った。

「話を聞こうか？　何がそんなにおかしいんだ」

「うん。ビュー岩宿ホテル放火の事件前日、天野屋の女将照子さんは、甲信ホテル温泉協会会長の座を妹の卑弥呼さんに譲っている。そして、あの大火災で照子さんの消息はとだえた。もっとも、俺は死後一カ月の焼死体が照子さんと思ってはいるが、いずれにしても、照子さんが死ねば天野屋は妹の卑弥呼さんのものになる。誰もが真っ先に疑うのは卑弥呼さんだ。しかも、卑弥呼さんは火災直前にホテルを出ていて、その後のアリバイも曖昧だ」

「じゃ決まりだな。犯人はやはり卑弥呼だ」箕田はあっさりと言うと、焼き鳥を頬張った。

「いや、違う。それではおかしい――」

「どこが？　いいか、津山。もし俺が一課だったら、放火直後に目撃された重要参考人の天野巌をそのまま指名手配して、今頃、誤認逮捕してるかもしれない。俺は一課でなくて良かったよ。

　さっき聞いた庵主さんの話をヒントに推理するとは、さすがに津山だよ。津山が推理した通り、照子さんの死を証明したかったとしたら、あのホテルの放火も頷ける。勿論、それはひき逃げ事件で死亡した照子さんの死を隠し、事故死に見せかけるためだ。実に巧い。

　津山の双子説にしても、俺は頷ける。深沢部長が何と言おうが、自分の勘を信じるべきだ。それが刑事ってものだ。ただ、卑弥呼が犯人ではないという、津山の勘は違うと思うがな。第一、あの女が犯人ではないという、お前の根拠は何だ？　動機だって充分なのにな」

「…何かが違うような気がする。犯行はかなり綿密で用意周到なのに、卑弥呼さんの性格は大ざっぱで場当たり的だ。すべてに、なぜか卑弥呼さんを陥れようとする作意を感じるんだ。これは刑事としての勘だが、卑弥呼さんが姉を葬ってまでそんなことをする人間とは思えない」

「その通りだ。今、自然に口をついて出ただろう？　人間とは思えないって。卑弥呼は、庵主さんの言うとおり、外見は人間に見えても心は化け物なのさ」

「変に揚げ足を取るなよ、真面目に話してる時に」

「揚げ足なんかじゃない、大真面目だ。神界の話は別としても、言ってることは間違ってない。庵主さんは宗教家の立場で、お前にそれを伝えるために助言したまでだ。

　卑弥呼の真実の姿を見てみろ。今まで何人もの政治家や財界の実力者を誑し込んで好き放題。地検の連中だってびびってる。ただ、この山梨県警はそうはさせない、法律には従わせる。それが津山、お前の仕事だ。

ま、誘拐事件の時のあの派手な現れ方では、津山じゃないが、誰も誘拐事件に関与しているとは思わないさ。そこがあの女の大胆なところであり、狙いでもある。もっとも俺だって、卑弥呼一人の犯行とは、端から思ってはいない。運転手の秋山、それにボディガードの二人も関わってるだろうよ。ひとつ一つ洗い出していけば、必ず尻尾を出すさ。

それより、津山。卑弥呼に対して、あんなに批判的だったはずのお前までが、深沢部長や地検の連中のように、卑弥呼の背後にびびっている。最近のお前の方が、ずっとおかしい。まさか、あの手の女に惚れたわけでもないだろう?」

箕田は横目で意味ありげに見てから、コップに口を近づけ酒を啜った。

「ん? 惚れた…」箕田は自分の言葉を自問自答してから、ポンと手を打った。「あ、そうか! そうだったのか。そう言えばあの目、どことなく似ている。この前週刊誌で卑弥呼の写真を見た時、誰かに似てると思ったら、亡くなった奈津子さん…。最近のお前の様子が変だったのは、このことだったのか。なるほど、中田が言った『魅入られてる』という意味がよーく分かったよ」

「違うよ」津山は舌打ちした。

「津山。外見は亡くなった奈津子さんに似てても、中身はまるっきり違う化け物だぞ」

「そんな下世話なことじゃない。ただ、何かに誘導されてる感じがするだけだ」

「それこそ神意というものだ。お前が真犯人を見つけるようにとな。しかし、敵の神様も卑弥呼を使って、お前を腑抜けにしようとしている。どちらに転ぶかで、この事件の勝敗は決まるな。家に帰って奈津子さんの位牌に向かってみろ。きっと答えが出るはずだ」

本気とも冗談とも思えない口振りで言うと、残りの酒を飲み干した。

そこへ、ちょうど焼鳥屋のオヤジが戻ってきた。

箕田は、「オヤジ！　勘定」と威勢良く叫んだ。

2

翌日、本部長室で捜査会議が行われた。とはいっても、本部長の飯野と副本部長の児島、それに刑事部長の深沢に津山の四人で、津山の捜査状況の報告も兼ねている。

津山はほんの少しだが、気分が軽かった。というのは、中田の調べで、写真にあった日付の時期に天野巌と出掛けた女が、天野照子ではなかったからだ。つまり、津山のいう双子説に、望みがないわけではないからである。

席上、刑事部長の深沢は、天野巌を重要参考人から容疑者として、また、天野照子の部屋から出てきた焼死体が死後一カ月経っていたことで、照子も同じく全国に指名手配するよう提案した。深沢はその理由を説明した。

「あの放火は明らかに、死後一カ月を経過した遺体処理のためのものだったと思います。照子が深夜に天野巌と死体を運び、ガソリンで放火して逃げたとすれば、現在の失踪は説明がつきます。それにビュー岩宿ホテルは、老舗の天野屋にとっては邪魔な存在だったのでは――」

「それはおかしい」本部長の飯野は言下に否定した。「そのためだけに、あのホテルを放火するとは思えない。第一、老舗の天野屋とビュー岩宿ホテルでは、格が違う。

それにだ。死後一カ月経った遺体を処理するにしても、ひき逃げ事件ではないが、ここは山梨だ。富士山の樹海もあれば、山深いところは幾らでもある。また、ホテルに運び入れる時点で、目撃されるというリスクもある。だいたい、天野屋の女将とテン・ワイナリーの社長が、そんなことをするとは考えにくい。君が言うように失踪という点においては、放火と何らかの関わりがあるのかもしれんが、彼らは容疑者には当たらないと思うが。

津山君は、どう考えているのかね？」

津山は、未消化な考えのまま説明した。

「あ、はい。私自身、未だ整理が着いてないのですが、今回の事件を調べていきますと、すべてがつながっているような気がします。ちょっと、この写真を見てください」津山は箕田が天野屋から借りてきた写真を、机の上に並べた。「これは照子さんの部屋の箪笥の引き出しにあったものので、海外で撮ったものです。今朝、判ったことですが、入国管理局の調べで、名前は小野光子という女性です」

「ん？　天野照子さんではないのかね」

「はい。実は、天野巌氏はほぼ毎月二週間程、海外へこの女性と行ってます。つまり、照子さんは双子であった可能性があるのです」

「双子だと？」

児島が訝しげに見ている。隣で深沢は、双子説を聞いているだけに渋い顔になった。

「はい。現に天野屋から女将が居なくなったのはあの誘拐事件の時だけだと、従業員が証言しています。

これは推測ですが、天野氏は一つのパスポートで、この小野光子さんと天野照子さんを交互に海外へ連れ出していたと考えられます。この写真が証拠というわけです」

「なるほど…」児島は腕組みをしながら頷いた。

「照子さんが双子と仮定しますと、すべてがつながっていきます。春日居ひき逃げ事件と天野屋の女将誘拐事件、それに下曽根橋の死体遺棄事件です」

「何？　ひき逃げ事件も関係しているのか」

「ええ。私の推理が正しければ、春日居ひき逃げ事件から、ビュー岩宿ホテルの放火殺人事件まですべてつながっています。

まず、ホテル放火事件の一カ月前に起きた、春日居ひき逃げ事件ですが、ひき逃げ犯が被害者を拉致誘拐したという、交通課の箕田の推理は、まさにその通りだったのだと思います。恐らく、被害者の照子さんは、この時にすでに死亡しています」

「死んでいる？　では、解放後に見た女将は、双子のもう一人だったわけか」

「そうです、副本部長。照子さんの遺体については後ほどお話しします。ただ、犯人も照子さんが双子と知っていたようです。ですから誘拐を思いついたのです。

犯人はひき逃げ事件で死亡した照子さんを、生きているように言った上で人質に取り、双子の光子さんを脅し天野屋へ行かせます。その後、犯人は浮浪者を殺し、誘拐犯の仲間の一人であるかのように下曽根橋の河原で身代金とともに焼きましたが、これは我々警察の目を撹乱するとともに、光子さんへのメッセージでもあったのです」

「メッセージだと？」児島が訊き返した。

「はい。光子さんに対して、犯人は殺人も辞さないという脅しです。それによって、照子さんを人質に取られている光子さんは、犯人の言いなりになり、照子さんに成りすますしかなかったのです。そして、犯人はあのホテル放火によって、一カ月前に事故死した照子さんの遺体とともに、双子の光子さんをも葬るつもりだったのです。

これが、あのホテルから死後一カ月の焼死体が出てきた理由です。ただ、いち早くそれを察知した天野巌氏が、光子さんを助けたというわけです」

「ちょっと待ってくれ」口を差し挟んだのは飯野だった。「これらの事件を一本の糸でつなぐのは面白い推理だ。理路整然としているようだが、しかし疑問が残る。

まず第一に、ひき逃げ事件で照子さんを死なせてしまったのなら、その時点で誘拐などと面倒なことはせずに、遺体をどこかに埋めてしまえばよかったのではないか？

次に、もし照子さんが双子であったとしても、犯人がなぜそれを知りえたかだ。

そして第三に、これは深沢君にも言ったことだが、なぜ照子さんの遺体をわざわざビュー岩宿ホテルに持ち込んでまで、事故死に見せなければならなかったのか、という点だ」

「お答えします。まず第一の質問ですが、犯人は当時、検問で身動きが取れず、遺体を運べなかったのです。ですから下手に動くより、誘拐事件として照子さんの遺体を利用する方が価値があると考えたのです。それによって、ひき逃げ現場から警察を追い払うと同時に、捜査を遅らせることが出来ました。今も尚、被害者も加害者も、それに車も見つかってはいません。

次に双子の件ですが、現在行方不明の天野巌氏が、照子さんのところへ、一カ月に一度、四十歳前後の女性を連れて行っています。これは天野屋の番頭や仲居からの証言です。恐らく、この女性が光子さんか照子さんで、交代していたものと推測されます。犯人は、どこかでそれを見破ったのだろうと思います」

「うーん。では先の質問だが、なぜ、照子さんをホテル火災による事故死に見せかける必要があったのかね？」

「恐らく、照子さんの死を、公に証明したかったのです」

「公に……証明？」飯野は首を傾げた。「何のためにかね？」

その時会議室のドアが開き、中田が入ってきた。

「今、報告があったのですが、天野照子さんに莫大な保険金が掛けられてます。しかも、あのホテル火災の三日前にです。金額は…、一億三千万円。受取人は、妹の卑弥呼となっています」

「一億三千万円？　凄い金額だな」深沢が驚いたように言った。中田は報告を続けた。

「それから、卑弥呼のボディーガードの二人の身元がやっと割れました。どちらも山梨県生まれで、谷口真人、二十九歳と、阿部雅雄、三十歳。この二人は元自衛官です」

「何、元自衛官？　待てよ。保険金に、照子さんの死を公に証明したい…」児島は思い詰めたように考え込んでから、「なるほど。そうか、犯人はやはり、卑弥呼だったか」と呟いた。

「それは違うと思います」津山はすぐさま否定した。

「何？　違うだと」児島はきっと睨んだ。「どうしてだね？　津山君。君の言うように一本につながったではないか」

「いいえ。まず、照子さんが殺されれば、真っ先に疑われるのは突然現れた卑弥呼さんです。テレビのワイドショーではあるまいし、天野屋のお家騒動に結びつけるのは短絡的過ぎます」

「何！　短絡的過ぎるだと」児島は怒りを顕にした。「津山！　お前、誰に—」

「児島君、大人げないぞ」飯野が言下に児島を遮った。「説明を聞こうじゃないか」

「あ、すみません、副本部長。言葉が過ぎました」津山は児島に頭を下げた。「ただ、今回の一連の事件を振り返ってみますと、誘拐事件での我々警察の撹乱やその後の女将のすり替え。仲間割れのように見せかけた、下曽根橋の殺人死体遺棄事件。さらには、照子さんの遺体を運び入れ事故死に見せかけたり、放火をタイマーでセットしたりと、鑑識でさえ事故と思った程の細工など、細部にわたり綿密な計画があったと考えられます。なのにあれだけ目立つ存在で、しかも、あの開けっぴろげで大ざっぱな性格の卑弥呼さんでは、とても無理です」

「ほう。いやに詳しいな。卑弥呼の性格を」児島は厭味っぽく笑ってから、余裕の表情で手帖を開いた。「津山君、目眩《くら》ましにあってるぞ。捜査二課の話では、卑弥呼の経営するグループ会社は自転車操業だったそうだ。それを救う手段としては、天野屋の全財産は実に魅力的だ。君は短絡的というが、あの女の立場で考えると、天野屋は血のつながりのない照子さんのものではなく、自分のものと思っていたはずだ。父親ですら、乗っ取りに来たと叫んでいたそうじゃないか。動機としては充分すぎると思うが」

「確かにそうです。しかし、あれほど綿密な計画をしておいて、姉に掛けた保険金の受け取りを卑弥呼さん自身にするという、こんな稚拙なことをするでしょうか？　これでは、暗に犯人を卑弥呼さんと言っているようなものです。

第一、もし卑弥呼さんが犯人だとしても、自分の姉を誘拐事件とホテル火災でわざわざ二度も狙うこと自体、妙な話ではありませんか。姉を殺すのなら、誘拐事件だけで充分だったはずです。

それにもう一つ気になるのが、焼死した三枝教授です。

鑑識の結果では、睡眠薬で寝込み逃げ遅れたことになっていますが、卑弥呼さんと親密だった三枝教授が、外国人の売春婦と一緒だったというのも不自然な話です。これも真っ先に疑われるのは、被害者が生前親しかった卑弥呼さんです。私には、すべての事件の犯人を、なぜか、卑弥呼さんにしむけているという作意を感じます」

「ちょっと待ってくれ。今回の場合、三枝教授の死因が幾ら疑わしいものであっても、それとは関係が無いだろう?」児島は自分で投げかけておいて、何か気付いたように手を打った。「あ、そうか。やはり、あれも卑弥呼が関係していたのか」

「いえ、違います」津山はきっぱり言い切った。「なぜなら、卑弥呼さんと三枝教授は、純粋に愛し合っていたからです」

「ははは…、馬鹿な。何かと思えば、駆け出しのデカじゃあるまいし、青臭いことを。それは一方的な見方というものだ」児島は、嘲笑した目つきで津山を捉えた。

「いいかね、津山君。何も卑弥呼本人が、実際に手を下すはずがない。私が言いたいのは殺人教《きょう》唆《さ》だ。つまり、仕向けたということだ。あの女のためなら、殺しの一つや二つぐらいやってしまう男は周りに大勢いる。それだけのカリスマ性と、男をその気にさせる魔力があると言いたいのだよ。

ひき逃げ事件にしても、共犯者が偶然、卑弥呼の姉をはねてしまったのかもしれん。卑弥呼は、それを逆に利用して誘拐を思いついた。以前から姉が双子だということも、妹の卑弥呼なら知っていても不思議はない。勿論、後の犯行計画は卑弥呼の指示で、共犯者がやったことだ。

津山君。この時点ですでに初歩的な物的証拠を見逃している。誘拐事件で犯人が指定してきた黄色いバッグだ。卑弥呼は黄色が好きだそうだ。自分のエッセイにも書いている。綿密綿密と言うが、人の癖とはちょっとした時に出るもんだ。君が言うように、いかにも大ざっぱな卑弥呼の性格らしいじゃないか。それが何よりの証拠だ。

そして、最後の仕上げがホテル放火。君の言う通り、共犯者は照子さんの遺体を運び込みタイマーをセット。卑弥呼を火災の数時間前に連れ出し、後はボーッン。完璧にやってのける。

君が言う、なぜ姉を誘拐事件とホテル火災で二度狙う必要があったのか、という質問だがね、それは双子の両方を抹殺したかったからだよ。そうしなければ、天野屋は手に入らない」

側にいた中田は、好奇の目で児島を見ている。

「第一、卑弥呼のボディガード二人が元自衛隊員となれば、我々警察を欺き、緻密な計画を立てるなどはまさにプロ級だぞ。それに、これら一連の事件は単独ではなく、組織的な犯行に思える。三枝教授とのことはカモフラージュだよ。あの躰だ。男なら三枝教授でなくともその気になる。事件当日まで恋人のように振る舞うなんて妙技は、あの女には実に簡単なことだ。ま、もっとも、共犯者の一人がそれを見て嫉妬したのだろう。だから、ついでに殺したのさ。睡眠薬で眠らせ外国人売春婦と一緒にしておけば、不自然ではないと考えた。卑弥呼はそれを知らなかっただけだ。

それはともかく、ホテルが焼けたことで照子さんの死は証明でき、天野屋は卑弥呼のものになるはずだった。所詮、金に取り憑かれた人間は何だってする。例え身内を殺してもな。ただ、欲深い卑弥呼が調子に乗って、姉に保険金を掛けたまでのことだ」

児島は、まるで暗算でもするかのように、すらすらと推理した。

「なるほど。副本部長、素晴らしい推理ですね。ひとつ一つが見事につながっていますよ」

隣で深沢が聞き惚れたように言った。

「もっともこれほどのことを、津山君が言うように、大ざっぱな性格の卑弥呼がやれるはずはない。相当の人数が関わっているだろう。とにかく、今後は卑弥呼も含め、ボディガードの二人と運転手の秋山を重点的に調べれば分かるだろう」

児島は勝ち誇ったように津山を見てから、飯野に目線を移した。

「如何でしょうか？　本部長」

「うーん。まだ不明瞭な点は幾つかあるが…、つながったかもしれん」飯野は納得したように頷いた。「ただ、初めに津山君の推理ありきだ。それには敬服する。しかし、その筋を読む幅は、まだまだ児島君に及ばないようだ。これが経験知識の差というものかもしれないが、これでいい。補い合うことこそが、チームワークというものだ。

とにかく、相手が相手だけに、容疑の裏付けを確実に取って、犯人逮捕にこぎつけて貰いたい」

「はい！」津山以外は揃って返事をした。

「後は、現場に任せよう。児島君」

飯野はそう言うと、児島に目配せをした。飯野の性格だろう、部下を気遣う心配りだ。

「分かりました」児島は飯野に一礼すると、津山に向き直った。「とにかく、卑弥呼を引っ張る前に、周りの堀を埋めておいてくれ。殺人教唆を証明するには相当時間がかかる。裁判に持っていく前に、後ろにいるお偉いさんに気付かれ、政治的圧力が掛かってからではどうにもならん。もっとも、卑弥呼の方はバックにお偉いさんがいるから、警察もそう簡単には手を出してこないと高をくくっているのかもしれん。だから、その油断を突くんだ。それには、共犯者どもを完璧に探し出しておくことだ。まず、ボディーガードの二人のアリバイをもう一度確認する。それから、運転手の秋山。こいつを徹底的にマークしろ。消される可能性もある」

「消される可能性？」驚いたように中田が訊き返した。

「ああ。恐らく秋山がすべてを知っているはずだ。卑弥呼のような人間は用が済めばポイだ、三枝教授のようにな。綺麗な女ほど、強い毒を持つ」児島は意味ありげに津山を見ている。「中田。お前も、そういう女に引っかからないように、せいぜい気を付けるんだな」

津山はその視線を避けるように一礼すると、本部長室を出た。

津山は捜査課に戻った。捜査員はすべて出払っている。

児島の言うように仮に殺人教唆としても、卑弥呼が犯人グループの一人ではないような気がする。勿論、単なる勘でしかない。もっとも、卑弥呼を容疑者として裏付け捜査をすると方針が決まった以上、何の証拠もない津山の勘だけでは話にならない。

茫然としている津山の耳に、テレビの音が入ってきた。テレビはワイドショーをやっていて、ビュー岩宿ホテルの前から中継していた。

「後ろに見えますのが、先日の火災で多数の死傷者を出した、ビュー岩宿ホテルです。警察の発表では、焼死体の中から死後一カ月の女性の遺体が出てきたことも含め、殺人放火事件として現在捜査中とのことです。しかもその遺体があった部屋は、一時死亡と発表され、今もって行方不明の天野照子さんが宿泊していた部屋です。

天野照子さんといえば、つい最近、誘拐事件の被害者として救出されたばかりです。女将が泊っていた部屋から、なぜ、死後一カ月の女性死体が出てきたのでしょう？　また、女将の生死は？　そして、なぜ女将は二度も命を狙われたのでしょう？　謎は深まるばかりです。

更に、もう一つ謎に包まれた死があります。それは七里岩で発掘調査をしていた、T大教授の三枝典男さんの死です。警察の発表では、三枝教授は睡眠薬を飲み、外国人女性と亡くなっていたそうです。その外国人女性も睡眠薬を飲んで死亡。そして、そのどちらにも関係があったのが、あの有名な卑弥呼さんです。

彼女は、現在行方不明の照子さんの実の妹で、また、亡くなった三枝教授の愛人だったとも噂されています。他にも、あの誘拐事件とも関わりがあるのではないか、という噂を取材中しばしば耳にしました。卑弥呼さんをよく知る方の話では、手段を選ばない、かなり冷酷な一面を持っているということです。一部では姉妹によるお家騒動——大手旅館天野屋の乗っ取りではと、囁かれています。

犯人は一体誰なのか？　また、その目的は？　そして、このホテルに持ち込まれた、あの百枚の三角縁神獣鏡の行方は？　現場から北林がお伝えしました」——

「ふん、勝手な臆測を」と言いかけて、リポーターが最後に言った言葉を頭の中で反芻した。

——百枚の三角縁神獣鏡の行方？——

「三角縁神獣鏡？……。ん？」

その時、鑑識の亀山に預けてある、焼け残った二枚の三角縁神獣鏡のことを思い出した。

（あの二枚の三角縁神獣鏡に、何か謎を解く鍵があるのかもしれない——）

「いや、きっとある」

津山は気を取り直して、鑑識の亀山のところに向かった。一縷の望みを賭けて——。

鑑識のドアを開けると昼休みとあって、亀山は弁当を食べながら、問題の三角縁神獣鏡を眺めていた。

「おう、どうした、津山。事件の方は進んでいるか？　こっちは、未だに身元の割れない遺体ばかりで、頭が痛い。副本部長の児島さんからも、やいのやいのの催促でな—」

「亀山さん。それ、本物なんでしょうか？」津山は勢い込んだ。

「ふふふ…。たぶん聞きに来るだろうと思ってたよ。まぁ、簡単に調べてみたが本物だ。厚さも大きさも微妙に違うがな」

津山は話が終わらないうちに、ガックリと側にあった椅子に座った。

「何だ、当てが外れたか？」

「ええ。火災で亡くなった三枝さんが、何かを伝えるために、二枚だけを金庫に入れておいたものと思ったものですから…」

「なるほど。ま、三枝教授を悪くは言いたくないが、恐らく記念に欲しかったんだろう。気持ちは分からんでもない。正直、俺だって欲しい。でも不思議なことにこの二枚、まったく違うところが一つだけある。こっちの方は真ん中に錆の筋があるだろう？　でも、こっちには無い――」

「本物」と言われては、そういう説明はもうどうでもよかった。

「そんなに期待してたのか。じゃ、もう一度調べ直してみるか？」

「……お願いします」とは言ったものの、すべてが空回りしているようで空しかった。

津山は肩を落とし、鑑識の部屋を出た。


午後には、児島の推理を補足するような人物が出頭してきた。まだ幼さが残る少年である。

津山が取調室に入ると、樋口が少年の調書を取っていた。

少年は大きめの黒のジャケットを羽織り、悪びれた様子もなく踏ん反り返っている。

見覚えのある顔だ。確か以前、〈ヒミコ・リップ〉の中へ入ろうとして店からの通報で補導された、あの少年である。ただ、児島の言っている共犯者がこんな幼い少年とは思えない。

「樋口、どうなんだ？」津山は、入口で樋口を呼んだ。

「下曽根橋の男を殺《や》ったのは、自分だと言ってます。初めは殺すつもりはなかったけれど、自分の女に手を出そうとしたので殺ったと言ってます」

「卑弥呼を自分の女？　アイツ、まだ中学生だろう？」

「ええ、まだ十五歳です。卑弥呼のために数年間我慢して、少年院に入る決心をしたと言ってます。でも、事実なら卑弥呼を別件の、青少年健全育成条令違反で引っ張れますね、課長」

「ん？　うん……」

（また、卑弥呼か――）津山は益々作意を感じた。

「卑弥呼のセックスの対象は見境なしですね」樋口は呆れ顔で言った。「中学生に卑弥呼の躰を教えたら、シンナーや覚醒剤以上に危険ですよ」

津山はそれには答えず、少年の前に座った。

「ふーん、中学生か。お前が少年院を出るころには、卑弥呼は婆さんだぞ」

「歳は関係ないね。例え四十歳でも卑弥呼は俺には価値があるんだ」

人ひとり殺しているとは思えない言い方だ。

「ところで、どうやって殺ったんだ？」

「また、言うのかよ。しつこいな」

そう言いながらも淡々と答えた。

供述によると、五月の中頃、バイトした金で〈ヒミコ・リップ〉に年齢を偽って潜り込んだ。偶然、卑弥呼に話しかけられ、帰りにホテルで関係を持ったという。以後数回関係を持ったが、急に会ってくれなくなった。少年は自分の本当の歳を知られたためと思っていた。だが、実はそうではなく、卑弥呼はストーカーに狙われている、とある客が教えてくれた。初めは信じなかったものの、教えられた男にそっくりの客が毎夜頻繁に出入りするのを見て、後をつけて殺した
——ということだった。

津山は少年の供述をまったく信じてはいなかった。例え、卑弥呼がストーカーに遭っていたとしても、彼女の周りはボディガードが固めているし、そんなことを怖がる卑弥呼でもない。

「ほう。で、卑弥呼がストーカーに遭ってると、教えてくれた客というのは誰なんだ?」

少年の目が少し泳いだ。確かに狼狽している。しかし少年はその後、頑なに黙秘を続け、結局その日の尋問はそれ以上の進展はなかった。

夕方のニュースでは、下曽根橋殺人事件で自首してきたのが十五歳の少年だったことや、少年が頻繁に〈ヒミコ・リップ〉に出入りしていたことなどを報じながらも、影の容疑者として卑弥呼の存在を臭わせていた。また、天野屋女将誘拐事件とも結びつけ、さらには未だに行方知れずになっている天野照子や叔父の天野巌の殺害説が飛び出すなど、一連の事件は色々の臆測とともに

に報道されていた。

夕方六時過ぎ、刑事部でそのニュースを見ながら遅い昼食を摂っていた津山に、父の源一郎が救急車で病院に運ばれたという知らせが入った。

市民病院に駆けつけると、源一郎は天野屋で倒れ運ばれたということだった。付き添ってくれた仲居の話では、会長の天野勇と大喧嘩をしたという。主治医は、軽い脳卒中で幸い処置が早かったため後遺症は殆ど残らないだろうと、言ってくれた。

源一郎は朧気《おぼろげ》な意識にも拘わらず、「昼子はお前の娘だ」と何度も譫言を言っていた。

恐らく、卑弥呼のことで、源一郎は天野屋へ談判に行ったのだろうと思うと、津山には何かこみ上げてくるものがあった。

津山は病院の帰りに、先日箕田と行った、焼鳥屋に寄った。今年の梅雨は七月に入ってもだらだら続いている。そのせいもあってか、屋台には一人の客もいない。県警本部にも家にも帰る気にはなれず顔を覗かせると、オヤジの威勢のいい声が返ってきた。

「いらっしゃいー。きょうは旦那お一人で?」

津山は無言で頷くと、年季の入った黒光りした長椅子に腰掛けた。

「適当に見繕ってくれ。酒は…一本、冷やで」

「あいよ」とオヤジが答えたが、目の前に立ったのは五十過ぎの女だった。

「ああ。この方が前世、お姫様だった?」

「イヤですよ、旦那。こんな婆さんつかまえてお姫様だなんて。あたしも、あそこ辞めましたから、もうそのことは言わないでくださいよ」

「ほう。どうしてです？」

「どーしても何も。旦那、あのお寺は嘘吐き、いや、詐欺だね」

「おい。相手は刑事さんだ。めったなことを言うもんじゃないぞ」

「馬鹿だね。刑事さんだから言ってるんだよ。はい、お待ちどう様」

綺麗に焼き鳥を並べた皿と、コップ酒を津山の前に置いた。

「女将さん。詐欺とは穏やかじゃないな」

「だってね、旦那。あそこは入会すれば絶対癌にならないって言ってたんですよ。それが、教祖自身が癌になったんだから、神も仏もありゃしない。とんだお笑い草ですよ」

「庵主さん、癌だったんですか？」

「ええ。今まで十年以上も通って、お布施したのが馬鹿みたいで」

「でも、それで詐欺罪を立件するのは難しいと思うなぁ」

「それだけじゃないんです、旦那」女将は、津山の態度がつれないものだから益々むきになっている。「今年の四月に、七里岩の上の観音様の後ろに神殿を建立しろと、神のお告げがあったって言うんですよ。だから、信者は皆んな挙ってお布施したんです。あたしだって、三十万円も出したんですよ。

ところが、旦那もご存知の通り、あの『卑弥呼の墓』騒ぎで、その土地を高く買い上げて貰ったらしいんです。そしたら神殿の話は有耶無耶になっちゃって。結局、あのお金のことは誰も口に出さずじまいで。ふん、あれこそ坊主丸儲けですよ」

「へー、そんなことがあったんですか」津山は、膝の上で簡単に手帖にメモをした。

「それにあの庵主さん、人には無欲になれって言っときながら、自分は宝石を買ったり、お寺の裏に大きな外車を持ってたり、それから広い土地も買って――」

「おい、止さないか」オヤジが見かねて遮った。「旦那だってお前の愚痴聞いてりゃ、酒が不味《まず》くなる。高い授業料だと思って諦めな。第一、そんなに金を欲しがる神様仏様がどこにいるかって、俺が言っただろう？　お姫様なんて煽《おだ》てられて、その気になってたんじゃないのか？」

「ふん、うるさいね、喇叭《らっぱ》」女将は自分の亭主を睨み付けた。

「すみませんね、旦那」オヤジはすまなそうに頭を下げた。

「いや。でも、庵主さんが癌か、大変だなぁ」

津山は蓮風の姿を思い浮かべながら言うと、オヤジが後を引き取った。

「真田さんが養子に入って、後を継ぐみたいですよ」

「ほう。じゃ、あのお寺は尼寺ではなくなるのかなぁ」

「さあ、それは知りませんが。あの人、両親がいないらしく、庵主さんを実の母親のように慕ってましたし、庵主さんも真田さんを実の息子のように可愛がっていましたからね」

「ふーん。ま、真田さんなら、跡継ぎとして間違いはないだろうね」

「でも、あの人だって腹で何考えてんだか」女将はどことなく非難するように言った。「この土地の人間じゃないしね。それに、あの鏡の件だって。ほら、三角縁神獣鏡ですよ。あの発見も眉唾じゃないかって、噂もあるくらいだから」

「眉唾?」

「さっき言ってたお告げを誤魔化すために、わざと仕組んだんじゃないかって。その上、それを盛り上げるために、わざわざあの助平女の卑弥呼まで呼んで世間の注目を集めたっていう噂ですよ。そうすりゃ、あの助平女のバックにいる政治家が乗り出してきて、嘘も本当になるってね。信者からはお告げと言って金を取り、その金で買った土地を高く国に売る。両方から巻き上げるんですよ」

「でも、あの三角縁神獣鏡は本物だったし、T大の教授まで調査に来たんだ。そんなことを見抜けないわけが——」

「でもね、旦那。どんなにお偉い教授だって、卑弥呼にかかれば黒を白と、いや、黒が白に見えちゃうんじゃないですか? いくら刑事の旦那でもわかりませんよ。卑弥呼が裸で来れば」急にオヤジの方を見て、「あんたはどう? もし卑弥呼が裸できたら」と訊いた。

オヤジは左右に手を振りながら、「俺はかあちゃん一筋だよ」と笑っている。

「ふん。そんなこと言って」女将は下の方から茶封筒を出した。「旦那、これ見てくださいよ」

手渡された封筒の中身は分厚い本のようだ。津山は言われるままに中を開けた。

「へー、卑弥呼のヌード写真集じゃないか」

オヤジは見るからに慌てている。

「あんたが、戸棚の奥に隠しておいたものだよ。まったく、いい歳をしてこんなもの、汚らわしい。旦那。持っててください」

「え？　でもいいのかい、オヤジ？」

オヤジは目も合わせないで、手で「どうぞ」というようなジェスチャーをしてみせた。

「そんなので迫られたら、旦那だってわかんないでしょう？」

津山が数枚ページをめくっていると、女将は念を押すように同じ言葉をくり返した。

「ん？　ま、正直、自信ないね」

「あーあ、男ってもんは…。これじゃ、あの寺も卑弥呼を広告塔にしたかったわけだ」

「広告塔？　でも、庵主さん、卑弥呼さんのこと嫌ってたけどね」

「この不景気、寺だって大変ですよ、旦那。ああいう有名人が入ると、信者は増えますからね。寺の力は信者の数とお金ですから、背に腹は替えられないんじゃないですか。

でもね、あの卑弥呼も凄い女ですよ。もし入るんだったら、条件として自分を教祖にしろと言ったらしいですよ。だから、教祖が怒りだしたってわけですよ。

まあ、今にして思えばどっちもどっちですよ。一方は世のため人のためといった善人面で、もう一方は女も羨む美人。でも一皮剥けば、結局、欲の皮の突っ張った似た者同士。外見じゃわかんないもんですね、人は…。旦那、酒のお代わりは?」

津山は手を軽く挙げ断ると、二人の顔を交互に思い浮かべた。


津山が家に着いたのは十時を回っていた。美奈はまだ帰宅していない。

先日、箕田から言われたことを思い出して、久々に仏壇の前に座った。

仏壇の写真の奈津子は、相変わらず屈託のない笑みを向けている。線香に火を付け立てた。気が付けば、きょうは七月十四日。富貴盆である。なぜか今夜は、卑弥呼とダブって見える。暫く合掌していると、美奈が帰ってきた気配がした。

津山がリビングに行くと、美奈は明日の朝食のための米をといでいた。

「こんな遅くまで、どこへ行ってたんだ? お爺ちゃんが倒れたんだぞ」

津山は、事件が解決していないせいか、日頃の苛々もあって辛く当たった。

「倒れた?」美奈は、手を止めた。

「ああ。天野屋でな。今、病院だ」

「天野屋? 何で?」

「卑弥呼さんのことで、あそこの会長と大喧嘩したらしい。それで軽い脳卒中に。さっき病院に寄って様子を見てきた」

美奈は小声で「あんな女に関わるからよ」と呟いて、再び米をとぎだした。

「大したことはないらしいが、また明日再検査で、夕方までかかるそうだ。悪いが、会社の帰りに迎えに行ってやってくれ」

「明日は駄目」と、美奈はにべもなく答えた。

「なぜだ？　仕事がそんなに忙しいのか？」

「そうじゃないけど。明日、観応寺でお盆の合同供養があるから。それで会社休むの」

「おい、いい加減にしろ！　先祖供養もいいが、お爺ちゃんの方がもっと大事だろう。だいたい今回のことだってお前にも責任はある。卑弥呼さんのことを悪く言うから——」

「でも、真実よ。お父さん達には見えないでしょうが、今、本当に大変な時なの。病気の聖師様も必死に頑張っていらっしゃるのよ」

「また、神界の話か。美奈、俺達人間はこの世に生きてるんだ。訳も分からないことに振り回されるのも程々にしろ」

「振り回される？　この世は現世《うつしよ》よ。第一、テレビのワイドショーだって、犯人を卑弥呼と言ってるわ。お父さんとお爺ちゃんだけよ、卑弥呼の肩を持っているのは。お父さん達こそ、早く目を覚ましなさいよ。それこそ敵に、してやられるわよ」

「敵だ味方だって、何馬鹿なことを。美奈、お前は神界の方が現実よりも大切なのか？」

「お父さん、邪魔しないで。今は人生で一番大事な時なの。ほっといてよ！」

美奈はそう言うと自分の部屋に駆け込んだ。そして、一分もしないうちに部屋から出てくると、「中田さんのところに泊まるから、今夜は帰らない」と言ってマンションを出ていった。

最近、中田と付き合っているのか、頻繁に会っているらしい。

「泊まる？……。嫁入り前の娘が、いつから…」

津山は、閉まった玄関ドアを茫然と眺めていた。

あの神界の話以来、家庭がなくなってしまった感じだ。

今は美奈のことは中田に任せるしかない。アイツなら間違いはないだろう——そう思いながらリビングのテーブル前でぼんやりしていると、焼鳥屋で飲んだ一杯の酒の酔いが疲れた体と心を程良く癒し、いつしかその場で寝入ってしまった。

どれほど時間が経過したのかは分からないが、けたたましい電話の音で目が覚めた。

電話に出るや、相手は一方的に喋ってきた。卑弥呼である。

「津山さん、ちょっと思い出したことがあるのよ。今からそっちに行くわね。じゃ、後で」

卑弥呼は用件だけ言うと、返事も聞かず切ってしまった。

「……ん？　あ、もしもし。行く？……。まずい！　こんな時に、二人だけで会うのは…」

津山は切れた電話を茫然と見つめていた。

（しかし、あの卑弥呼が一人で来るはずがない。恐らく運転手の秋山も一緒だろう——）

ぼーっとした頭で自問自答した。

三十分程して、玄関のチャイムが鳴った。ドアを開けると、黒の薄いコート姿の卑弥呼が一人で立っていた。髪はまるで雨にでも降られたように濡れて、艶っぽく光っている。

「ねぇ、ドライブでもしない？」

開口一番、挨拶もなく唐突に卑弥呼が口を開いた。

「こんな真夜中にですか？」

「ふたりっきりで話したいことがあるの。誰にも邪魔されずに」

「ああ、それだったら。今夜は私一人ですから――」

津山が不用意にも口をすべらすと、卑弥呼は「あら、そう」と短く答え、ハイヒールを脱いで、構わずどんどん部屋に入っていった。

「あ、あの…」

津山は茫然と立っていた。前を横切る卑弥呼の躰からはいつもの強烈な香水の香りはなく、微かに洗い髪のシャンプーのいい香りがしている。

津山がリビングに入ると、テーブルに車のキーと黄色のポシェットを投げ出して、亡くなった奈津子の席に脚を組んで座っていた。

「あの…、一人で運転して来られたんですか？」

「まぁね。運転は好きだし、一人の方がマスコミに追いかけられないで済むから」

何か急に思い付いたのか、シャワーの途中で出てきたような感じだ。よく見ると卑弥呼は化粧もしていないすっぴんで、おまけにコートの下は何も着けていない様に見える。そのせいか、肌はしっとりとしていて、亡くなった奈津子が帰ってきたような錯覚さえする。

――いくら刑事の旦那でもわかりませんよ。卑弥呼が裸で来れば――

突然、耳の奥で焼鳥屋の女将の声が木霊《こだま》した。その声をかき消すように頭を振ってから、「今、コーヒー入れてますから」と、ぎこちなく声をかけた。

「ブランデー、あるかしら？　ちょっと落ち着きたいのよ」

なぜかいつもの気取りはなく、やけに馴れ馴れしい。

「でも、車で来た方に、お酒は勧められませんよ。それに、今、卑弥呼さんと二人っきりでいるということ自体――」

「じゃ、帰れっていうの？　私が容疑者だから？」

「いえ、それは…」

「今夜は、話を聞いて貰うまでは絶対に帰らないわ！」卑弥呼はややヒステリックぎみに言うと、きっと睨んだ。「とにかく、ブランデー持ってきて。それから、帰りは送ってってよ」

まるで常連客にでも言うような口調で言った。

一瞬躊躇ったものの、容疑者と思われている卑弥呼の話も一応は聞かなければ先に進めない、と思った。津山は頷くと、源一郎がゲートボール大会で優勝した時に貰った、賞品のブランデーを箱から取り出した。

卑弥呼は濡れた長い髪を乾かすように後ろにやり、部屋を見回している。そしてテーブルの脇に置いてあった自分の写真集をめざとく見つけると、それを高々とかざした。

「私のすべてを調べてるのね、警察は。それとも、津山さんの個人的な興味かしら？」

「えっ、ええ、まぁ……。しかし、卑弥呼さんも、いきなりだなぁ」

津山はグラス二つをテーブルの上に置き、ブランデーを注いだ。

「いきなり？」卑弥呼は写真集を脇に置くと、憮然と睨み返した。「会おうとしないのは誰よ」

津山は何も言い返せなかった。確かに、観応寺の蓮風の話を聞いてからというもの、卑弥呼に会うことを避けている。業を煮やした卑弥呼が、自ら来たのも何となく頷ける。

「ところで、私に姉の誘拐事件の容疑がかかってるって本当なの？　十五歳の子供が自首してきたんですってね。しかも、私が情婦ですって。ワイドショーじゃ、まるで私を犯人扱いよ。冗談じゃないわ。だいたい、その子のこと全然知らないし、ましてや十五のガキなんかと――」

堰を切ったように喋り出した。

「ふーん。信じてないみたいね、その顔は。じゃ、そのガキの言うことは信用出来るわけ？」

「いいえ。まだ裏も取ってありませんから、警察もそう簡単には信じませんよ」

「その子、卑弥呼、卑弥呼って言ってるらしいけど。私の系列のお店の娘は、私の経営するビジネススクールの秘書科を卒業すれば、みんな卑弥呼を名乗らせるのよ。勿論、名字は違うけど、〈ヒミコ・リップ〉の甲府店だけでも五人はいるわ」

「分かりました。とにかく、少し落ち着いてください」

津山はブランデーグラスを押し出した。卑弥呼はそれを一口呑むと、大きく息を吐いた。

「しかし、なぜ同じ名前に？　客の方も混乱するでしょう？」

「あら、そうかしら？　名字の方が便利よ、自宅や会社に電話するにもね。それに、名字で呼び合うと、何となく品良く聞こえるでしょう？　勿論、ベッドでは卑弥呼よ。例え相手が代わっても、同じ名前の方が便利でしょう？」

「やはり売春ですか？」

卑弥呼は「しまった！」というような顔をしている。

「あ、勘違いしないで。お店の外での自由恋愛には、関知してないの」

例え卑弥呼が事件と関わっていたにしろ、計画的で用意周到な犯人が、言葉にさえこれだけ不用意な女と組むわけがない。改めて、殺人教唆は当てはまらない——と津山は思った。

「お得意の自由恋愛ですか。ま、調べていけば、どの卑弥呼さんが少年とつき合っていたか、追々分かることですから」

「私の言うことはまったく信じないようね。だったら、そのガキに私の写真を見せて、何回セックスしたか訊いてみなさいよ！」

「卑弥呼さん。世間がどう騒ごうが、貴女が潔白なら何も慌てることはないでしょう」

津山は諭すように言ったが、卑弥呼は脚を組み直すと、ふてくされたように横を向いた。

「ふん。ましてや姉を誘拐したなんて、馬鹿馬鹿しい」

各テレビ局は挙って、卑弥呼と天野屋女将誘拐事件とを結びつけたニュースを連日のように流していた。テレビ以外のマスコミも、卑弥呼の美しさに対する嫉妬も込め、すべてに批判的な報道をしている。こうなると美貌も財力もかえって仇になるらしい。

また、事件そのものに対する報道にしても、勝手な憶測ばかりで無責任極まりない。そういう風潮が、一般人ばかりか警察関係者にまで影響を与えてしまい、判断を誤らせることにもなりかねない。卑弥呼もきっと、そんなマスコミ攻勢に耐えかねてのことだろう。

「津山さん。私の素性、生い立ちはご存知でしょう?」

「ええ、調べさせて頂きましたから。ただ、今回の事件とは結び付けてはいませんよ」

「ふん。きれい事は言わないでよ」

卑弥呼は吐き捨てるように言うと、津山のブランデーも一気に呑み干した。

「…私、不倫で出来た子なの。それはご存知でしょう? 名前が昼子だから、幼い時、みんなに『蛭《ひる》』って言われて嫌われたわ。だから自分の名前が嫌いで、卑弥呼に代えたの。

初めは、何でいじめられるのかさえ、分からなかった。ましてや、父がどうして私を嫌い、姉ばかり可愛がるのかも。でも、姉はそんな私をいつも庇ってくれた。私、姉の後ばっかり付いていたのよ、金魚の糞みたいに」

「そのお姉さんのことですが。…こんな時に何ですが——」

「姉なら大丈夫」言下に遮った。「生きてるわ、絶対に。マスコミが何と言おうと、姉は生きている。だって直感の強い私が、何の胸騒ぎもしないもの」

卑弥呼は本当に心配していない様子で、ポシェットから煙草を出すとくゆらした。

卑弥呼の直感がどうあれ、津山の指摘で県警本部内の見方は、七〇一号室から出てきた、死後一カ月の焼死体をほぼ天野照子と断定している。ただ、公に発表されていない以上、それについては津山は口をつぐんだ。

「姉は勉強も出来たし、私の自慢だった。姉が大好きだった。それは今も同じよ。

小学校の時、その姉が貰われてきたと知った時は、ショックだった。分かる？　その時の私の気持ちが…。父は、実の子より養女の方を可愛がっていたのよ」

大きく見開いた卑弥呼の目は、津山を直視している。津山は曖昧に首を横に振った。

「中学に入る時、父がなぜ私を嫌ってたかが分かったわ。前の仲居頭が教えてくれたの、母のこと…。私、父には愛されていなかったの、ずっと。でも、私は……父が好きだった。だから一度でいいから、姉のように可愛がって欲しかったのよ」急に卑弥呼の目から涙が溢れた。「あれ以来、私、誰にも愛されないと思ってきた…。あの時の思いは今もあるわ、愛されたいって…。だから、父に似た人を見ると…」

（なるほど。源一郎の言ったとおり、親の愛情に飢えている――）

「だから、三枝さんが許せなかったのですね」

一瞬、卑弥呼はハッとしたように津山を見つめた。

「ええ。でも放火は私じゃない。今だって、先生が外国人の売春婦と一緒に死んだなんて、信じられないのよ。

…先生、私の過去を気にせず愛してくれたの。嬉しかった。初めて愛されたような気がしたわ。躰目当ての男と違って、三枝先生は純粋だった。父に感じが似てたわ、不器用なところが…」

津山はこういう湿っぽい話は苦手だった。聞けば聞くほど情が移り、捜査の判断を誤りかねないからだ。津山は卑弥呼にハンカチを渡すと、話題を変えた。

「ところで、電話で思い出したことがあると仰ってたのは？」

卑弥呼はハンカチで涙を拭うと、大きく溜息をついた。

「あ、そうそう。私、カッとなって忘れてたけど。先生、シンポジウムの前に、誰かに電話で脅されていたらしいの」

「脅されていた？　本当ですか？」

「ええ。内容は話してはくれなかったけれど、深刻そうだったわ。市長の小山田さんは、気にするなと言ってたわ。でも、小山田さん自身もかなり気にはしていたみたい」

「脅迫電話…」

「それから。これは、ちょっとプライベートなことだけど…。ホテルであの夜、別れ際に先生が『結婚して欲しい。返事は明日の朝、聞かせてくれ』って言ってくれたのよ、真剣な顔で。だから、あの夜、先生が他の女を絶対に抱けるはずがないわ。しかも、売春婦なんて」

「やはり。実は岡島教授――シンポジウムで三枝先生と意見を戦わせていた教授ですが、彼も不自然だと言っているんですよ。三枝さんが売春婦など買うはずがないと」

「やはり、殺されたのね、三枝先生…」

卑弥呼は両手で顔を覆った。

津山はほっとしていた。卑弥呼が事務所で見せた、一筋の涙は嘘ではなかったからだ。いつもは気丈な卑弥呼が、今は可愛く思える。

「ところで、卑弥呼さん。九時から深夜二時までの五時間、貴女が小山田さんと出掛けられたのはどこなんですか？　それがはっきりすれば、貴女のアリバイはほぼ証明出来ます。貴女が自宅に戻られてからは、駐車場の守衛や警備会社の録画テープにも外出の記録はありませんし、ホテルを出られる前も、ほぼ全員がパーティ会場に貴女やボディガードの二人、それに運転手の秋山さんがいたことを証言しています。ただ、三人とも行き先は頑として言わないし、一緒に外出された小山田さんに聞いても、三角縁神獣鏡のことで頭がいっぱいのようで、『こっちはそれどころではない』と怒鳴りつけてくるんですよ」

「小山田さんらしいわね。でもそれなら、隠す程のことでもないわ。観応寺へ行ったのよ」

「えっ、観応寺ですか？　卑弥呼さんが？」卑弥呼の意外な答えに津山は驚いた。

「あら、不思議はないでしょう。姉はあそこから貰われて来たし、天野家は檀家のはずよ」

「でも、どうして今まで黙っていたのですか？　卑弥呼さん」

津山は詰るように言った。

「津山さん、あなたが悪いのよ。この前、私の事務所で、この事件は山梨県警が捜査するなんて、唉呵を切るからよ。私、ああいう言い方って、生理的に好きにはなれないの」

「唉呵？……」

確かに言った記憶はある。あの時は機先を制したつもりだが、かえって卑弥呼を怒らせる結果となっていたらしい。

「で、どんな用で、行かれたのです？」

「小山田さんから、真田さんが話があるって言われたのよ。たぶん、融資の話だろうと思って。正直なところ、うちのグループ会社の殆どは、この不景気で傍から見るほど楽ではないし、融資の依頼は以前からしてたのよ」

「儲かっていたんじゃないんですか？　特に〈クラブ・ヒミコ〉やファイナンスの方は」

「ええ。ただ記《つけ》が多くてね、政治家の皆さんは。加えて、相手をする女の子のギャラは高いし、ファイナンスの方も貸し倒れが多くて、回収にも時間がかかるのよ。山梨への進出は思ったよりお金がかかったわ。

それに甲信ホテル温泉協会会長にさせられたりしたお蔭で、そっちへの融資も余分に必要になったから大変。初めは断るつもりだったんだけど、困っている姉の立場を考えると断れなくて。それに見返してやろうという見栄も多少あったし…。

それより、最近の悪質なマスコミの影響で、今までニコニコしていた銀行が急に冷たくなって。うちみたいな黒字経営でも融資を止めるんだから、営業妨害で訴えたいくらいだわ」

「しかし、そんなにお金があるんですか？　あの寺には」

「あら、ご存知ないの？　宗教団体はお金持ちよ。しかも殆どが税金のかからない、領収書無しのお布施。私も宗教でも始めようかと思ったくらいよ。卑弥呼教なんて作ってね。

冗談はともかく、観応寺に行ったのよ。そうねー、十時頃着いたかしら。今回のシンポジウムの三枝先生の話と、たわいもない世間話。途中で、小山田さん、眠ってたわ。その後に、融資の話。真田さん、一応は融資の件はOKしてくれたわ。それが終わって、帰りは一時半過ぎで、自宅に着いたのが二時頃だったと思うけど」

卑弥呼は別に隠す様子もなく、淡々と喋った。

「しかし不思議ですね。実は最近、庵主さんからお話を伺ったんですよ、照子さんの件で。その時、卑弥呼さんの話が出まして…」

「ふん。あそこの庵主さん、私を嫌ってたでしょう？」

「ええ。だから、卑弥呼さんへの融資の話自体…」

「信じられない、か。ふふふ…」卑弥呼は乾いた笑いをしてから、「じゃ、取って置きの話、しましょうか？」と意味ありげに言った。

津山が身を乗り出すと、わざとじらすようにグラスを振った。

「もう一杯、いいかしら?」

津山は、慣れない手つきでブランデーを注いだ。卑弥呼はゆっくりグラスを揺らしてから一口口に含むと、色っぽくやや哀しげな目つきで、グラス越しに津山を見た。

「今まで、誰にも言ったことがないの。勿論、三枝先生にもね。……私の、いえ、私達の一番の恥部かもしれない…」そう言って話し出した。

卑弥呼こと天野昼子が、東京の某美術大学の四年生の時、卒業旅行を兼ねてヨーロッパに行った時のことである。旅行最後の日、パリで一緒に行った仲間はルーブル美術館へ行ったのだが、新しい物好きの昼子はポンピドウセンターに一人で行った。

ちょうど、リオノール・フィニという、女流作家の個展を開いていた。一人で見ていると、三十歳半ばの日本人の男が声を掛けてきて、その作家や絵を感性豊かに説明してくれたのである。すぐに意気投合し、その夜は彼のアパートに泊まった。海外最後の夜ということもあって、アバンチュールを楽しむように大胆に激しく求め合ったという。

ところが、悲劇は朝起きた。彼が名前と住所を聞いたので、パスポートを何気なく見せた途端、男は気が狂ったように叫んだ——。

「どうしてだと思う? 津山さん」

卑弥呼は急に悲しげな目で見ている。津山は微かに首を横に振った。

「それは…彼が、……兄だったからよ。異母兄妹の」
「えっ!」驚いた津山を潤んだ目で見つめている。
「…兄の父が、不倫相手の女と殺された時、兄は高校生だった。殺したのは兄の母。一緒に殺された不倫相手というのが、私の母。兄は自分の母を自首させると日本を抜け出し、父の友人だったパリの画商のところへ逃げたの。酷く私の母を憎んでいた。ま、当然だけどね。

その憎い女と兄の父との間に出来た妹が、この私。つまり、パリでの一夜は近親相姦。あれから十年近く経って山梨で再会したの。それが真田さんよ。本名は柳原だけど…」

津山は静かに頷いた。

「十年経って兄は変わっていた。当たり前よね、実の妹を抱いたんだから。きっと仏門に入るしか、自分の魂の汚れが取れないと思ったのよ。もっとも私は逆に、日本に帰ってきてからどんどん荒れていった、この忌まわしい躰をもっと汚したくて。若かったのね。

お尻にある蛇《へび》の入れ墨も、その時に彫ったの。津山さん、ご覧になる?」

卑弥呼は悪戯っぽく笑った。津山は答える代わりに微かに頭を振った。

「その後、私はある山梨出身の政治家の女になったってわけ。私が同郷だったこともあって、お店の資金も出してくれて。よく政財界の大物ばかり連れてきてくれたわ。奥様も太っ腹で、愛人の私にも優しくしてくれて。……でも、数年前に逝っちゃったわ」

「その山梨出身の政治家って――」

「さぁ？　今のはオフレコで聞き流して。それより、観応寺で兄が熱心に会員になってくれって言ったの。まあ、兄がこれ程勧めるから、いいかなって思ったんだけど、庵主さんの目が私を嫌ってたの。そういうのだけはよく分かるのよ、幼い時からね。だから、教祖にしてくれるなら、ＯＫだって言ってやったわ。

だって、新興宗教に入ってるなんてイメージ悪いでしょう？　そしたら、一変して悪者よ」

なるほど、焼鳥屋の女将から聞いた噂話と符合する。

「そうですか。でも、なぜ入信を断った卑弥呼さんに、融資する気になったんでしょうね？　不思議です。第一、あのお寺の名義は庵主さんのものでしょう？　真田さんが、どうして卑弥呼さんの会社に融資出来るのですか？」

「それは…、それは知らないわ。でもあの晩、確かに十億円の借り入れ金の約束をしてくれたわ。勿論、兄がね。これで、姉のホテル温泉協会の方も充分に助けられると思ったわ。勿論、担保は私のグループ企業よ。それぐらいの価値は充分あるわ」

「なるほど。それにしても、十億円とは凄い金額ですね」

「だから言ったでしょう、宗教法人は儲かるって。すべてが領収書のいらないお布施よ」

「この件は、念のため、真田さんからも裏をとりますよ」

と、津山が言うと、「どうぞ、ご自由に」と軽く受け流した。嘘ではないらしい。

卑弥呼は宙を見つめ不思議そうに呟いた。

「信者ってみんな、どうして簡単に何十万円もお布施するのかしら。傍《はた》で見てると馬鹿みたい。お金を出して安心してるんだから……。それとも本気で、神様がお金を欲しがってるとでも思ってるのかしら。

あ～、それから、姉が私を受取人にして入った生命保険だけど。それも、私は知らないことよ。筆跡鑑定でもやれば判るんじゃない？　姉かどうか」

グラスに残っていたブランデーを飲み干すと、大きく伸びをした。

「あーあ、すべて喋ったらすっきりしちゃった。津山先生が言った通り、津山さんはやっぱり全部を受け止めてくれた。刑事じゃなかったら、このままセックスするところよ」

津山先生とは、父源一郎のことだろう。天野屋の会長天野勇ばかりではなく、教え子の卑弥呼のことを本当に心配していた、源一郎らしい気遣いに思える。父のことが誇らしく思えた。

卑弥呼は本当にすっきりしたのか、ベルトを緩め胸元に風を入れている。白く豊かな胸がちらっと目の隅に入った。

「私には、三枝さんの代役はつとまりませんよ、卑弥呼さん」窘めるように言った。「フィクションだなんて嘘はいけない。犯人は必ず見付け出します」

「……ありがとう。津山さんだけは、私の味方のようね」

涙を含んだ声で言ってから、それを拭うようにすくっと立った。

「ねぇ、シャワー、お借りしてもいいかしら？　話し込んだら汗ばんじゃって」

卑弥呼は、素の自分を見られたのが恥ずかしかったのか、誤魔化すように明るく笑った。

「あ、どうぞ。そこを奥へ行って右です。バスタオルは後で脱衣場に置いておきますよ」

「ありがとう。こういう取調べだったらいつでもＯＫよ、刑事さん」いつもの明るい声に戻っている。二、三歩歩いてから振り向いた。「ねぇ、シャワーご一緒しない？」

「いいえ、遠慮しておきます。また今度に」

津山が不用意にそう言うと、人差し指を左右に振って、「今の言葉忘れないでね、約束よ。嘘吐きは泥棒の始まりですからね、刑事さん」と悪戯っぽく笑ってから、くるりと向きを変えバスルームの方へ行った。そんな仕草も、亡き妻の奈津子の面影に似ている。

暫くすると、バスルームからシャワーを流す音が聞こえてきた。壁に掛かった時計の針は二時を回っている。

津山は何か解き放たれたように深呼吸をすると、改めて事件を振り返ってみた。


津山が無事に卑弥呼を送り届け、タクシーで戻ってきたのは朝の四時過ぎだった。ここ数日の捜査の疲れでさすがに眠い。体は今にもバラバラになってしまいそうに重く、目も疲れて痛かった。四十を過ぎるとやはり無理は利かない。ただ、卑弥呼の車を運転したせいか、体から仄かに甘い香りがして中年の心を少しは癒してくれた。

鍵を開け玄関に入ると、美奈のハイヒールがあった。リビングには明かりがついている。

（やはり、中田は俺が見込んだだけあって、けじめはしっかりしている――）

津山はつい先程のことをすっかり忘れ、リビングのドアを開けた。と、同時に美奈の叫びにも似た、金切り声が飛んできた。

「不潔！　不潔よ！　そんな人だと思わなかった！」

美奈は涙を流しながら、凄い形相で津山を睨んでいる。それは初めて見る娘の顔だった。

「どうした？　中田が、お前に何かしたのか？」

「汚い！　お父さんが、そんな汚い人間だとは思わなかった」

話がまったく噛み合わない。

「おい、美奈。何を言って――」と次の瞬間、津山は絶句した。

美奈が、派手な黒のレースのランジェリーを突き出している。それは紛れもなく女性用の下着で、一目で卑弥呼のものと分かった。美奈はビニール袋を手袋代わりにして、まるで汚いものでも触るように、それを高々と上げている。

津山は卑弥呼を送っていく前に、美奈が帰ってくることを予想し、部屋を片づけてから出た。勿論、卑弥呼の吸った煙草も捨てている。しかし、卑弥呼が下着を忘れて行くなどとは、思ってもみないことである。津山は冷水を頭から浴びせられたように、気が動転していた。

「み、美奈、誤解だ。ちょっと待て。話せば分かる――」

美奈はそれを津山の顔めがけて投げつけると、大粒の涙を流した。

「酷い、酷いわ。……お盆で、お母さんの魂がここへ帰って来てるというのに、よくもこんなことが……。見損なったわ。何が刑事よ！　あなたなんか、父でもなんでもない…」

「違う！　美奈。聞いてくれ！　それは卑弥呼さんの——」

「えっ！　あの女が来たの？」美奈は急に震えだし、津山を睨み返した。「イヤッ！　来ないで！　触らないでよ、そんな汚い手で。

私、出ていく！　中田さんのところへ行く。こんなところにはもう居られない！」

美奈は泣きながらもう一度津山を睨み返すと、ハンドバッグをひったくって出ていった。

玄関扉の、勢いよく閉まる音が、空しく響いた。

卑弥呼の黒い下着が、まるで彼女の性そのものといった感じで、床に落ちている。

津山はその下着を睨み続けていた。

第七章　一本の線

1

美奈とのことを気に掛けながらも、いつも通り出勤した津山を、思いもかけない事件が待ち受けていた。昨夜、卑弥呼ビルの地下駐車場で殺人事件が起きたのである。

捜査課へ向かう階段で、鑑識の亀山に会った。

亀山は渋い表情で「また、事件だ」と言うと、簡単に説明してくれた。

殺されたのは卑弥呼の秘書兼運転手の秋山で、リムジンの運転席で寝ていたところを、後部座席からワイヤーのようなもので絞め殺されていたという。死亡推定時刻は、深夜の一時から三時の間ということだった。

「運転手の秋山が、昨夜の一時から三時に…」

津山は、昨夜の卑弥呼の顔を思い浮かべながら呟いた。

「うん。スタンガンを使ったのかもしれん。ま、付け爪があったところをみると、女の犯行ということも考えられる」

「えっ、女の犯行?……」

「ああ。後部座席にこの付け爪が落ちていた」亀山は証拠品の入ったナイロン袋を高々と挙げた。ターコイズブルーの付け爪があった。「恐らく、力を入れた時に取れたのだろう。

副本部長は女の仕業と決めつけているようだ。ただ、俺としては、車の中の指紋がすべて拭き取られているのに、この長い毛髪や口紅のついた煙草の吸い殻まで揃っていて、作意を感じる。ま、副本部長が念入りに調べろということだから、じっくり調べてみるよ」

津山は一瞥すると、捜査課へ急いだ。卑弥呼の犯行ではないとは分かっていても、何か厭な予感がする。（犯人はまた、卑弥呼を罠にかけようとしているのではないだろうか――）

捜査課では児島と深沢が、今や遅しと津山を待ち受けていた。

「おう、津山君、来たか。犯人がようやく尻尾を出したよ」

児島がやや得意げな面持ちで言うと、深沢が後を引き継いだ。

「副本部長の予想通り、やはり邪魔者は消せ、でしたね」

「うん。もう少し早く気が付けば、秋山も死なずに済んだかもしれんがな。マスコミがまた県警の失態と騒ぐだろう。ただ、これで私の推理は実証されたようなものだ。ま、共犯者が幾ら綿密でも、あれでは元も子もない。共犯の男も今頃、慌てているだろう」児島は渋い表情で言うと、樋口に向き直った。「それより、張り込みは大丈夫だろうな、樋口。逮捕状が出次第、着手だ」

「大丈夫、固めてあります。卑弥呼が妖術でも使わない限り、逃げるのは無理ですよ」

「卑弥呼？　…彼女が殺したと？」

「勿論だよ、津山君。他に誰がいるというのかね」

「そんな馬鹿な！」

津山の異常な高ぶりに、三人の目が一斉に集まった。

「何だね、津山君。また異論があるのか？」

「ええ。だいたい…」あの犯行時間に、卑弥呼は確かに私の自宅にいた――と続けたかったが、口にできないことに気付いた。

「何だ、言ってくれ。君がそこまで言うには、それなりの証拠を掴んでのことだろうから。ま、マスコミ批判が続いている中で、誤認逮捕だけは間違ってもあってはならんからな」

副本部長の児島は異常なくらい、マスコミ報道には過敏になっている。

「いえ、ただ……」津山は全身から冷や汗が流れた。「ただ、鑑識の亀山さんも言ってましたが、証拠があまりにも揃い過ぎています」

「それこそ、大ざっぱな卑弥呼の性格らしいじゃないかね。それにアリバイだが。張り込んでいた連中の報告によると、卑弥呼は昨夜十二時頃、突然出かけたそうだ。待機していたパトカーが、その後を追ったが見失っている。恐らく、現場から人目を遠ざけるための囮と考えられる」

「副本部長。まさにそれですよ」深沢が補足した。「卑弥呼は普段、殺された秋山の運転するリムジンでしか行動していません。

張り込みの連中の話では、外で待っていた報道陣の間を、黄色のポルシェでわざと派手にエンジン音を轟かせ、目立つように猛スピードで駆け抜けていったそうです」

「なるほど。マスコミを証人にして、アリバイ作りか。浅はかな女だ」

児島は自信たっぷりに頷いた。

「それこそ変ではありませんか」津山は少しむきになっていた。「第一、こんな疑惑のさ中、秋山が殺されれば、真っ先に疑われるのは彼女です。もし、副本部長が卑弥呼だったら、自宅の駐車場で、しかも自分のリムジンの中で殺人を犯すでしょうか？　付け爪まで残して。幾ら大ざっぱな性格でも、そんな馬鹿な真似はしないでしょう」

「そうむきになるな。ま、とにかく、鑑識の結果がはっきり出次第、引っ張る。勿論、秋山の殺害容疑だけではないぞ。

今しがた山梨銀行からの通報で、銀行内の現金から身代金の一部が見つかったそうだ。恐らく、〈ヒミコ・リップ〉の売上金から出たのだろうと言っている。これで、天野屋の女将誘拐事件に、関与していた疑いも出てきたということだ。

それにだ。昨日、自首してきた少年の供述から考えても、ここは引っ張るのが当然だろう。だいたい、ここで山梨県警が何もしなかったら、それこそ全国の警察に笑われる。後ろの影に怯えて、女一人に手も足も出なかったなどと言われてな。マスコミだって騒ぐだろう。それより」児島はじろっと意味ありげに津山を睨んだ。「そこまでむきになるとは珍しいな。津山君」

「いえ、ただ…」津山はなるべく平静を装った。「では逮捕というより、重要参考人として任意同行させる方が、いいのではないでしょうか?」

「ま、それはそうだが。卑弥呼ビルを取り巻いている、マスコミ連中を見ろ」

児島は、捜査課の隅にあるテレビを指さした。

まさに今朝のワイドショーはこの事件を取り上げ、卑弥呼ビルを上空から映している。

「ここ数日の報道といい、今回の殺人事件といい、マスコミさえも我々と同じようにこれがきっかけとなって、すべてが解決すると推理している。それに、今までの汚名を挽回するためにも、逮捕の方がインパクトがある。そうは思わんかね」

「同感です」傍らにいた深沢が言った。「これ以上、マスコミにこの山梨県警が馬鹿にされては、士気にも影響します。ま、これだけ容疑が固まっているんです。叩けばホコリの一つや二つは出てくるでしょう。あの女に、この前の誘拐事件の時のような大口は、もう叩かせませんよ」

「私もそう思います」樋口までもが後押しをしている。「最後は思ったより、あっけないものかもしれません。我が県警の訓にもあるように、『積極的に前向きに』ですよ」

「よし、決まったようだな、津山君」

「しかし――」

「お前の卑弥呼贔屓も、そこまでにしておけ」

児島は津山だけに聞こえる声で嫌味っぽく囁いた。

「……」

「それから樋口。逮捕状が降りたら、すぐ現場の中田達と合流して押さえろ」

樋口は背筋を伸ばすと「分かりました！」と言って、児島にわざと敬礼をした。

児島は苦笑いしながらも、満足げにテレビを見ている。

テレビの画面には、現場からヘリコプターの騒々しい音とともに、リポーターが真剣な表情で事件を伝えている様子を映し出していた。


津山は複雑な思いで捜査課を後にすると、昨日自首してきた少年の取調室に急いだ。確認しておきたいことがあったからだ。

裁判所が逮捕状を出すまでにはまだ間がある。県警本部に誤認逮捕をさせないためにも、卑弥呼に向けられている疑惑を一つでも取り除かなければならない。もっとも、秋山殺しに関しては、卑弥呼はその犯行時刻に津山と一緒にいたのだから、疑う余地すらない。

とはいえ、卑弥呼のアリバイを津山が立証するわけにもいかなかった。例えどんな理由があるにしろ、卑弥呼に対する疑惑が深まるさ中、刑事が自宅で二人っきりで会っていたなど、論外だからである。

津山は大きく深呼吸してから、取調室に入った。少年の取調べには、まだ刑事に成り立ての塙《はなわ》が行っていた。

津山は塙と交代すると少年の前に座った。少年は悪びれた様子で反り返っている。津山は焦る気持ちを押さえつつ、わざとくだけた口調で雑談から入った。

「――それにしても卑弥呼みたいないい女を、お前ぐらいの歳で抱けるなんて、なんとも羨ましい話だな。俺がお前の歳には、ヌード写真をドキドキしながら見たものだがなぁ」

少年は小馬鹿にしたように津山を見ると、いかにも退屈といいたげに大きく欠伸をした。伸びをした少年の腕から、裸の女の入れ墨が覗いている。

その瞬間、津山は閃いた。夕べ、卑弥呼が言っていたことを思い出したのである。

「ほう。入れ墨か？　今流行ってるらしいな。タトゥーとかいうんだろ？」

少年は依然黙ったまま、だから何だといいたげな顔をしている。

「そういえば、卑弥呼の躰にも入れ墨があるんだってな？　マニアの間では評判らしいぞ、幻の入れ墨とか言って。お前も、当然見たことあるんだろう？　確かお尻に…、蠍《さそり》だったかな？　蜘蛛《くも》？　いや、蝶？……どっちだったかな。お前知ってるんだろ？」

少年の目が泳いだ。やはり知らないらしい。

「ふん。なーんだ、卑弥呼と寝たなんて嘘か。おかしいと思ったよ。だいたい、お前みたいなガキの相手をするわけがない。お前、卑弥呼のヌード写真見て寝たつもりでいるんじゃないか？ま、俺が中学の時もそうだったが、お前みたいに意気がってる奴ほど、女とは縁がないものだ」

津山に小馬鹿にされたのが悔しいのか、少年はやおら口を開いた。

「し、知ってるさ。……蝶だよ、蝶。ケツにあるぜ」

少年はむきになっている。津山の目が鋭く輝いた。

「ほう、蝶か。やっぱり綺麗なんだろうな、あのお尻の上だから」

「……ま、まあね」

津山は手提げカバンから、朝出がけに入れてきた卑弥呼のヌード写真集を取り出し、少年の前にドンと叩きつけるように置いた。表紙には卑弥呼の顔がアップで写っている。

「尻に蝶の入れ墨、だってな？」

津山は一変して威圧的に少年を睨んだ。少年は一瞬青ざめて顔を背けている。

「これは卑弥呼のヌード写真集だ。尻にその蝶があればいいがな」

津山はその写真集をめくりはじめた。

「い、いや。……蝶じゃなかったかもしれない」

「ほう。じゃ、何の入れ墨だ？」

「そ、それは……、忘れた。そんなこと一々覚えてられねぇよ」

「嘘吐くな！」津山は机を叩いた。「警察を舐めるんじゃないぞ！」

津山の怒鳴り声に、供述を執っていた塙も驚いてペンを床に落とした。

少年は脅えたように態度が急変し、泣き出している。

「……頼まれたんだよ。自首したら一千万円、出所後にやるって」

塙と目が合い、互いに頷いた。津山は優しく諭すように訊いた。

「本当は殺しなんか、やってないんだろう？　誰に頼まれたんだ？」

少年は激しく嗚咽している。

「卑弥呼と寝たのは本当さ。でも、その卑弥呼じゃない。片岡卑弥呼。本名は、山本麗子さ…」

「で、誰に頼まれたんだ？」

「名前は知らない。その男とは数回店で顔を合わせたぐらいだから…」

少年は言葉を詰まらせながらも自供を始めた。

先日の供述通り、男の後をつけ、下曽根橋下のほったて小屋に男が入ったところを後ろからナイフで滅多刺しにし、小屋の中にあった灯油を撒いて火を付けて逃げたという。

「しかし、なんでそんな男の言うことを聞いたんだ？」

「金…、金をくれたんだ、一千万円。それに殺した男の方は、本当に麗子の客だったし、麗子は臭いって言って嫌がってた…。あの日、俺の目の前で麗子に無理矢理キスしたんだ…」

「呆れたもんだな。嫉妬と一千万円で、人ひとり殺したっていうのか？　お前、まさか自分が十六歳以下の未成年だから、少年法で刑が軽いと思ってるんじゃないのか？」

「違うよ！」初めて少年は津山と目を合わせた。「……そいつ、俺を脅したんだ」

突っ張りのこの少年には、よほど恥ずかしいことだったらしく、小声で言った。

「そいつって、殺した男か？」

「じゃなくて、金をくれたヤツさ。麗子が、警察沙汰になるって。俺、まだ大人じゃないから、未成年と関係を持った麗子が警察沙汰になるって。麗子は俺が守ってやらないと…」

恐らく、青少年健全育成条令のことだろう。たったそれだけの理由で、人を殺したというのか。それとも性の快楽に溺れ、それを与えてくれる女と一千万円という欲のために罪を犯したというのだろうか。いずれにしても、善悪の判断も出来ない少年が哀れだった。

「で、何で今頃、自首してきたんだ?」

「今、自首すれば、麗子のことは黙っててやるし…、出所したらあと一千万円…」

「やると言ったのか?」少年はこくりと頷いた。津山は舌打ちした。「ところで。その男の顔ぐらいは覚えてるだろう? 後で似顔絵とモンタージュ作るから、協力してくれよな」

「ええ。でもいつもサングラスをしてたから…」

「分かるところだけでいい。何か特長があっただろう? 歳は俺より上か?」

「……もっと上、だと思います。うちの学校の教頭先生ぐらい」

少年の通っている中学の教頭のことは、近所ということもあってよく知っていた。

「五十前後か。とにかく、人ひとり殺したんだ。一生その罪を背負って生きていくんだな」

少年はようやく自分のしたことが自覚出来たらしく、大声で泣き出した。

少年の自供で、下曽根橋の殺人事件と卑弥呼との直接の関係は回避出来たものの、他の事件においてはまだ容疑者という難題が山積していた。

特に今朝起きた秋山殺害の件では、その犯行時刻に卑弥呼と二人っきりでいたのも問題だが、秋山が殺されていたリムジンの近くに、卑弥呼を送りポルシェを停めたにも拘わらず、それにまったく気付きもしなかったのだから、刑事失格に等しい。それよりも、卑弥呼の供述如何では、津山の刑事としての立場すら危うくなる。

腕時計を見ると、十一時を回っていた。ふと夕べの卑弥呼の顔が浮かんだ。

その時、内線が入り、電話を取った塙が津山に回した。

深沢からで、卑弥呼は素直に同行してきたということだった。ただ、取調べに関しては、津山を指名しているという。

津山は分かりましたと言って、電話を切った。塙に後を任せると本部長室へ急いだ。

本部長室には、本部長の飯野と副本部長の児島が詰めていて、刑事部長の深沢の姿はなかった。

津山は児島が喋る前に、今しがた自供した少年の報告をした。少しでも卑弥呼に不利なものは、排除しておきたかったのである。

津山の報告が終わると、その真意を知ってか、飯野はやや笑みを浮かべた。

「君の忠告通り、逮捕は見合わせた。別件容疑で他の事件を調べるには、あまりにもこちらに物的証拠が無さ過ぎる。それこそマスコミの餌食になって、こちらがやり難くなるだけだ。

ただ、今朝の事件現場に残されていた物は、鑑識からの報告では彼女のものと断定している。ま、もっとも、君や鑑識の亀山君が言うように、揃いすぎているという感は否めないが、怪しいのも確かだ。他に、ボディガードの二人からも話を聞くよう手配はしている。今、深沢君達が向かった。

それから彼女だが、取調べに君以外の者が担当するのであれば、弁護士を立てるということだ。だから、後は君に任せる。宜しく頼む」

「津山君。君も妙な女に魅入られたもんだな」児島は厭味っぽく笑った。「とにかく任意といっても、この際だから徹底的に調べてくれ。下曽根橋の一件は別としても、今朝の事件やビュー岩宿ホテルの放火殺人には必ず関わっている。その辺りも合わせて突いてくれ。これからが山梨県警の真価を問われるところだ。頑張ってくれよ」

「はあ……」

「それから。卑弥呼ビルの守衛からの話だが、卑弥呼が朝方近くに戻ってきたのを目撃している」児島は嬉しそうに、津山の肩を叩いた。「しかも、男と一緒だ。男は裏から出ていったそうだ。残念ながら防犯カメラが故障で何も映ってはいなかったが。恐らく、そいつが主犯だ」

その言葉に、津山は背中に冷汗が流れていくのを感じた。

「事件前後に卑弥呼はいなかったことになるが、見張っていたマスコミや守衛の目を利用した、アリバイ作りということも考えられるからな。ま、その辺りも突いてくれ。津山君」

児島は依然として、犯人をほぼ卑弥呼と断定しているようだ。

津山はやっとの思いで頷くと、その場から逃げるように本部長室を出た。

津山は気持ちを静めようと、取調室に行く前に一旦自分の席に戻った。

そこへ、塙がやってきた。塙は津山の険しい表情を見てとると、無言のまま、少年の供述を元に描いたと思われる、簡単な似顔絵のコピーを机に置いて下がっていった。

津山はその似顔絵に、ハッとなった。

「ん?……」

サングラスはしているものの、市長の小山田にそっくりだ。

考えてみれば、あのシンポジウムの立役者を忘れていた。どんなつながりがあるのかは分からないが、少年の供述通り小山田も五十歳前後ではある。ただ、市長に一旦容疑をかければ間違いでは済まされない。

ホテル火災直後、津山を罵倒した小山田の顔が浮かんだ。

その時、内線が入った。部下のひとりが取って、津山の家族からと言って電話を回してきた。気がつくと、傍らで中田が心配そうにこちらを伺っている。美奈から夕べのことを何か聞いているのかもしれない。津山は中田とは目線を合わさず、電話を取った。相手は美奈だった。

「これでお父さんにも分かったでしょう? 卑弥呼という女の正体が」いきなり声を荒げてきた。「夕べ、家に来たのは、アリバイを作るためだったのよ。わざわざ自分の下着まで脱ぎ捨てて」

　美奈ですら、卑弥呼の突然の来訪をある種の策謀と感じている。とはいえ、例え美奈や児島の言うようにアリバイ作りだとしても、卑弥呼の犯行を示唆するような証拠を残すこと自体、矛盾している。もっとも、下着を残していった卑弥呼の真意となると、津山にも分からない。

「美奈、夕べのことは…」

「誰にも言ってないわ。勿論、中田さんにもね。とにかく頑張って。幾ら母さんに似てるからって、あの女を信じちゃ駄目よ。それから、これが片付いたら、観応寺で浄霊して貰おうね」

　心配声の美奈に、津山は短く返事をすると電話を切った。とにかく、もう時間がない。

「中田。観応寺の真田さんのところへ行って、ホテル火災があった時刻に、卑弥呼さんが訪ねて来たか訊いてくれ。それから、ビュー岩宿ホテルの改装工事に小山田さんの会社が関わっていたかも調べてくれ。それともう一つ。小山田さんの家の車があるかどうかの確認と、周りに何人か張り込ませてくれ」

「え、市長の家を張り込む？　どうしてですか？」

　津山は、少年の供述を元に描いた、似顔絵のコピーを中田に見せた。

「どこか似てると思わんか？　特にこのホクロ」

「え、小山田市長に、ですか？　うーん。似てなくもないですが…。でも、問題ですよ、市長を張り込むのは――」

「分かっている。責任は俺が取る。あの少年がこの期に及んで、嘘をついているとも思えんのだ。中田、わざと目立つように張り込んでくれ。相手が動かんようなら、俺の思い過ごしだ」

「しかし、今回の件はほぼ卑弥呼と…。課長、本当に魅入られたんじゃないでしょうね。美奈さんも心配して――」

「その話はもういい。事件を優先しろ」

中田は逡巡しながらも、分かりましたと返事をして下がった。


津山が取調室に入ると、卑弥呼は取調室の真ん中にある机の前に座っていた。いつものような華美な服装ではなく、白いTシャツにGパンという格好で、まったく飾り気がない。

津山の顔を見るなり、「私じゃない」と、まるで挑むように立った。

「昨夜のアリバイは、完璧ですからね」

津山は皮肉ともとれる言い方で、卑弥呼を睨んだ。

「どういう意味？　あれはあなたと私の間だけに成立するアリバイでしょう？　実際には、アリバイは無いのと同じよ」

津山はしっかりと卑弥呼を見た。卑弥呼も津山を見つめ返している。

「津山さん。私を信じて……」

その言い方には、今まで見せたことのない弱々しさがあった。なぜか、妻奈津子の面影と重なって見える。津山はそれから逃れるように視線を外に移した。刑事という職務に、私情を挟みたくはなかったからだ。

「なぜ、私の周りから人が居なくなってしまうの。三枝さん、秋山君。そして、あなたまで…」

「……私は信じてます」

「嘘よ。あなたは信じてない。なぜ私ばかり疑うの？　姉や叔父が出てくれば、解決の糸口が掴めるはずよ。どうして警察は探さないの？」

卑弥呼は窓の外に視線を移すと、口惜しそうに呟いた。

捜査本部は天野照子を死亡。また、ホテル火災現場から逃げた、照子の双子、小野光子と天野巌の二人の行方は捜索しているものの、ほぼ無関係と判断し、容疑者リストからはずしている。

その後、気まずい沈黙が流れた。

「卑弥呼さん。参考までに訊きますが、姉さんが双子ということはご存知でしたか？」

「姉が双子ですって？　何のこと？」

「姉さんの照子さんは双子だったのです。小野光子さんという妹がいます。誘拐事件以後、貴女が会っていた女性です。貴女も感じていた通り、その人はお姉さんじゃなかった」

「ちょっと待ってよ、何の話？　妹って…」一瞬、何かに気付いたようにハッとなった。「では、姉の部屋から出てきたという、死後一カ月の死体は誰なの？」

「……たぶん、それが、お姉さんの照子さんです」

「そんな馬鹿な。第一、どうして姉が、一カ月も前に殺されなきゃならないのよ?」

卑弥呼は挑むような目で睨んだ。津山はなるべく刺激しないよう静かに説明を始めた。

「ホテル火災の一カ月程前、天野屋の近くでひき逃げ事件がありました。加害者も被害者もまだ見つかっていませんが、恐らく、その被害者が…照子さんです。路上の血液型や毛髪が一致していますから…。

あのビュー岩宿ホテルの放火は、お姉さんの遺体を焼くためのものでした。犯人は妹の小野光子さんの部屋に、死後一カ月経った照子さんの死体を運び入れて、放火したのですよ」

「酷い……」卑弥呼の目から大粒の涙が流れた。「犯人はその姉に似た、小野光子という女なの?」

「いいえ。彼女も殺されかけ、今も逃げています。だから、身を隠しているのだと思います。それに……大変言い辛いのですが。三枝さんも、卑弥呼さんの言っていた通り、他殺と断定しました。外国人女性も同様に他殺と…」

卑弥呼は、あまりの事実にショックを受け蹌踉《よろけ》た。

津山は、しっかり卑弥呼の体を受け止めると、椅子に座らせた。

「卑弥呼さん。…誠に言い難いのですが—」

「そのどちらにも関わっていたのが、私、というわけね」卑弥呼は非難するような目で見返している。「あなたも心のどこかで、私が犯人と思っている…」

「……いや、違う。私は思ってはいない」

「悲しい嘘ね……」

津山の逡巡したちょっとの間が、卑弥呼に疑念を抱かせたらしい。

卑弥呼は寂しそうに、津山を見つめ返したまま動かなかった。

暫くして、取調室のドアをノックする音がした。津山がドアを開けると、外にいた樋口が耳打ちした。津山は二、三回頷くと、「分かった」と重々しく答えてドアを閉めた。

「…悪いニュースです。貴女の雇っていたボディガードの二人が姿を消しました。今、県警が捜してますが、益々貴女にとっては不利に―」

「もう、どうでもいいわ、そんなこと…」

卑弥呼は力無く遮った。そして、放心したように一点を見つめている。

最愛の二人の死が、卑弥呼の心に重くのしかかっているのだろう。津山の耳に、卑弥呼の心がゴーンと壊れる音が、聞こえたような気がした。

暫く沈黙が流れてから「なぜ逃げたのかしら？　あの二人」と、卑弥呼は悄然として呟いた。

「秋山さん殺しに、関わっていたのかもしれません」

「そんなことは絶対あり得ないわ。彼らは同じ高校の親友だったのよ」

「では恐らく…、卑弥呼さんが事情聴取で警察に連行されたことで、動揺したのでしょう」

「動揺？」

「ええ。卑弥呼さんという、彼らにとっての絶対的な大将を失って…」

「大将…」沈欝な表情で呟いた。「そう言えば、三枝先生、邪馬台国の卑弥呼が死んだ時のことを、今のように言ってた…」

卑弥呼は涙を溜め、窓の外に顔を向けている。

津山は少しの間、卑弥呼を一人にさせてやろうと、取調室を出ていった。

2

昼過ぎには全国の新聞・テレビ等のマスコミ各社は、犯人を卑弥呼と断定し、事件が解決に向かっていると報じた。

卑弥呼はというと、三枝の死に加え、最愛の姉照子が亡くなったことを知らされ、今までの自信を失ったらしい。その上、全国的にあれ程多くの人気を集めていたにも拘わらず、相次ぐ事件への関与疑惑から、世間の態度が一変したことも影響しているようだった。そのことが再び彼女を、誰にも愛されていない――という思いへ逆戻りさせてしまったようである。

卑弥呼はその後、津山にさえ頑なに口を閉ざしたままだった。

取調室へ向かう廊下の前に亀山が立っていた。手にはビュー岩宿ホテルの火災現場から出てきた、二枚の三角縁神獣鏡を持っている。久々に穏やかな晴々とした表情に見える。

「津山。下曽根橋の黒こげ死体の身元がようやく判ったぞ。歯の治療跡からやっと突きとめた。被害者は富岡洋、五十六歳。職業は建設業。とはいっても、その日暮らしの日雇いだ。数年前からあの河原に住み着いていたらしい」

「ん？　そんな男が、よくクラブ〈ヒミコ・リップ〉に通えたものですね」

津山が感想を述べると、亀山は含み笑いをした。

「うん、そこが実に面白い。津山、この男を調べてみたら、思わぬところに辿り着いたぞ。富岡は数年前まで、甲府で鋳物会社を経営していたんだ」

「え、亀山さん、そこまで調べてくれたんですか？」

「ああ。窮地に立たされている津山を助けたくてな。というよりこの前、簡単に本物と言ってしまった罪滅ぼしだ。ただ、この前も一応の検査はしたんだがな」ばつが悪そうに笑った。「そんなことより。この男、初めはマンホールの蓋《ふた》の製造を市から請け負っていたらしいが、その後、鋳物の美術工芸品を造っていたそうだ。ま、それが不幸の始まりで、それらが売れなくて多額の借金を抱え、バブル崩壊とともに倒産したらしい」

「美術工芸品？」

「ああ」また笑みを浮かべながら意味深長に言った。「古い壷や剣、鏡などのレプリカをな」

「鏡などのレプリカ……。えっ？　じゃ、あの百枚の三角縁神獣鏡は！」

「やはり津山も、そこへ辿り着くか。実は俺も同じように推理した。お前が言ったように、三枚教授が意味もなく、二枚だけ金庫に入れていたとは思えないからな。

で、二枚の鏡をもう一度、科学検査班に調べさせたんだ。他に、Y大学の岡島教授にも協力を願ってな。それで凄いことが判った。ところで、どっちが本物だと思う?」

亀山はわざとじらすように、二枚の鏡を左右別々に持った。

「どっちと言われても、どちらも贋物じゃないんですか? その富岡が造った」

「いや、一枚は本物だ。津山の眼力を見たいものだな」

そう言って嬉しそうに両方の鏡を津山に手渡した。

手にとってじっくり見ても、どちらも青く錆びていて同じように思える。僅かな違いは右手にある鏡の表面中央に、一本の筋状の錆が少し盛り上がっているところだけだった。津山はそれを贋物と判断して、筋のない鏡の方を上げた。

「これですか? 本物は」

「ほう、さすが。と言いたいところだが、そっちが贋物だ。本物は中央に一筋の錆が入っている方だ。これは、Y大学の岡島教授にも鑑定して貰ったから間違いない。その岡島教授が言ってたのだが、三枝教授が言い残した『一本の線』とはこのことだったらしい」

「一本の線…」確かに津山も覚えている。「では、こっちが贋物ですか…」

津山は左手の鏡を顔に近づけ、まじまじと覗き込んだ。

「実によく出来てるだろう。緑青《ろくしょう》感というか枯れた感じがいかにも本物らしい。数年間、産業廃棄物で汚染された沼に漬かっていたせいで、腐食剤でつけた錆がより自然になったようだ。科学分析してもなかなか判らんはずだ。まったく皮肉なものだよ。

難しいことはよくは分からんが、普通は鉛同位体比という――銅と錫、鉛の成分比で簡単に判るらしい。ただ、富岡はそこまで似せたようだ」

「では、どこで贋物と判ったんですか?」

「それが実に意外なところだ」亀山はまた勿体つけるように笑った。「鏡の部分だよ。普通、鑑定というと模様の入った部分を調べるんだが、今回は本来の鏡の表面を電子顕微鏡を使って検査して判った。贋物は本物と違って研磨が実に細かい」

「研磨が細かい?」

「ああ。当時の技術では、これ程細かく均等に研磨するのは困難だったらしい。これは機械で研磨して、その後腐食剤で錆をつけたということだ。実に良く出来ている。ただ本物以上に精巧過ぎたというわけだ。

岡島教授から聞いた話だが、邪馬台国の時代はこの研磨技術こそが文明の証《あかし》だったらしい。勿論、手作業だから特に大きなものは難しいんだが、その技術は日本にはなかった。だからこそ、鏡が宝としての存在価値を持っていたのだそうだ」

「では、三枝さんはそれに気付いたということですか?」

「まさか。肉眼で判る代物じゃないよ。普通に鑑定すれば本物に見える」

「ではどちらも本物に見えたということですか…。では、三枝教授は、なぜこの二枚を？」

「そこなんだ。問題は本物の方だ」そう言って津山の手から本物を取りあげると、線の入った錆の筋を指さした。「この横に一本入った線は、どうして出来たか分かるか？」

津山は首を横に振った。

「これは長い間、半分が土に埋まっていた証だそうだ。上半分が空気に触れて、その境に錆が出来てこのような線が出来る。他の九十八枚は、あの火災で熔けて今となっては判らんが、殆どが贋物だったと思う。その中にこの線の入った本物を三枝教授は見つけた。それで、重大なことに気付いたんじゃないかと、俺は考えた」

津山は、もう一度しげしげと錆の線が入った鏡を見た。だが、まったく分からない。

「これは三角縁神獣鏡が発見された時の、新聞記事のコピーだ」

亀山は内ポケットから折り畳んだ紙を出し、津山に渡した。『沼地の底の泥の中から』という文字にピンクのマーカーがなぞられてある。津山は、「あっ」と声を発した。

「泥の中から出てきたということは、この一本線の入った鏡はあの場所からではないということですね」

「そうだ」亀山は津山の答えに満足したように頷いた。「つまり、三枝教授もそれに気付いたわけだ。ちなみに、その線の入った三角縁神獣鏡は、昭和二十八年に京都の椿井大塚山古墳から出土したうちの一枚と判った。これは京都府警の協力で判ったことだが、その当時、発掘作業をしていた人夫の何人かが、完全ないい鏡だけを数枚隠匿して売ったらしい」

「では、百枚の鏡の存在そのものが嘘、ということですか…」

三枝も、きっと同じように思ったにちがいない。一枚の本物から、すべての嘘を見抜いたのだろう。不運にも、それに気付いたのはシンポジウムの終わった夜。火災が起きる前だった。三枝は翌日のシンポジウム最終日に、それを告げようとして二枚の三角縁神獣鏡だけを残したのだ。

つまり、あの火災の真の目的は、贋物と本物で数の帳尻を合わせた、百枚の三角縁神獣鏡を葬ることだったのではなかったか。しかも、その秘密を知った三枝も一緒に——。

（死後一カ月の焼死体——天野照子の死を公にすること——に拘りすぎていたようだ——）

津山の視界が急に開けてきたような気がした。

「あの放火は、初めから計画的だったということですね」

「うん、推理が当たっていればな」

「いや、間違いないです。だから、それを知っていた富岡を殺し、それに気付いた三枝教授をも殺した。犯人の目的は、あの沼地を価値ある土地に仕立て上げ、公共事業という莫大な公金を得ることだった」

「津山。思わぬところに辿り着いただろう。とにかく、犯人は相当綿密に計画を立て実行に移している。そう簡単には尻尾を出さんだろうよ。しかし、お前の閃きがこの二枚の鏡を再検査に導いた。これは三枝教授が残してくれた切り札だからな」

亀山は津山の目をしっかり見ると、満足したように去っていった。

津山は二枚の鏡を見つめながら、廊下のベンチに腰を降ろし推理した。

これら一連の事件は、すべてあの三角縁神獣鏡が百枚出土したことに端を発しているのではなかったか。一瞬、数カ月前のテレビの画面に映し出された、小山田の誇らしげな顔が浮かんだ。あの時出土した鏡は、後で小山田が百枚に仕立て上げたものなのだろう。だから、元々贋物と知っていた小山田は、それを造り破棄した富岡を、身代金の一部であの少年に殺させたのだ。

少年の供述を元に描いた似顔絵が、小山田に似ていたことも頷ける。その上、身代金で少年に依頼したのだから、誘拐事件にも関与していたことにもなる。しかも、T大学の三枝教授を招いたり、シンポジウムを率先していたのも小山田ではなかったか——。

「うーん。……」

まさに三枝の言い残したように、「一本の線」でつながった。

そこへ、県警本部一の美人といわれる、交通課の婦警、麻生がやって来た。

「課長。ここにいらしたんですか？　本部長が至急本部長室へ来るようにと」

「本部長が？」

「ええ。それから、中田君からの伝言ですが。ホテル放火前夜、卑弥呼さんは観応寺には来てはいないそうです」

「何！　来ていない？」

津山は驚いた。それは昨夜の卑弥呼の供述が、嘘ということになるからだ。

（卑弥呼のアリバイが崩れた――）津山は裏切られたような気持ちだった。

「そんな怖い顔しないでくださいよ、課長」麻生は驚いたように言った。「それから、意味は分かりませんが、小山田市長の経営する会社が改装工事の下請けをしていたと。それに、自宅の車はここ最近見てないと、近所の人の証言があったとのことです」

小山田の経営する会社が、ビュー岩宿ホテルの改装工事の下請けをしていたということは、ホテル内部の事情に詳しい上、予め計画も立てられたことになる。

津山は手帖を荒々しくめくった。

――火災報知器誤作動のためオーナーがスイッチを切る。小山田氏からの苦情により――

「一本の線につながった。しかし…」

津山は亀山から渡された二枚の鏡を持って、本部長室へ急いだ。


本部長室では飯野を始め、児島、深沢が、今後の対策を検討していた。

津山が顔を見せると、児島がけんもほろろに怒鳴ってきた。

「どういうつもりだ！　津山君。さっき小山田市長から、『刑事が張り込んでる』と苦情の電話があったぞ。近所にも聞き込みをしているそうだな。事件とどんな関連があるかは知らないが、その件に関しては何も報告を受けていないぞ！」

「私の独断です」

「独断だと？　そんな勝手なことが──」

「説明を聞こうか、津山君。どういう理由かね？」

飯野は児島を制すと、腕組みをして瞑目した。

「あ、はい。実は今回の一連の事件──天野屋女将誘拐事件、下曽根橋の殺人事件、ビュー岩宿ホテル放火殺人事件、それから交通部捜査課の追っている春日居町のひき逃げ事件は、それぞれ微妙に関連があると言いましたが、すべてはあの七里岩の三角縁神獣鏡が百枚出土したことに端を発しています。

私が、小山田市長を容疑者の一人と考える理由は三つです。

まず第一に三角縁神獣鏡です。小山田市長は第一発見者ですが、ちょっとこれを見てください」津山はさっき亀山から渡された二枚の鏡を出した。「これはその内の二枚で、放火されたホテルの三枝教授が泊まっていた部屋の金庫から出てきたものです。この真ん中に一本線の入ったものが本物で、もう一枚は贋物です。ただ、こちらの本物も京都椿井古墳から出土した盗品です」

「何？　では、七里岩で百枚発見されたというのは、真っ赤な嘘ということか？」

驚いたように児島が訊いた。

「そうです。二点目はこの似顔絵」津山は似顔絵のコピーを広げた。「これは下曽根橋の殺人事件で、先日自首してきた少年が、彼に殺人を依頼してきた男の顔を描いたものです。

サングラスをかけていますが、小山田市長の特徴をよく捉えています。ここに描いてある右頬のホクロは、小山田市長にもあります。つまり、これは小山田市長が下曽根橋の殺人事件に関与していたからに他なりません。また、この時誘拐事件の身代金の一部が出てきたことでも分かりますように、小山田市長は天野屋女将誘拐事件にも関与していたとみられます。

そして三点目は、小山田市長の経営する会社が、放火されたビュー岩宿ホテルの改装工事の下請けをやっていることです。そして、彼も火災直前にホテルから姿を消した一人でした。

以上が現在までに分かっていることです。

ただ、これから申し上げることは、あくまで状況証拠からの推測です」

「推測？　推測だけで、我々に説明もなく、市長を張り込むとはどういうことだ――」

「児島君。最後まで聞こうではないか」飯野がまた窘めた。「津山君。詳しく分かるように説明したまえ」

「はい。まず下曽根橋の殺人事件ですが、犯人は今拘束中の少年です。しかし、それを依頼したのは小山田市長です。殺されたのは富岡洋。ではなぜ、彼を殺さなければならなかったかです。

富岡氏は、マンホールの蓋を造る鋳物業の仕事を市から請け負っていたのですが、途中から、古壷や剣、鏡などのレプリカの美術工芸品を造っていたそうです。それがバブル崩壊とともに倒産。彼は残っていた鏡を七里岩の沼地に破棄します。

これがその内の一枚で、それを小山田市長は発見したのです。この時、彼は本物と思っていました。ただ、数が足りなくて、この一本線の入った鏡を足して、百枚にしたのです」

「それがあの卑弥呼の墓騒ぎか?」深沢が呆れ顔で訊ねた。

「ええ。シンポジウムの前、三枝教授は誰かに電話で脅されていたそうです。恐らく、それがこの贋鏡を造った、富岡氏です。

三枝教授の側にいた小山田市長は、その時初めて、すべてが贋物と気付きます。その後、小山田市長は富岡氏の要求の金——恐らく一千万円だったのでしょう。それを富岡氏に渡す一方で、あの少年に近づき富岡氏を殺すよう、一千万円で依頼します。使用された金は、誘拐事件の身代金です。山梨銀行で、クラブ〈ヒミコ・リップ〉の売上金から身代金の一部が発見されたのは、富岡氏とあの少年が通っていたからです。また、身代金が途中で一千万円増えた理由は、少年に依頼したからでしょう。つまり、小山田市長は誘拐事件にも関与していたのです」

「うーん」深沢が深く頷いた。

「それに、彼は地元の人間ですから土地鑑があります。誘拐事件で我々をあれだけ翻弄出来たのは、選挙で街の隅々まで知り抜いていたからです。現に市長の車はここ一カ月程、近所の人から目撃されていません。恐らく、それがひき逃げした車です。また、事故車が現在も尚、発見できないのは、地中に埋められたとも考えられます」

「うーん。ま、土建業だからなぁ。わけないだろうが…」児島も頷いている。「では、小山田市長が天野照子さんを双子と知っていて、あの誘拐事件を思いついたのか?」

「そうです。小山田市長はすでに死亡した照子さんを人質に取り、双子の小野光子さんをおびき出し天野屋に送り込みます。では、何のために小野光子さんを天野屋へ送り込んだか、です。目的は、卑弥呼さんを天野屋に呼び寄せるためです。後の計画を無事に遂行するには、卑弥呼さんの存在は、世間や警察の疑いの目を惹き付けるためにも、不可欠だったのです。

また、三角縁神獣鏡のすべてが贋物と知った小山田市長は、シンポジウム中に三枝教授が贋物と見破ることを恐れます。しかし、その心配は的中。さすが三枝教授です。一本線の入った鏡があの七里岩の沼地から出たものではないと見破るのです。残念なことに、火災の直前にですが。だから、外国人の売春婦と共に逃げ遅れたように見せかけて、殺されたのです」

「では、小山田市長がタイマーをセットしたのか？」

「ええ、恐らくそうでしょう、副本部長。シンポジウムのパーティの時、みんなの目が卑弥呼さんに向いていた間、彼は自由に行動できました。小山田市長の経営する会社は、ビュー岩宿ホテルの改装工事を請け負っていましたから、内部には詳しかったはずです。

また、火災の前日、火災報知器の誤作動でスプリンクラーから水が噴き出し、大変な騒ぎになっていますが、その際、ホテルのオーナーに執拗に抗議し、その火災報知器のスイッチを切らせたのも彼でした。小山田市長は一応の準備が済んでから、わざわざ目立つようにホテル火災直前に卑弥呼さんを連れ出し、深夜に戻って放火したのです。

つまり、あのホテル大火災の目的は、百枚の三角縁神獣鏡を葬ることと、その鑑定の証人であることにあったのです。


そして、真の狙いは、あの新府城跡近くの沼地を価値ある土地に仕立て上げ、発掘調査費という莫大な公金を得たかった、ということです」

「それで、小山田市長か…。では、卑弥呼は無関係と言うのかね?」

「それはまだ確信が持てません…。ただ、初めから一連の犯罪計画を、卑弥呼さんの仕業にしようとしていたことだけは確かです」


津山が、確信が持てない理由は、さっきの中田の報告で、卑弥呼のアリバイが怪しくなっていたからだ。

「うーん」児島は納得したように唸った。「確かに辻褄は合う…」

「しかし、その三角縁神獣鏡が今回の事件にとって、そんなに重要なことなのかなぁ」


深沢が訝しげに訊ねた。

「当たり前だ」児島が怒気を含んだ声で応えた。「あの場所が歴史的に価値のあるものとなれば、公共事業として国から調査費が出る。少なくとも数十億の公費が市に下りる。そうなれば、第一発見者で、しかも地元で土建業を営む小山田市長にとっては、実に旨味がある」


それでも納得できないのか、また深沢が訊ねた。

「証拠隠滅ですか。しかし、贋物だったと判ったら、調査は中止になるのではないですか?」

「今となっては、誰がどう証明できるんだね？」

　児島は吐き捨てるように言うと、その後を飯野が引き継いだ。

「一度、調査の予算が決定されれば、よほどの例外がない限り続けられる。それが公共事業というものだ。今回のように日本のルーツに関わるものなら、途中で中止する理由もないし、中止となれば考古学の学会や県民に、それなりの説明をする必要がある。ただ残念なことに、三枝教授が本物と発表した後だけに、今度はそれを覆すのは至難の業だ。まったく、皮肉なことだ」

　深沢もようやく納得したようだ。飯野は渋い表情で続けた。

「津山君の推理が正しければ、事故死した照子さんの遺体隠滅と、贋の『卑弥呼の墓』発掘調査のための公金を得るために、あのビュー岩宿ホテルを放火したわけか…。

　動機としてはいいが、まだ推測の域を出ていないような気がする。相手は市長だ、マスコミが騒いでいるさ中、一旦容疑をかければ間違いでしたでは済まされない。

　どうかね？　児島君」

　児島はそう尋ねられてもすぐには答えなかった。ゆっくり頭の中を整理しているようだ。

「私も、ここは慎重にと。津山君の推理がほぼ正しいとしても、未だ不明瞭な点は拭えません。私自身これら一連の事件を、小山田市長が一人でやったとは思えませんし、共犯がいるとするならば、当たりをつけておく必要があります。また、卑弥呼のボディガードが失踪したことで、卑弥呼は白というより、これで益々怪しい存在になったと思いますが」

「私も副本部長の意見に賛成です」深沢も慎重論を唱えた。「第一、あのシンポジウムを取り仕切っていたのは、小山田市長と卑弥呼です。共犯と見る方が自然です。ただ、津山の言うように、小山田市長が共犯の卑弥呼を、初めから利用するだけだったような気がします」

「考えられなくもないな」飯野はゆっくり頷いた。「では、各々もっと綿密な裏付けを取ってくれ。ただ、今の時点では市長の張り込みは中止してくれ。津山君、いいな」

「はい。分かりました。しかし、市長の車の行方は追ってみます」

「それは交通課の箕田君に任せよう。君が言うように、地中に埋めたのかもしれんから、その辺りから探らせよう」

「分かりました」

三人が退出しようとした時、飯野が声をかけた。

「津山君。君だけ残ってくれ。少し話がある」

児島、深沢の二人が部屋を出ていくと、机の引き出しからA４版の茶封筒を出した。

封筒には山梨日日新聞の社名が印刷されている。

「中を見たまえ」

津山は封筒を手に取り、中身を取り出した。

モノクロの写真が数枚入っている。車が写っていて、それらはすべて連続写真のようだ。何枚か見ていくうちに、津山は思わず息を呑んだ。赤外線カメラで撮ったらしく数枚の写真に、助手

だ。

席に卑弥呼を乗せた津山が、運転席から降りようとしている瞬間が克明に写っていたからだ。しかも、その奥には秋山が遺体で発見された、リムジンも小さく写っていた。

「山梨日日新聞の編集長の鮫塚が届けてきた。彼はこの写真に写った男が、君と分かったようだ。

彼とは古い付き合いでね。本来は特ダネだろうが、山梨県警があまりにもマスコミ批判に遭っているものだから、哀れみを感じてくれたようだ。いや、聞屋《ぶん》の正義感だろう。鮫塚らしいよ。勿論、掲載も止めてくれたし、ネガもここにある。ま、口は堅い男だから心配はない。それを撮ったカメラマンも、君とは顔馴染みらしく、他言しないと言っているようだ。不幸中の幸いだ。だが、こんなことが知られれば、どう釈明しようが世間は騒ぐ。

どういうことかね、津山君。こともあろうに、事件現場で最重要参考人とこのような…。ま、君も良識ある刑事のことだから、納得出来る説明をしてくれ」

説明しろと言われても、頭の中は混乱していた。

ワイドショーで今回の一連の事件を報道しているさ中、犯人視されている卑弥呼を早朝送って行ったなど、説明のしようがない。

津山は正直に、突然卑弥呼が訪ねて来たことを告げ、一部始終を話した。

「うーん。話は分かったが…。正直、卑弥呼という女の作意を感じないわけでもない。彼女の悲運な生い立ちを庇う気持ちは、分からないでもないが、同情と事件とは別のものだ」

「…それは分かっています」

「いや、分かっていない。彼女への同情で、供述をすべて信じている。もし、あえて刑事の勘と君が言うなら、思い上がりというものだ」

飯野にそこまで言われては、さすがの津山も二の句が継げない。

「本来なら、この件から君を外すところだが…」と後を濁した。

津山は飯野の真意を汲み取ると、「ご配慮、有り難うございます」と頭を下げた。

「それから、津山君。今回一連の事件は複雑に入り組んでいるだけに難解だが、私自身、じっくり考えてみた。照子さんが双子だという、君の推理だがね、一つ不可解な点に気付いた。

ひき逃げ事故で死亡したのが双子の一人。人質解放後に現れたのがもう一人とするなら。ではその間の、誘拐事件の前に叔父の天野巌と海外に出掛けたのは、一体誰だったのかね?」

「はあ?…」

「私にはその辺が実に妙な感じがする。それも含めてもう一度再考してみてくれ」

「あ、はい……」

津山は気が動転していて、飯野の言った意味がよく分からなかった。

3

津山は県警の玄関を出ると、近くの喫茶店に飛び込んだ。幸い客はなく一人になれた。ようやく糸口が掴み掛けただけに、後一歩で犯人を取り逃がしたような、何とも歯痒い気分だった。運ばれてきたコーヒーを一口飲むと、大きく深呼吸をして目を瞑《つむ》った。

昨夜の卑弥呼の来訪が突然とはいえ、作意はない。蓮風や美奈の影響で、津山自身が卑弥呼を避けていたのだから、その責任は津山にもある。ただ、飯野の言うことも尤もだ。

中田からの報告では、卑弥呼はあのホテル放火の前夜、観応寺には来ていないという。もし、卑弥呼の供述に嘘があれば、卑弥呼のアリバイは崩れる。

津山はもう一度、一連の事件を初めから考え直してみた。

今回の一連の事件に、恐らく小山田が関わっているのだろうが、卑弥呼がまったく関与していないとはいいきれない。しかし津山には、なぜか故意に卑弥呼を陥れるための計画にも思える。だが、その理由が分からない。あまりに執拗すぎるからだ。

また、飯野の言った、不可解という内容を思い浮かべても、さっぱり分からない。

暫く考えてはみたものの、写真を撮られたことに動揺していて、思案がまとまらなかった。

そこへ、隣のテーブルに、娘の美奈と亡くなった妻と同じような歳格好の親子が座った。

津山は別に見るともなく、二人を眺めていた。娘は母親に楽しそうに話している。

「――今朝、今夜使おうと思ってたワイングラスを箱から出したら、一個壊れていたのよ。でも、母さんの言う通り、余分にもう一個買っておいたから良かったわ。

きょう、私達の初めての結婚記念日でしょう？　彼、神経質で小心なところがあるから、一つ欠けても気にするのよ。本当に助かったわ。やっぱり母さんよね。頭いい」

新婚らしい娘が、嬉しそうに言った。

「歳の功よ」母親は目を細めた。「新婚時代は、お茶碗でもグラスでもペアで揃えるでしょう。でも、不注意で壊してしまうものなの。だから必ずもう一個、予備に買っておくのよ」

「そうね。初めからペアだと思ってるから、三個あったなんて誰も気が付かないわね――」

たわいもない会話が続いている。

母親が嫁いだ娘を気遣って、主婦の知恵を伝えているのだろう。

（なるほど。新婚当時の食器はそうやって揃えておくのか――）

二人の会話を聞いているうちに、急に美奈のことが気になった。卑弥呼の残していった下着の一件で、誤解されたままになっている。こんな話題から話すのも悪くはないと、美奈のために手帖の最後の頁に「結婚時、ペアの食器は初めから三個買っておくこと」と書き留めた。

（なるほど。初めからペアだと思っていれば――）

「初めからペアだと思ってる？……」

なぜか、この言葉に引っかかった。津山は、さっき飯野が言っていた、ひき逃げ事件と天野屋女将誘拐事件を思い起こした。（初めからペア？――）

ホテル放火で出てきた死後一カ月の焼死体が照子で、人質解放後に現れた女が双子の小野光子だとしたら。ひき逃げ事件前夜、番頭の沼田や仲居頭の平井が目撃した、天野巌と一緒に海外に行ったサングラスの女は、一体誰なんだろう？

（天野照子を、初めから双子と決めつけていたのではないだろうか――）

――三人とも本当に可愛い女の子でした――

「あ！」あの日の蓮風の言葉に津山は愕然とした。

（どうして、今までそれに気付かなかったのだろう――）

思わぬところから津山の頭に光が射した。やはり、本部長の飯野の言うように、思い込みは判断を誤らせる。津山は一点を見つめ、推理を頭の中で整理した。

春日居町のひき逃げ事件の被害者で、ビュー岩宿ホテルの火災で発見された死後一カ月の遺体が、天野照子。誘拐事件後に現れたのが、小野光子。誘拐直前に天野巌と海外に行っていたのが、もう一人の照子。つまり、三つ子ということだ。

では三つ子と知っていた人間は――と考えると、観応寺の蓮風以外にない。

（しかし、小山田とはどうつながるのだろう？――）

――ちょっと徳を積みにね。簡単にいうと、お寺の掃除――

ホテル放火の朝、早起きをしていた美奈が言った言葉を思い出した。

三角縁神獣鏡が発見された場所は、焼鳥屋の女将が言ってたように、元々は観応寺のもの。

小山田が、娘の美奈同様、信者だったとしたら、信仰上の理由からあの沼地を掃除し、偶然、三角縁神獣鏡を発見しても不思議はない。蓮風は自分の夢の神殿のためと同時に、焼鳥屋の女将が言ってたように、神のお告げを有耶無耶にするために、それを利用しようと思いついたのではなかったか。

また丁度、卑弥呼が山梨に事業拡大してきた時期でもあり彼女を利用し、T大教授の三枝をも利用すれば難なく目的は達成する、と考えたとしたら――。

「うーん……」

ところが、その前に小山田が車で事故を起こした。しかも、ひいたのは卑弥呼の姉天野照子。照子の出生の秘密を知っていた蓮風は、それを利用して誘拐事件で照子のすり替えを考える。元々、すべての鏡と三枝を抹殺することを考えてのホテル放火だったのだから、照子の遺体を利用すれば、警察は卑弥呼に疑いを向けると考えたのだろう。

(しかし、なぜ蓮風はあれほど卑弥呼を憎まなければならないのか――)

――あの卑弥呼も凄い女ですよ。もし入るんだったら、条件として自分を教祖にしろと言ったらしいですよ。だから、教祖が怒り出して――

焼鳥屋の女将の言葉を思い出した。

蓮風自身が癌で余命幾ばくもないと分かった時、跡継ぎと決めていた真田が卑弥呼と腹違いの兄妹であることに気付いたにちがいない。それは蓮風の死後、寺が卑弥呼に乗っ取られるという不安へと結びついていった。だから蓮風は、照子や卑弥呼の出生を利用して、あの奇妙で謎めいた神界の話を考えたのだろう。その結果、真田は卑弥呼を憎んでいった。これなら、故意に卑弥呼を陥れるための計画だということも頷ける。

しかも、その神界の話を美奈や中田、津山に話すことで、「現世《うつしょ》」ということを信じ込ませ、事件の犯人をも卑弥呼にしようと誘導しようとしたのではないか――。

「つながった……。だが…」

津山は目を閉じた。卑弥呼の気持ちを考えると、益々不憫に思えてならなかった。

第八章　卑弥呼の墓

1

津山が県警に戻ると、津山の推理を裏付けるような三人の人物が訪れた。

そのことを知らせに来た中田は、やや青ざめている。

「課長！　今、玄関に失踪中だった天野巌さんと、二人の…天野照子さんが、来ています」

「やはり」

津山は頷いた。中田はまだ信じられない様子でいる。

津山はすぐさま本部長以下児島と深沢に報告すると、応接室で三人に会った。

中田の言った、照子二人は着物姿で並んでソファに座り、その隣りにやつれた顔の天野巌が座っている。児島と深沢は、まるで幽霊でも見ているかのように茫然としていて、暫くは対峙したまま言葉もなかった。

「妹の昼子は、犯人ではありません」

ソファの中央に座っていた照子に似た女性が、沈黙を破り張りのある声で言った。

その声で目が醒めたように、深沢が恐る恐る質問した。

「あ、あのー、貴女が小野光子さんですか？」

「いいえ。私は天野照子です」

「えっ！　生きていらっしゃったのですか？」驚いた深沢は児島と顔を見合わせると、照子の隣りに座っている女性に訊ねた。「では、貴女が小野光子さんですか？」

「いいえ。私は、橘かや乃と申します」

「彼女は照子の妹です」と、天野巌が補足した。

「で、では、小野光子さんという方は？」

「……恐らく、殺されたのだろうと…」照子は言葉に詰まり、ハンカチで目頭を拭った。

津山は自分の推理を確認するかのように問いかけた。

「照子さん。あなた方は三つ子だったということですね？」

「な、何！　三つ子だと？」児島と深沢は同時に言うと、驚いた顔で津山を見ている。

津山の問いに、照子はゆっくり頷いて答えた。

「ええ。……実は私も最近、そのことを知ったのです」

「五月五日に、光子さんと入れ替わりに海外へ行かれたのは、貴女ですね？」

照子はまた頷いて見せた。

「実は――」と、天野巌がその説明を始めた。

天野巌が、照子が三つ子である前に、双子であると知ったのは五年前。小野光子も照子と同じように、長野県白骨温泉のある温泉宿に貰われ、長女として育てられた。ところがその後、育ての親に子供が出来、その子が成人するとともに跡を継いだため、光子は旅館の手伝いをしていた。

そして、五年前、両親が相次いで亡くなると、それを機に、自分が捨てられていたという、観応寺を訪ねた。その時、偶然出会ったのが天野巌だという。

巌は驚いて、すぐに照子に引き合わせた。感激した照子は光子を山梨に呼び寄せ、一緒に天野屋をやることを提案。それから、二人の奇妙な入れ替わり生活が始まったという。

海外へは、津山が推理した通り、小野光子のパスポートで出かけていたということだった。

「――そして五月五日、いつものように天野屋は光子に任せ、イタリアに照子と私の妻の三人でワインを探しに行ったのです。それから四日ほどして、光子に国際電話で連絡を入れたのですが、不在でして。そのわけを、電話に出た仲居頭の平井さんが話してくれました、誘拐事件のことを。それで急遽、予定を変更して帰国したわけです。

ただ、帰国はしたものの事件は解決しておらず、ましてや、照子を天野屋へ連れていくことも出来ない。それで清里の別荘に隠れ、様子を見ていたわけです。

その後、光子が解放されたことをテレビで知り、私は光子に電話を入れたのですが、話が全然噛み合わないのです。初めは誘拐事件の後遺症かと思ってましたが、話しているうちに光子とはまったくの別人だと気付いたのです」

「こんなにも似ている方が、ですか?」

深沢の質問に、かや乃が答えた。

「この天野巌さんから電話を頂いた時、『大変だったな、光子。話を聞いて、イタリアからすぐ戻ってきた』と言うのです。初めは何のことか分からず、話を合わせていたのですが、私のことを幾度となく光子と呼ぶので、『私は照子です』と何度か言ったら電話が途中で切れたのです」

その後を巌が引き継いだ。

「驚きましたよ。だって、照子は横にいるのですよ。それが『私は照子です』と答えれば――。だから、ニュースをビデオに撮って何度も見ましたよ。やはり、何となく光子とは違うんです。それよりもっと驚いたのは、妹の昼子が一緒にいたことです。どうして? と思いましたよ。そこで昼子の企てが、天野屋の乗っ取りでは、と思ったのです」

「ん? しかし先程、昼子さんは犯人ではないと」

深沢は理解しがたいといった顔で巌を見た。

「ええ。最初は乗っ取りと思いましたが、姉想いの昼子がそんなことはしないだろうと、照子が言いまして。ま、光子の消息が心配でしたから、下手に手出しも出来なかったのも事実です。それでも、テレビに出ていた女が気になって仕方がない。そこで昔、兄の勇から聞いた照子の生い立ちを思い出してるうちに、ひょっとしたら、三つ子だったのではないかと思ったのですよ」

「私もそんな気がしたのです」後を照子が引き取った。「ですから、もし光子が生きているのだったら、テレビに映っていたあの人も、きっと、誰かに脅かされているのではと…」

「で、橘さん、実際はどうなんですか？」今度は津山が訊いた。「貴女はなぜ、照子さんの身代わりとして、天野屋へ行かれたのですか？」

「実は以前から、私には姉妹がいると言われていたのです。それが五月の中頃、突然お姉さんが見つかったと観応寺から連絡がありまして」

「それは、観応寺の庵主さんからですね？」津山は念を押すように訊いた。

「いいえ、男の方です。お姉さんが今、大変なことになっていると言われたのです」

「それは、誘拐ですか？」

「ええ。とにかく、急ぎ静岡から観応寺に行ったのです。そしたら、男の方が出てこられて、姉と言われる方の写真を渡されたのです。それが姉の照子でした。自分でもびっくりするくらい似ていました。その写真を前に、その方はこう説明してくれたのです」

そう言ってかや乃は、男から聞いたことを話し出した。

今は、公にはなっていないが、かや乃の姉である温泉旅館の天野屋の女将、天野照子が誘拐されている。その脅迫は観応寺にも来ていて、無事に返して欲しければ照子の双子の妹を探しだし、一週間後、天野屋に照子として送るようにと。住職の蓮風は、そのために心労のあまり病になり寝込んでしまった——と。

「――そう言われたのです。ですから、私は姉を助けたい一心で…」

「そうでしたか」津山は供述のメモを見ながら頷いた。「だから事情を伺いに行った時も、照子さんになりすまして…。色々矛盾は感じていましたが…」

「すみませんでした。嘘をついたり、怒ったりして」かや乃は軽く頭を下げた。「ただ、あの時は刑事さん達に見破られないよう、私も必死だったのです。

それから、こんなことも言われました。あの有名な卑弥呼は、照子さんの腹違いの妹で本名は昼子。私が行けば必ず駆けつけて来るだろうが、決して気を許すなと」

「理由は訊かなかったのですか?」

「勿論、訊きました。そしたら、彼女は天野屋の実子だが、不倫で出来た子のため妻子共々追い出されたと。ただ、卑弥呼は今でもあの天野屋は自分が継ぐべきものと思っていて、貰われてきた照子さんを酷く恨んでいると、教えてくれました」

津山は自分の推理が正しいと確信した。

「で、その男性の名前は?」

「水村と言ってました」

「水村?……」

津山は観応寺の事情に詳しい中田を見たが、中田も知らないらしく顔を横に振った。

「五十歳ぐらいの方です。その後も何度か連絡を貰いました。その中に、生命保険に入ることさって…。

と、温泉協会長を卑弥呼さんに譲れと、犯人が言ってきたというのがありました」

「つまり、水村さんという男の指示通りにしていたわけですね」

「ええ。水村さんは本当に親身になってくれました。ホテル火災の前日にも、心配して来てくださって…。

あ、そうだ。あの時、水村さんはまるで火災を予知するように、胸騒ぎがすると仰ってました」

「ホテル火災の前日に胸騒ぎ、ですか？」

「ええ。そのお蔭であの夜は眠りが浅くて、非常ベルとドアを叩く音ですぐ目が覚めました。ドアを開けるとすでに廊下は煙が立ちこめていて、この天野巌さんが、『逃げろ！　火事だ』と言って教えてくれたのです。

私は言われるままに部屋を出たのですが、そのすぐ後から男が追ってきて、私と天野さんを何かナイフのようなもので刺そうと襲いかかってきたのです」

かや乃は巌に同意を求めるように顔を向けた。

「驚きましたよ。その時、なぜか後ろに妙な殺気を感じたのです。ま、少々合気道の心得があったものですから、一度は上手く身をかわして相手を投げ飛ばしたのですが。とはいっても歳ですし、相手は凶器を持っていましたからね。とにかく、命からがら逃げましたよ」

「なるほど。それで、泊まり客の何人かがあなた方を目撃したのですね。

しかし天野さん、どうしてあの夜火災が起きると思ったのですか？　しかも、火災の直後に駆けつけるなんて、タイミングが良すぎるように思いますが」

巌が答える代わりに、照子が静かにその時の様子を語った。

「実は、イタリアに行く飛行機の中で、自分が殺される夢を見たのです。そして、あの夜も同じように不思議な夢を見ました。それは、私と同じ顔を持った、光子でもなく私でもない自分が、炎に包まれて助けを求めている夢でした」

巌は頷くと、後を引き取った。

「ま、今考えれば三つ子特有の予知能力だったのかもしれません。そう言われて私も胸騒ぎがして、あの夜、車でホテルに駆けつけたのですよ。かや乃があのホテルに居ることは知っていましたし、部屋の番号も前もって調べてありましたから。

ホテルに着いてみると、案の定、火の手があがっているんです。でも不思議なことに、非常ベルは鳴ってはおらず、誰も逃げ出る気配もなく静かなのです。だから外の非常ベルを鳴らして、この子の部屋へ行ったというわけですよ。その後は、清里の別荘に隠れていました」

「でも、あなた方のことはテレビや新聞に出てたでしょう?」横から児島が口を挟んだ。

「刑事さん。そんなことを仰いますが、現実には怖くて。少なくとも誘拐事件とあの火災で、照子が狙われていることははっきりしましたからね。隠れているしかないですよ」

「では、なぜきょうになって?」

「昼子が重要参考人として、警察に連行されたからです」照子が答えた。「昼子は殺人をするような人間ではありません。私が保証します」

凛とした照子の言葉に、飯野が代表して応えた。

「お話はだいたい分かりました。今のお話を参考にもう一度洗い直してみましょう。ただこれで昼子さんの疑いが、晴れたということではありません。それは、ご理解頂きたい」

そこへ電話が来た。受話器を中田が取り、飯野に渡した。

飯野はやや強張った表情で「分かりました」とだけ返事をして電話を切った。そして、児島、深沢の二人を呼び寄せ、小声で「後は任せる」と言うと、津山だけを廊下に連れ出した。

「津山君。…卑弥呼さんには、ひとまず帰って貰ってくれ」

飯野の表情から、政治的な圧力がかかったと津山は感じた。

「本部長。任意とはいえ、まだ事情聴取は途中です。今彼女を帰せば、世間は益々彼女を疑います。彼女が共犯であれば尚のこと、彼女一人に罪を被せるでしょうし、今度は彼女を自殺のように見せかけて殺すかもしれません。それこそ犯人の思う壺です。

上の方々が何を考えているかは知りませんが、彼女はここにいた方が安全です」

「それは分かっている。ただ、今の段階では帰って頂くしかない。これは本部長命令だ」

どことなく威圧感はあるものの、言葉とは裏腹に何か目で優しく促している。

「ただ、堂々と目立つように帰って貰う。卑弥呼さんに双子になって貰ってな」

「卑弥呼さんに双子になって貰う?…」

津山は、あまりに唐突な飯野の言葉に、その意図を計りかねた。

「うーん。そうだなぁ…」飯野は何か考え込んでいる。「あ、彼女がいい。交通課の麻生さんはスタイルがいいから、きっと黄色いワンピースがよく似合うだろう」

「交通課の麻生さんに、黄色いワンピースが似合う?……」暫く考えてから、その真意がようやく読めた。「あ、なるほど、分かりました、本部長」

「うん。すべての責任は私が取る。それより今の三人の話で、ほぼ犯人の目星はついたようだな」

「お任せください。本部長の助言で、犯人がはっきりしました」

飯野はその返事に安心したように頷いた。

津山は応接室に戻ると、中田に幾つかの指示を出した。

中田は理解出来ないようで、首を傾げながらもメモを取っていた。


中田は津山から言われた買い物を済ませ、交通課に来ていた。

中田より一年先輩の交通課の華である麻生が、中田に尋ねた。

「ねぇー、中田君。本当にこんな格好して、パトカーに乗るの?」

麻生は、背中が大きく開いた派手なミニの黄色いワンピースを着て、脚には黒の網ストッキングを履いている。その上、頭には茶髪のロングヘヤーのカツラをかぶり、黒のサングラスを掛け、唇には真っ赤なルージュをつけていた。どこから見ても、婦人警官とは思えない格好である。

「いいね。オッパイといい、躰の線も仲々のものじゃないか」

誰かと思えば、やはり箕田だった。目を輝かせている。

「やめてください、課長、そういう目で見るのは。セクハラですよ。まったく、津山さんも、いつも私のどこを見ていたのかしら」

麻生は自分でも気になるらしく、大きく露出した胸元を右手で隠している。

「それにしても凄い格好だ。まるで卑弥呼だな」

「それでいいんですって。ねぇ、中田君」

「ええ。津山課長の指示です。卑弥呼とそっくりにしろというだけで、自分にもその意図は分かりません。それから、箕田課長にもご協力願うようにと」

「ああ、聞いてるよ。で、俺は何をすればいいんだ？　麻生のエスコート役か？」

「ええ。行き先は卑弥呼ビルです。樋口先輩が運転しますから、箕田課長はいかにも卑弥呼をマスコミから守っているといった顔で乗り込んでください、ということでした」

「ボディガードか。いいね、一度やってみたかったんだよ。しかも、交通課一の美人となれば、格好良くいきますよ」

「まぁ、交通課一の美人だなんて」

「どう、何なら、いいホテル知ってるけど」

「箕田課長！　真面目にやってください」

中田と麻生は、箕田を睨みつけた。

「冗談だよ、そんなに怒るなって。では卑弥呼さん、参りましょうか」

箕田は戯《おど》けて右手を廊下の方へ向けた。卑弥呼役の麻生は、それに応じるかのように背筋を伸ばし、少し気取った様子で歩いて行った。


山梨県警本部の門前は、報道陣で溢れていた。

車寄せには白バイやパトカーがエンジンをかけたまま停まっていて、テレビ、新聞各社のカメラが一斉に向けられ、レポーター達も固唾を呑んでいる。

そこへ、黄色のワンピースを着てサングラスをかけた卑弥呼役の麻生が玄関に登場し、まるで凱旋するかのように彼らに手を振った。

各新聞社、雑誌社のフラッシュが一斉に光った。テレビのレポーター達も各々のカメラに向かって、堰を切ったように喋り始めている。彼らのコメントには「疑惑のまま」「骨抜きにされた警察」「政治的圧力による釈放」など、批判と憎悪に満ちた言葉が含まれていた。

箕田は麻生を先頭の黒の覆面パトカーに乗り込ませ、自らも乗り込んで車を走らせた。白バイの先導で門を出ると、それに群がる蝿のようにマスコミ各社の車は後を追った。

その頃津山は、取調室にいる卑弥呼のところへ、照子達三人を案内していた。

卑弥呼は姉の照子を見るや、言葉もなく照子の膝に泣き崩れていた。天野巌と橘かや乃も傍らで、もらい泣きをしている。津山も、あらためて薄幸な運命を背負ったこの姉妹に同情していた。

暫くしてから、津山は卑弥呼だけを取調室から廊下に連れ出した。

「実は…、犯人が分かりました」

「誰、誰なのよ！　私達をこんなにも苦しめたのは」

卑弥呼は細い眉毛を吊り上げた。

「犯人は恐らく……、卑弥呼さんの性格と行動を、よく知っている人です」

その言葉に一瞬、卑弥呼の表情が止まったように見えた。

「私の性格と行動をよく知っている人？……。誰のことを言ってるのよ！」

卑弥呼は怒ったように津山を見返している。思い当たる人物が、津山と一致したようだ。

「貴女の――」

「やめて！　聞きたくない。何を証拠に…」

「それはまだ言えませんが。ただ……」

「ただ何よ！」卑弥呼は挑むように睨んでいる。

「ただ…その人にとって、貴女の存在が悪と、思い込まされていたら……。これまでの犯行も動機も、すべて頷けるのです」

「私の存在が…悪ですって？　それはどういう意味なの？　不倫で出来た女は、生きる資格もないと言いたいの！」

卑弥呼はうちひしがれたように胸元を押さえ震えている。あたかも心臓を打ち抜かれたように。そして、津山を睨み返すと、涙に滲んだ目で叫んだ。

「あなたに、刑事なんかに、私達の苦しみが分かるはずがない！」

2

美奈は早足で観応寺の門をくぐった。玄関先には大勢の信者が集まっている。その殆どが五十代以上の主婦で、心配そうに何かを待ちながら般若心経を誦している。

「あの、聖師様のご容体は、どうなのですか？」

美奈は誰彼構わず訊いた。

「それが……、どうも今回は…」

顔見知りの主婦がそう言った後、顔を横に振った。

その時、廊下の奥の部屋から、真田が生気のない顔で現れた。

「皆さん。…最後のお別れです。急いで聖師様の枕部に来てください」

そう言うと、また部屋に戻っていった。

玄関先に集まっていた信者達は、先を争うようにして蓮風が寝ている部屋へと入った。

部屋には診察を済ませた医師と看護婦が、蓮風の脇に神妙に座っていた。蓮風は一カ月前に見た時とはまるで別人のようで、抗ガン剤のせいか痩せこけ二回りも小さく見える。そのあまりの変わりように、信者全員が驚き啜り泣いていた。

「聖師様！　聖師様！　死なないで……」

美奈も枕部に座ると、他の信者と同じように泣き叫んだ。

蓮風は瞼を微かに動かすと、「後は……宜しく…頼みます…」と、小さい声ではあるがはっきりと喋った。しかし、それが最後の言葉となった。

側にいた医師が聴診器を胸に当て、「ご臨終です」と告げた。

美奈や他の信者達から堰を切ったように、悲鳴にも似た泣き声がもれてきた。中でも倉本は、まるで自分の母親でも亡くしたかのように、蓮風の枕部で泣いている。

真田は涙を拭い、毅然とした様子で見回してから、力強く叫んだ。

「皆さん。聖師様は、今、神として天に昇られました。神に、神になられたのです」

それに呼応するように、全員が泣きながらも経を誦しはじめた。医師と看護婦が帰ってからも、誰一人として側を離れる者はいなかった。


二時間程して、津山達を乗せたパトカーが観応寺に到着した。照子とかや乃、天野巌も一緒である。津山の指示で、中田が先に寺に入っていった。

玄関先で四人は待った。暫くすると、中田は美奈を伴ってきた。

「少し前に、……聖師様が……聖師様が逝かれました」

美奈は津山の顔を見るなり、泣きはらした顔で言った。

「庵主さんが！」津山より先に、照子が驚いて声をあげた。「お部屋は？」

「廊下の奥の部屋です。…どうぞ、お入りください」

美奈が言うより早く、照子はすでに廊下に駆け上がり、奥へと入っていった。天野巌もかや乃を従え、後に続いた。

「一足遅かったか…。美奈。こんな時で悪いが、真田さんを呼んできてくれないか」

「どうして？　真田さんに何か用なの？」

「ちょっとした容疑が掛かってる」

そこへ、かや乃が戻ってきて津山に頷いてみせた。

「美奈。呼んできてくれ。臨終の場を荒立てたくはない」

「……分かったわ。客間で待っていて。すぐ呼んでくるから」

津山の唯ならぬ様子に、美奈は何かを感じとったらしい。

津山達は客間に入った。暫くすると、真田が一人で入ってきた。先程まで泣いていたらしく、瞼が腫れている。照子とかや乃の顔を見ても、別段驚く様子もなく、一応の挨拶を済ませると、津山の前に座った。

津山はテーブルの上に、証拠の二枚の三角縁神獣鏡を静かに置いた。

「実はこのことで、お話をお伺いしたいのですが。水村さん」

真田は一瞬驚いたものの、懐かしそうに見ている。

「水村?……。なるほど」真田は、かや乃と津山の顔を交互に見比べながら頷いた。すべてを悟ったようだ。「津山さん。勝手を言ってすまないが、聖師様の葬儀が無事終わるまで、二日だけ待って頂きたい。勿論、どこにも逃げも隠れもしません。きょうはこのままお引き取りください。お願いします」

「しかし…」

「約束しますよ。すべては葬儀の後、何もかもお話する」

その言い方に凄みはないが、なぜか気迫めいたものを感じる。

「分かりました。但し、その間、内も外も捜査員を張り込ませますが、それはご了承ください。それから、昼子さんのことで一つだけお訊きしたいことがあるのですが。ホテル放火の前夜、昼子さんは小山田さんとここへ来られましたね」

「…ええ、確かに来ました。私が呼んだのです。この前、中田さんに訊かれた時は嘘を言いました。とにかく、聖師様の葬儀が終われば、洗いざらいお話しますよ」

津山はそれを聞いてほっとした。真田の表情も晴々としていて、曇りがないように見える。

「分かりました。それから、これは刑事としてではなく、私個人のお願いですが。昼子さんには、最後は良き兄でいてあげてください」

「……分かりました」

真田はそう言って頭を下げたまま、石のように動かなくなった。照子は何かを察したらしく、悲しげに真田を見ていた。

津山達が退出する頃には、蓮風の部屋から玄関に至るまで信者達で溢れ、所々で啜り泣きや泣き叫ぶ声がしていた。

真田は通夜の用意を信者達に指示すると、一人自分の部屋に入った。懐から携帯電話を取り出しボタンを押した。

「小山田さん。少し前に、聖師様が逝かれたよ……」

「そうか……。神になられたんだな」

暫く沈黙が続いた。小山田は泣いているようだ。

「それから、津山という刑事が、天野屋の照子を連れて来たよ」

「えっ、女将を……。じゃ、あの交通事故のことを？」

真田はそれには答えず、一方的に話した。

「その上、燃えたはずのあの三角縁神獣鏡を持ってきた」

「えっ、あの鏡が残っていた？　本当か、それは良かった」

「良かった？　小山田さん、あれは贋物だ」

「贋物？　あの百枚の鏡がか？　何を言っているんだ。三枝先生だって、本物と言ってたじゃないか。贋物とはどういうことだね」

「あんたには、つくづくがっかりさせられるよ」

「どういう意味だ」

「ふん。生前聖師様も、前世の裏切り者は必ず現世でも繰り返すと仰っていたが、あんたのしくじりは裏切りに匹敵する」

「しくじり？　一体何のことを言ってるんだ、真田さん。第一、裏切り者とは聞き捨てならん」

「あの鏡は、あんたが持っていたはずだ。計画通りに行けばあの火災ですべて熔けていた。なのに二枚も残っていた。しかも、あの本物の鏡がだ。津山という刑事は、何もかも見抜いている様子だった」

「贋物だ、本物だと、一体何のことだ──」

「うるさい！　小山田さん、やはりあんたは前世と同じ裏切り者だ。ま、こんなこともあるかと思って、策はめぐらしておいたがね。前世の借りは今返して貰う。女将を誘拐したのも、ホテルに放火したのも、小山田さん、あんたが責任をとるんだな」

「な、なんだと！　じゃ、あれは、あんたがやったことなのか？」

　真田はそれには答えず電話を切った。

「結局、最後は『卑弥呼の墓』か。昼子にはやはり死んで貰うしかない」真田は、柱に掛かっている鏡を見てにやりと笑った。「あの刑事も昼子に惚れたな。ふん。それを利用するか。これからが本番だ」

そう低く呟くと、また哀しげな表情に戻って部屋を出ていった。


津山は観応寺の警備と称して、捜査員五十人程を呼び寄せ配備につかせた。そして、後を樋口らに任せると、一旦県警本部に戻った。

津山は県警本部に着くと、すぐさま、本部長室に行った。かや乃の言っていた「水村」という男が真田だったことや、真田が犯行を認めるような供述をしたことなどを、本部長の飯野に報告するためである。そして、すべての供述は、観応寺の住職の葬儀が終わるまで待って欲しいと、真田が言っていることも伝えた。

「二日の猶予か……」飯野はやや難色を示した。「うーん。今回の場合、自供が無ければ、状況証拠だけの立件は難しいか…。異例だが仕方がない。しかし、真田という男も最後は潔いな」

「はい。実は私もほっとしています、難解な事件だっただけに」

「ところで」と一旦言葉を切ってから、「君が戻る一時間程前だが、小山田市長が七里岩の下で発見され病院に運ばれた。ま、覚悟の身投げのようだ。

今回の一連の事件に小山田も関わっていたという、津山君の推理が、当たっていたということだろう。『俺は裏切り者ではない』と譫言《うわごと》を言っていたそうだ」

「俺は裏切り者ではない？……」

その言葉に、津山は在りし日の蓮風の言葉を想い出した。

――この人は前世、武田の重臣の一人だった真田昌幸です――

「…なるほど、そういう意味だったのか」津山は怒ったように呟いた。「本部長。武田家の最期、勝頼が長篠の戦いで破れ、甲斐に逃げ帰ってきたのはご存知ですよね」

「ああ。ここ山梨では有名な話だからね。追ってくる織田・徳川軍を迎え討とうと考えていた矢先に、身内の裏切りで天目山で勝頼は無念の最期を遂げている」

「その裏切り者の名が、小山田某《なにがし》という武将では？」

「ああ。確か…小山田信茂という武将だが。それが、どうかしたのかね？」

「ええ。あの二人にこんな事件を起こさせた張本人は、観応寺の住職、蓮風です」

「何？　観応寺の住職が？」

津山は、喫茶店での推理をかい摘まんで話した。

「うーん。では、その住職の蓮風が主犯格ということか」

「ただ、今となっては証明は難しいです。例え計画したにしろ、蓮風は病気で動けませんでしたし、実際手を下したのは真田達です。彼女はあの寺では生き神様のような存在でした。だから、信者達には彼女の言葉は絶対だったのです。生前、彼女は真田に、前世は『真田昌幸』だと教えています。恐らく、小山田市長も、その『小山田信茂』とでも言われたのでしょう」

「では、あの譫言は共犯の真田に対してなのか?」

「恐らく、そうです。真田は山梨に数年前に来て、柳原から真田に改名しています。さっき、私があの二枚の鏡を持って真田の前に現れたのを、小山田市長の裏切りと思ったのでしょう」

「なるほど。蓮風も罪なことを…。死んでからも尚、彼らの頭の中で脈々と生き続けているとは…、まさしく洗脳だな」

「洗脳?」

「うん。全国には十八万人以上もの教祖がいるそうだよ。その輩が、自分こそは神だの、霊能者だのと言っては信者を食い物にしているらしい」飯野は夕陽に映える富士山を見ながら言った。

「昔、オウム真理教が上九一色村で騒動を起こした時、私の先輩で当時の県警本部長が、現代の堕落した宗教を『煙突に蓋をしたようなもの』だと、言っておられた」

「煙突に蓋をしたようなもの?」

「ああ。本来宗教とは精神修行の方法を教えるもので、それを修得したら寺から出て行かねばならんそうだ。ところが、殆どの新興宗教は一旦入信したら最後、蓋をされて一生出られない。その上、わけの分からない説法で煙に巻かれ、悶々として燃えることも出来ないから、精神的にも成長出来ないのだそうだ。

　もっとも、現代人は金や物にばかり固執して、満たされぬ心をそういうもので安易に埋めようとするから、簡単につけ込まれるのだろう。間違った知識を埋め込まれ、逆にそれに縛られ喜んでいる。哀れなものだな、本当の幸せが何であるかも分からないで」

まさに焼鳥屋の夫婦がそうだった。不安をお布施で解消しようとした。だが、その矛盾に気付いたから抜け出られたのである。

それに引き換え娘の美奈は、まさしく、煙突に蓋をされ、自分がもがき苦しんでいることも気付いてはいない。家族も顧みないで没頭している姿は、飯野の言う通り、本当の幸せが何であるかも分かっていない。事件が解決したら、煙突の蓋を取り除くことが、父親としての津山の仕事のようだ。これだけは迷宮入りにするわけにはいかない。

「ところで、卑弥呼さんはどうしましょうか？」

「どうといわれてもな。津山君はどう思うのかね？」

「私は白だと思います。いや、潔白です。彼女には殺人など出来ません」

「分かった。君がそこまで言うのなら間違いないだろう。ただこのまま帰って貰っても、マスコミに追いかけられて大変だろう。交通課の箕田君や麻生君が、一生懸命してくれた演技が無駄にならないためにも、今夜は市内のホテルに泊まって貰いなさい。支配人には私から話しておく」

「市内のホテル、ですか。分かりました」津山は満足げに頷いた。「ところで本部長。武将真田昌幸について、何かご存知ではありませんか？　取調べの際、問答で言い負かされたくないですからね」

「問答？　お、そうか。相手はにわかでも、坊主だからな。

ま、信玄が参謀として重用していたというから、大した軍略家だったらしい。あの有名な孫子の兵法『六韜三略《りくとうさんりゃく》』を修得していたと言われている。

武田家滅亡後の天下分け目の関ヶ原の時には、東軍の徳川方には長男をつかせ、自らは次男の真田幸村とともに西軍豊臣方にくみして、どちらが勝っても真田家が残るようにしたというから、なかなかしたたかだよ」

「真田は自分をそんな風に錯覚したのかもしれませんね」

「そうかもしれん。洗脳されていたのだからな。

それより一応は事件の目途もついたし、久々に早く帰ったらどうだ。お父さんも心配しておられるだろう。真田には中田がぴったり張り付いているし、あの寺は捜査員ですべて固めてある。どこにも逃げられはせん、例え共犯がいようとも」

「ええ、その共犯者ですが、ちょっと引っかかってるんです。まぁ、いるかいないか、もうすぐ分かるでしょう。ちょっとした閃きがあるんですよ」

「ほう。閃きか…」

飯野は、久しぶりに自信のある津山を見て満足そうに頷いていた。

観応寺では、通夜が遅くまで行われていた。寺の周りは警察官で、厳重に警戒されている。その中を信者達が、不思議な顔をしながらも、ぞろぞろと長い列を作って入っていった。

信者数一万とも二万とも言われていた割には、駆けつけてくる者は少なく、三百人にも満たなかった。やはり、かつて「入信すれば、絶対癌にならない」と喧伝しておきながら、その総本山である教祖が癌で亡くなったせいだろう。通夜の後、残った人数もわずか三十名程である。しかし、彼らだけは夜通し経を読み、故人との別れを惜しんでいた。その中に美奈もいた。

翌日の葬儀は爽やかに晴れ渡り、夏の日差しは甲斐の山々を照らしていた。

中田は喪主である真田から目を離すことなく側にいた。

真田は祭壇の中央で、経を数人の弟子らしき男女と誦している。真田は昨夜から一睡もしていない。側にいた倉本に代わりをさせると、中田の方へ近づいてきた。

「来てないな、昼子は」真田は周りを見回した。

「彼女は出棺の後、すべてが終わってから、うちの課長と来ます」

「そうですか。アイツだけでも容疑が晴れて良かったですよ」

「別にまだ昼子さんの容疑が、晴れたわけではありませんよ」

「でも、釈放されたとニュースで言ってましたが」

「ああ。あれは…」中田は言葉に詰まっている。「ちょっと事情がありまして…」

「なるほど。どうりでテレビに映っていた昼子は、何となく別人のようだったな」

そう言いながらも、中田の表情を盗み見ている。

「そうですか？　かなり似せたつもりですが。今、昼子さんは甲府のグランドホテルに泊まってますよ」

その言葉に真田は無言のまま頷いた。そして、祭壇の中央に戻ってお経を読んでいた倉本に何か耳打ちした。倉本は数回頷き、席を真田と代わりその場から出ていった。

午後に入り、出棺から三時間程して、お骨とともに真田は参列した信者と戻ってきた。その間も、中田は真田から離れることなく行動を共にしている。幸い、中田も信者の一人だったので、真田を見張っている刑事とは誰も気付かないようだった。

お骨が祭壇の中央に置かれると、また二時間ほど読経が続いた。

3

グランドホテルの部屋のドアをノックする音がした。

「どなた?」

中から、背中が大きく開いた黄色のワンピース姿の女が、さり気なく声をかけた。

「県警の津山さんより、届けるようにと、喪服を持って参りました」

「あら、そう。ちょっと待って」

女はドアを開けた。ボーイは喪服を盾にして、顔を隠している。

「ベッドの上にのせておいて」

女は、そう言うと男に背中を向けた。

ボーイは部屋に入ると、寝室に入るそぶりで、急に女の背後に襲いかかった。

ところが、女はまるでそれを予知していたかのようにサッと腰を曲げると、そのボーイの右手首を掴んで投げ飛ばした。ボーイの体はまるで風船のように宙を舞って床にドスンと落ちた。

その音に呼応するかのように、隣の部屋から数人の男達が入ってきた。

「はいっ、そこまで！」

柔道の審判員のように叫んだのは、最後に入ってきた津山だった。

「やはり、お出でになりましたね、倉本さん。お待ちしてましたよ」

ボーイの格好をしていた倉本は、茫然と津山達を見上げている。

「麻生さん、もういいよ。さすが合気道二段だけのことはあるね」

麻生はにっこり微笑むと、ロングヘアのカツラを取った。

「津山課長、この格好はこれで最後にしてくださいね。交通課の連中がギラギラした目で見るんです。特に箕田課長が」

「ぷっ。もう二度とすることはないよ。有り難う、ご苦労だった」

麻生は、捜査員に両脇を押さえられた倉本の前を通って、部屋を出ていった。

津山は倉本を立たせた。

「やはり、あなたも共犯でしたか」床に落ちた携帯電話と紐を拾い上げた。「運転手の秋山さんを殺ったのもあなたでしょう、この紐で」

倉本は返事することなく、うつむいている。少し間があってから、

「卑弥呼はこの日本を滅ぼす。あんな女を警察が守るとは……」と呟いた。そして、おもむろに顔を上げると、「お前達は自分で自分の首を締めている。敵の、渡来の神、瓊瓊杵の思う壷だ。これで日本は乗っ取られる。お前達は売国奴だ！」と叫んだ。

津山はともかく、話の内容がまったく分からない捜査員達は、気が触れたと思ったようだ。

「また神界の話ですか、馬鹿げた話だ。それより、自分のしたことに責任を取りなさい」

津山は手錠をかけさせると、連行するよう目配せをした。

倉本は何の反省の色もなく、両脇を抱えられ堂々と出ていった。

心を奪われるとは、こんなにも人間を変えてしまうものなのだろうか。津山の脳裏を美奈のことが過った。

津山は気を取り直すと、倉本の携帯を拾いリダイヤルした。数回呼出音がした後、男が出た。

「おう。こんなに早く連絡を寄こしたところをみると、予定通り昼子をしとめたな。ふふふ…。これで死人に口無し。後は、お前が殺った小山田と昼子のせいにすればいい。俺達の容疑なんて幾らでも言い逃れ出来る。倉本、ご苦労だった。早く戻ってこい」

「真田さん。残念ですが、昼子さんも小山田さんも生きてます。孫子の兵法『六韜三略《りくとうさんりゃく》』破れたり、というところですか」

「だ、誰だ！　お前は？」

「山梨県警の津山です。策略好きのあなたがあまりにもあっさり認めたお蔭で、考えていることが分かりましたよ。まさに、『策士、策に溺れる』ですね。そちらにすぐ行きますから、待っていてください」

　津山は電話を静かに切った。


　津山達が観応寺に着くと、信者達が門の前で騒いでいた。

　捜査員の一人に訊いたが、分からないらしく要領を得ない。門は固く閉ざされ、中はしーんと静まりかえっている。ただ、蝉の声だけが夏の盛りを伝えていた。

　津山は、正門の横にある勝手口から入った。本堂の入口には中田が立っていて、「こっち」というように手で合図を送っている。

「真田さんは、あそこです」中田は本堂の中央を指さした。「信者を全員閉め出すと、一人本堂に入って瞑想を始めたんですよ」

　それが騒ぎの原因らしい。津山は頷くと中田をその場に残し、一人本堂へ入っていった。

　真田は上座に座っていた。津山の畳を踏む音に気付いたのか、静かに振り向いた。

「どうぞ、こちらへ」

　真田の横一間程あけて座布団が一枚敷かれている。津山はそこに真田と向かい合って座った。

　真田は津山の顔を見ると、懐かしそうに話し出した。

「今あなたの顔を拝見して、聖師様が生前仰っていたことを想い出しましたよ。『これだけ、武田家に因縁のある方々がこの寺に呼び寄せられるのですから、必ず前世が穴山梅雪だった人間が来ますよ。その人だけには気を付けなさい』と」

「つまり、私がそうだということですか？」

「そうです。家臣団を篭絡し、武田家を崩壊に導いた張本人、それがあなただ。その罪は小山田にも匹敵する」

　穴山梅雪とは武田家の重臣であり、武田家の親戚筋でもあった戦国武将である。本名は穴山信君。号の梅雪斎の方が有名で、穴山梅雪の名で広く知られている。梅雪は勝頼を見限り徳川家康に通じ、武田家の家臣団をことごとく内応させた裏切り者と言われている。

　ただ、現在の歴史学者の間では、梅雪を裏切り者だとする見解に異議を唱える向きも少なくない。『武田勝頼』の著者新田次郎氏は『武田家の滅亡は、人望と統括力のない主君、武田勝頼を見限った人雪崩《ひとなだれ》現象によるもの』と書いている。

　真田は続けた。

「孫子の兵法を熟知しているとは、さすがに前世が穴山梅雪だっただけのことはある。あなたを甘く見たようだ」

「待ってください。孫子の兵法など、私はまったく知りませんよ」

「ほう。では、そういうことにしておきましょう、津山梅雪殿。しかし、現世でもまた、してやられるとは。あなたとの因縁は相当に深いものらしい」

まるで囚われた敗将のように、どこかさっぱりした言い方だ。

「そのことですが。あなた方と話していると、前世だの神界だのと、まるでこの世に生きていない亡霊のように聞こえます。

真田さん、あなたは真田昌幸でもなければ、倉本さんも信玄の影ではない。勿論、小山田さんも小山田信茂ではないし、私も穴山梅雪ではありません。ましてや、あなたの妹の昼子さんも、神と人との間にできた化け物ではないのですよ。みんな、今を生きる心を持った同じ人間です。蓮風さんが、どのようにあなた方を洗脳したかは知りませんが――」

「洗脳？」真田の表情が強張った。「故人の遺骨の前で、故人を汚すような言い方はやめて頂きたい」

「では、誤った知識と言い直しましょう」

「誤った知識だと？　ふん、誤った知識とはこの世のことだ。現代のような拝金主義のことを言え！　子供から大人まで、金、金、金。目の前に札束をちらつかせて、脇目もふらずに走らされている。金こそが力――今の社会はそういうふうに、国が国民を教育している。これこそが洗脳というものだ」真田は一瞬凄んだが、すぐにいつもの穏やかな顔に戻った。「ま、こんな話をしたところで平行線だよ、津山さん。所詮、考える次元が違うのだから」

津山もなるほどと頷いた。

「では、故人の遺骨とあの観音像の前で、一連の事件の真相を伺いたい。まさか、この期に及んで嘘を言えとは、神仏も仰らないでしょう」

津山は、真田の信仰心を逆手にとった。

「ふん、いかにも。策士は語らずというが…。ただ、この借りは来世で返して貰う。必ず」

真田は恨めしそうに言った。その顔は僧侶というより入道武士のようだ。

津山は手帖と、小型のテープレコーダーを懐から出した。

「ほう、用意がいいですな」

「ここでなら、あなたが正直に話すと思って用意してきました。では、まず誘拐殺人からお願いします」

「誘拐殺人？……」真田は腕組みをした。「あれは小山田に七里岩の新府城の近くにある、この寺の土地を掃除に行かせた時だ。沼や荒れた畑は廃棄物処理業者のごみ捨て場になっていてね。

あの夜、アイツが小躍りして帰ってきた。あの三角縁神獣鏡を十枚程持ってね。津山さんが前に持ってきた、あれだ。お調べになったように贋物だよ」

「それはご存知だったのですか？」

「いや、初めは本物と思ったよ。すべて掘り出したら九十九枚あった。そこに一枚、以前信者から貰った鏡を足して、卑弥呼の鏡でいこうと思い付いたんだ」

「捏造《ねつぞう》ですか。それは蓮風さんが考えたことでは――」

「いや、違う。私の考えだ」言葉を遮るように言った。「勿論、私以外は誰も知らない」

「目的はやはり莫大な公金を得るためですか？」

「ああ、そうだ。元々あの土地には神殿を立てる計画だった。聖師様の夢だった、黄金の社《やしろ》を」

真田は、まるでそれが見えるかのように天を仰いだ。

「神殿？　妙な話ですね。確かこの寺は、ここにある観音を祀っているように、仏教の――」

「津山さん。以前、聖師様がうちの観音様は元は天照大御神《あまてらすおおみかみ》様と教えられたはずだが、お忘れか？　だから、その天照大御神様が元のお姿に戻るには、神殿が必要なのだよ」

「……分かりました」

「ところが、この不景気で神殿建設の資金が思うように集まらない。脱会していく信者も多くてね。それで三角縁神獣鏡の発掘を利用し、あの土地を高く売って公金を得ようと考えたわけだ」

「騙せると本気で考えていたのですか？」

「勿論だ。策略とは大胆なほど分からないものだよ。そのためには、考古学者として権威あるT大教授のお墨付きが欲しかった。中でも三枝教授が一番利用しやすかったんだよ、何かとね。そして、妹の知名度を利用すれば必ず成功するはずだった…。

小山田に、あの百枚の鏡は卑弥呼の鏡かもしれないと言ったら大喜びでね。テレビ局のディレクターを知ってるから、取材させようと接待させたんだ。ところが、石和で遊んで一宮町にそのディレクターを送った帰り、車で人をはねてしまった。それも飲酒運転だ」

「それが、小野光子さんですね」

「ああ。だが、小山田は天野屋の女将だと言ったがね。アイツ、女をここに運んできて、真っ青になってたよ。怪我は見た目よりは大したことはなかった。ただ……」

表情がみるみる険しくなっていた。

「天野屋の女将と聞いて、許せなかった」

「そうだ」真田は別段驚く様子もなく答えた。「私の人生を狂わせた一家だからな。気付いたら、女の首を絞めていた」

「そのことを小山田さんは？」

「知らない。アイツは、ひき逃げがいつ見つかるかと、そればかり恐れていた。だから、その心配を取り除いてやったんだよ。交通事故の後遺症で記憶喪失になったとね」

「それが誘拐事件ですか？」

「ま、そうだ。計画は順調だった。あんた達警察の裏を掻いた時は、実に面白かった」

「真田さんは天野照子さんが三つ子だと、初めから知っていたんですか？」

「いや」横に首を振った。「ただ、双子だとは知っていた。後で三つ子と知って、さすがに驚いたがね。警察が誘拐事件でてんてこまいしている間、こっちはゆっくり次の準備が出来た。特に、妹の昼子に三枝教授を迎えに行かせたのは成功だった。昼子の好みは分かっていたからね。

計算通りだったよ。だから、ちょっとした邪魔も邪魔にはならなかった」

「それは、あの贋の三角縁神獣鏡を造って捨てた、元鋳物会社の富岡洋さんのことですね？　下曽根橋で焼死体で見つかった」

「ああ。だが、あの男の出現で九十九枚の鏡が贋物と判ったのだよ。だから、計画を急がざるを得なくなった。三枝教授が気付く前に。

あの富岡という男、口止め料に一千万円要求してきた。勿論、金はくれてやった、身代金をね。あの金は古紙幣といっても、警察が番号を控えていると思ったからね。処分に困ってたところさ。ま、廃物利用だ。しかし、すぐにまた金を要求してきた。

あの手の男は一度甘い汁を吸うと一生つきまとう」

「だから殺したのですか、あの少年を使って？」

「そうだ。あのガキの母親もうちの熱心な信者でね。よく子供のことで相談に乗ったよ。甲府のクラブ〈ヒミコ・リップ〉に通ってるとかでぼやいていた。それを利用したわけだ。

あの夜、小山田に似せて顔にホクロをつけて近づいてな」

（それで少年の供述を元に描いた似顔絵には、ホクロがあったのか――）

「つまり、小山田さんの犯行に見せかけるためですね」

「勿論だ。一度裏切った奴は必ず二度やる。その前に手を打っておいただけだ。

ふん、あのガキに身代金の残りの一千万円をやったら大喜びさ。その金で〈ヒミコ・リップ〉

で遊んでくれれば、益々卑弥呼が疑われるからな。こちらとしても好都合だったわけだ」

「でも、逆に少年が殺されたら、どうするつもりだったんですか?」

「ふん。相殺《そうさい》の極意だ。どちらが生き残っても、後はあんた達警察が始末をつけてくれる。あの富岡が生き残ったところで、何をほざこうが殺人犯の言葉など、警察も世間も相手にしない。ああいう連中の口を塞ぐには一番いい手だよ。ましてや、どっちも身代金を持っていたとなればな。しかもあの男が死んだことで、かや乃を動かすにも、照子の叔父の天野巌を黙らすにもいい抑止力になった」

ほぼ津山の読みと一致している。しかし、まるで戦国時代の軍師気取りのような真田の態度に、津山は次第に腹が立ってきた。

「で、あなたが手に掛けた小野光子さんの遺体を隠滅するために、ビュー岩宿ホテルに放火した。勿論、あの贋物の三角縁神獣鏡を公然と消すために。ただ、三枝教授が贋物と早く気付いたのが誤算だった。違いますか?」

「いや、誤算ではなかった。三枝教授が気付こうが気付くまいが、死んで貰うつもりだった。睡眠薬で外国人娼婦と眠らせたのも私だ。深夜、教授の部屋に行って、昼子の兄だと言ったら、歓迎してくれたよ。持っていった、睡眠薬入りのワインで乾杯してね。その後、小山田の部屋で眠らせておいた娼婦を部屋に運んだわけだ。

昼子を怒らせ、あんた方、警察の目を昼子に向けさせるためにも、実にいい手だろう」

「では、タイマーで仕掛けを作ったのも、真田さんですか?」

「勿論だ。あのビュー岩宿ホテルのオーナー夫婦も、この寺の会員でね。『岩宿』と命名したのも私だ。ホテル内は改装前から知っていたし、ホテルのキーはすべて御祓いした時、必要なものだけ合い鍵を作っておいたのさ。だから深夜、裏の搬入口から入れたんだよ。

しかし、鑑識も大したものだ。よく判ったな、あれが放火だと。だが、ばれても小山田が疑われるだけだから、そう驚かなかったよ」

事実、津山は小山田が主犯と思っていた。

「そのために、わざと卑弥呼さんと小山田さんをパーティの途中で呼びつけたんですね。疑われることを計算に入れて」

「ま、そんなところだ」

「ところで、光子さんの遺体はいつ運び入れたんですか?」

「そんなものは、あのホテルがオープンする前から、あそこの冷凍倉庫に入っていたさ」

「そんなもの…」遺体に対するその言い方には、津山はさすがに憤りを感じた。

「この寺の神事に使う大切な物と言って、預けておいたのさ。あの夫婦は中身も知らないで、大切に保管してくれてたよ。それを深夜、部屋に運んだわけだ。勿論、ガソリンも用意しておいた。卑弥呼と小山田が帰った後、あのホテルに行って死体を業務用のエレベーターで七階へ運んだのさ。

ゆっくり準備出来たよ。外では消火を遅らせるためのぼや騒ぎがあったからね。ま、信者も共犯だな。お宅の美奈さんもやってただろう？　深夜のお焚きあげを」

「え！　あの深夜のぼや騒ぎが、ですか？　お札《ふだ》を藁に混ぜて焼くという？」

津山は信じられないといった顔で真田を見た。真田は答える代わりに、自慢げに頷いている。

確かあの朝、美奈はコンロで何かお札を燃やしたと言っていた。

「六月は龍神の月でね。自分の住んでいる土地の龍神を天に昇らせる宗教儀式さ。煙は多ければ多いほどいいと言っておいたんだ。昼間じゃ、見えないだろう？　そこで丑寅の刻に定めた。信者全員が深夜二時から四時にかけてやってくれたお蔭で、あちこちで煙が上がったというわけだ。ただ、かや乃と天野巌を逃がしたのはまずかったが」

暫く、怒りで言葉も出なかった。津山は深呼吸をした。

「ところで、昼子さんは、腹違いといってもあなたとは兄妹。あの奇妙な神界の話を聞くまでは、過去はどうあれ、憎むほどのことはなかったはずですよ」

真田は、突然ひきつるような顔になった。初めて見せる表情だ。何とかいつも通りの表情に戻ると、懐から一枚の写真を出した。

親子三人が笑顔で写っていた。かなり古い白黒写真で、周りが黄ばんでいる。七五三の時のものらしく、真ん中の男の子は千歳飴を持って立っていて、傍らの母親は優しく微笑んでいる。

「そこに写っているのが、私の父と母だ」真田の顔がほころんだ。「美人だろう、母は。私の家族といえるものは、この写真の二人、それに聖師様だけだ。それ以外にはいない！

昼子は私の家庭を壊した女の子供だ。俺はアイツの母親のためにすべてを失った。何もかもだ。

分かるか？　あんたに。この俺の悔しさが。しかも、アイツはフランスまで追いかけてきて、この俺をも堕落させようとしたんだ！

昼子なんて女は、聖師様の言う通り、ただの、ただのこの世を堕落させる、化け物だ！」

真田の高ぶった声が本堂に響きわたった。

やはり、誤った知識は家族ばかりでなく、自分まで壊してしまう。真田こそが、ある意味では本当の被害者かもしれない。

「ふふふ…。誤算といえば、津山さん、あんたが心底、昼子に惚れたことだ」

一瞬、津山の手が止まった。

「同情はしていますが、個人的な感情は…」

「嘘はおやめなさい。でも、あんたで安心したよ。……後のことは宜しく頼む」と頭を下げた。

この男にとって僅かなりとも残っている、妹に対する精一杯の誠意に思えた。だが、顔を上げると元の高圧的な態度に戻っていた。

「ま、誤算は誤算として、警察といえども世間の非難には弱い。そこで、あんたの上司の背中をポンと押してやったのさ。それが運転手の秋山だ。アイツを殺せば、警察は必ず動くと計算したのだよ」

「それで、倉本さんを？」

「まさか。アイツに人を殺せるような度胸はない。私が殺った」

「しかし、未遂に終わりましたが、昼子さんを殺害しようとしたのは、倉本さんです。小山田さんもそうだと、真田さん、あなたがさっき携帯電話で仰ったではありませんか？」

「昼子は別だが、すべては私がやったことだ。他の人間は関係ない！」真田は怒鳴ったが、すぐ普段の表情に戻って続けた。「ま、それはともかく。秋山を殺るのは簡単だった。あの夜は運良く昼子がいなかったお蔭で、警察もマスコミもいなかったからね。やりやすかったよ」

卑弥呼が、津山のマンションに来た夜のことだ。しかし、すべて真田がやったとは思えない。全部の罪を一人で被ろうとしているらしい。真田は尚も続けた。

「翌朝、警察が昼子を連行したので、わざと昼子を釈放させたのさ。ま、多少金はかかったがな。勿論、自殺して貰うためだ。世間の反感を買っての自殺だから、疑いもしなければ同情もない。まさに策略通り、最後の仕上げだったのだが…。あんたに、その裏をかかれるとはな」

その時、門の外から騒ぎ声が聞こえてきた。

本堂の外で待機していた中田が、汗を拭きながら飛び込んできた。

「課長！　外で信者の方々が何かもめてるようです」

「ふふふ…。昼子が来ましたな。この寺にとって、昼子、いや卑弥呼は敵ですからな」

真田は騒ぎの原因を知っているかのように呟いた。

「真田さん、暫く待っててください」

津山は一旦テープレコーダーのスイッチを切ると、それを胸の内ポケットに収めた。

「何の気兼ねなく。聖師様の初七日には、ここには居ない私だ。心ゆくまで経を読んでいますよ」

「真田さん、昼子さんは信者の方に阻まれて、中には入れないと思います。何か伝えたいことはありませんか?」

津山にとっては、真田の兄としての気持ちに、一縷の望みを託した問いだった。しかし、真田は首を横に振るだけで何も答えなかった。

ただ、夏の暑さで汗ばんだ中田の顔をしみじみ見て、「心頭滅却すれば、火もまた涼し」と呟くと、体をくるりと祭壇に向けた。そして、数珠を鳴らし、経を誦していた。

津山は中田にその場を任せ、門の外に出た。真田の言った通り、警察の車で乗り付けた卑弥呼と信者達との間でもめていた。信者達は卑弥呼の乗った車をぐるりと取り囲み、「帰れ! 化け物」「敵を入れるな!」と口々に罵声を浴びせている。

津山は信者達をかき分け、その車に乗り込んだ。

喪服を着た卑弥呼は、今にも泣き出しそうな顔をしている。

「残念ですが、……やはりお兄さんが犯人でした。今、本堂にいらっしゃいます」

「兄に会わせてください、津山さん。お願いします」

卑弥呼はすがるように津山を見ている。

「今は会わない方がいいと思います。お兄さんも、会いたくないと……。判決が決まってから、会われた方がお互い…」

津山は、出来る限り卑弥呼を傷つけないように言葉を選んだ。

「兄が会いたくないと……。そうですか…」

卑弥呼は肩を落とした。

津山はどう声をかけたらいいのかさえ分からなかった。ただ、真田の心が判決が決まるまでに変わっていてくれることを、祈るより他ない。

その時、突然、中田が外から車の窓ガラスを叩いた。

「課長！」

中田の顔が真っ青だ。気が付くと、さっきまでこの車を取り囲んでいた信者達も、いつの間にかいなくなっている。津山は急いで車のドアを開けた。

「どうした？　中田」

「真田さんが門を閉めて、火を放ちました！」

「何！　中田。何で持ち場を離れたんだ？」

「課長を呼んできて欲しいと…」

見上げると、青く澄み切った空に、黒々と煙が立ちのぼっている。

真田がさっき別れ際に言った——心頭滅却すれば、火もまた涼し——の謎めいた言葉が、今になって分かった。武田家滅亡の後、織田勢が恵林寺に焼き討ちをかけた際、寺と運命をともにした快川《かいせん》和尚の辞世の句である。真田もまさにそれをしようとしているのだ。

（しまった！　そういう意味だったのか——）津山は舌打ちした。

「中田！　塀を登れ！」

中田はパトカーを台にして塀に登り、外門の閂《かんぬき》を外した。門が開くと同時に、外にいた信者達が一斉に中へなだれ込んだ。津山も後に続いて走った。内門の閂も捜査員が塀をよじ登り開けた。

津山が本堂に着くと、辺り一帯にガソリンの臭いが漂っていた。火の回りは早く、本堂はすでに炎に包まれている。

津山は中田に消防署に連絡させ、本部からの応援も要請させた。

外にいた捜査員数人も、異常に気付き駆けつけている。バケツや水道ホースで消化をはじめたが、ガソリンに引火した火は消えそうにもない。真夏の日差しまでもが、燃えさかる炎を助けているようだ。

それとは対照的に信者達は、炎に向かい手を合わせ「聖師様！」「真田導師！」とただ叫ぶだけで、消そうともしないでいる。

その時、背後から叫び声がした。

「お兄ちゃん！　逃げて！　早く、火から逃げて！」

卑弥呼が長い髪を振り乱し、泣きながら必死に叫んで来る。信者達も捜査員も驚いたように卑弥呼を見た。しかし次の瞬間、信者達は卑弥呼を捕らえようと、その周りに集まった。

「この女は敵だ！　こいつをあの火の中に投げ込めば、殉死された真田導師も浮かばれる」

と、太った男が叫んだ。信者は真田の行為を、覚悟の死とは思っていないようだ。

その隣りにいた中年の女もそれに呼応するように、「そうだよ。弔い合戦だ」と煽った。そして、一人の男が卑弥呼の腕を捕まえようとした時、誰かが「やめて！」と叫んだ。

その言葉に一同が振り向いた。声の主は美奈だった。

「その人が敵であろうと、人を危《あや》めては教えに背きます。この寺の教えは、人を殺すことではありません。活かすことです！」

凛としたその声に、信者達は我に返ったようだ。

「その通りだ。真田導師の殉死を汚してはいけない。この化け物を外に追い出せ！」

若い男の声が飛ぶや、今度は一斉に卑弥呼を捕まえて門外に押し出した。

津山は卑弥呼を庇うように楯になった。他の捜査員数人も助けに入ったが、それも空しく二人は外に押し出されていった。

それでも中に入ろうとする卑弥呼の腕を、津山は掴んだ。

「卑弥呼さん！　お兄さんは覚悟の自殺です。すべての罪を一人で背負うつもりなのです」

それは兄を慕う卑弥呼への、津山の精一杯の言葉だった。

卑弥呼は一瞬、津山をきっと見返したものの、力無くその場に泣き崩れた。

津山は卑弥呼を抱きかかえパトカーに乗せると、そのまま彼女を県警本部に送らせた。これ以上の惨劇を見せたくはなかったからだ。卑弥呼を乗せたパトカーと入れ替わりに、消防車数台がけたたましくサイレンを鳴らしながら次々と入ってきた。

津山は踵を返すと門の中へ入っていった。

エピローグ

数日後、真田の死の直前に津山が取った供述のテープと、それまでに集められた状況証拠によって、未解決だった天野屋女将誘拐事件、下曽根橋殺人並びに遺棄事件、ビュー岩宿ホテル放火殺人事件、及び小野光子、秋山要殺害事件の犯人を真田、本名・柳原昌利(47)と確定。殺人及び殺人教唆で、被疑者死亡のまま書類送検された。ただ、実名で公表されたため、犯人が真田であることを知る者は少なかった。また、ビュー岩宿ホテルから発見された身元不明の焼死体は小野光子と発表され、それと同時に各捜査本部は解散した。

真田と卑弥呼が兄妹だったというスクープも、一部の週刊誌が取りあげただけで、それ以上話題にも上らなかった。勿論、大手テレビ局や新聞社も話題にしようとしたが、どこからかの圧力により伏せられた。

殺人未遂の現行犯で捕まった倉本は、自供により、ホテル放火の際に小野光子の遺体を運んだことでビュー岩宿ホテル放火殺人事件の殺人幇助、及び小山田市長暴行・殺人未遂で書類送検された。また、真田に利用された下曽根橋殺人並びに遺棄事件の少年も、少年院に送致されている。

市長の小山田は、春日居ひき逃げでの道路交通法違反として同じく書類送検された。事故を起こした車は、観応寺の焼けた倉庫から発見されている。また、ホテル放火前日にホテルのセキュリティシステムのスイッチを切らせたことから一時疑われていたものの、その後の調べで単なる偶然と分かり容疑は晴れた。しかし、小山田自身騙されていたとはいえ、ひき逃げ事件を隠蔽しようとした罪や、『卑弥呼の墓』騒動を起こした責任は否めない。ただ後者に関しては、市の復興を考えての行動として市民は同情的だった。

また、殺されたT大学三枝教授の名誉のために、山梨県警は今回の事件の詳細を誤解のないように丁寧に説明した。その発表と同時に七里岩の発掘調査は中止された。

炎上鎮火した観応寺のその後は、あれだけの信者を抱えていたにも拘わらず、誰ひとりとして寄りつかなくなっていた。それはまるで、武田家滅亡時の人雪崩現象に似ている。また、土地や焼け残った家屋などの資産は相続する者も現れず、管理は県に委ねられた。

真田が自殺したことで、すべては解決したように思われたが、真の犯人は人々の心を惑わした住職の蓮風だと、津山は今も思っている。

そして、そのために三つ子の一人を失った天野照子にとっても、今回の事件は一生忘れることのできない深い心の傷になったにちがいない。その後の天野屋は、照子が三つ子のひとり、橘かや乃を公にしたことで、『双子美人女将』として評判になり益々繁昌していた。

一方、卑弥呼は、今回の一連の事件の影響もあってか、すべての事業を解散した。その後の卑弥呼の行方は誰も知らない。津山の心に、ぽっかり穴が空いたようだった。

津山は、捜査課の部屋の窓から見える、夏の入道雲をぼんやり眺めていた。

——誤算といえば、津山さん、あんたが昼子に惚れたことだ——

耳の奥で、あの日の真田の声が木霊した。と同時に犯人を真田と告げた時の、卑弥呼の悲しげな顔が言葉とともに浮かんできた。

——あなたに、刑事なんかに、私達の苦しみが分かるはずがない！——

あの一言は、津山の卑弥呼に対しての一抹の疑いを指摘したようにも思える。

「卑弥呼さん、今どこにいるんでしょうね。あれ以来、噂も聞きませんね」

側にいた中田が、うちわで扇ぎながらボソッと呟いた。まるで津山の心を見透かしているかのようだ。

中田は観応寺が焼けて以来、前世や神界の話はしなくなり、霊縛が取れたらしい。どうやら自分なりに矛盾を感じ、目が覚めたようである。

しかし、娘の美奈の方は、長くあの寺に関わっていた母親の影響で、霊縛はなかなか取れそうにない。あの事件は相当ショックだったらしく、会社を辞めて家に閉じこもっている。中田からの電話にさえ出ようとしない。事件の後遺症は今も津山家では、しこりのように続いていた。

とにかく、じっくり時間を掛けて心を開かせなければならない。津山にとっては、これだけは迷宮入りにするわけにはいかない。誤った知識は人間の人格をも変えてしまうものなのだ。

津山は、数日前の本部長の言葉を想い出していた。

――真田の立場で考えると、蓮風に洗脳された理由も分かるような気がする。実の母親が父親と愛人を殺し、一瞬にして家族を失ったのだからね。そればかりか、何もしていない真田までもが、その過去を一生背負うことになってしまう。まったく不運というしかない。

しかし、そういう時の社会の目は冷たいものだ。就職にしても、何をやるにしても大変だったはずだ。真田はやがて世間を恨むようになっていったにちがいない。そんな時、蓮風だけが彼を普通の人間として見てくれたのだろう。だから、傾倒していったんだ。人は心の拠り所なくしては生きられないからね。真田こそが本当の被害者だったのかもしれん――。

「人は心の拠り所なくしては生きられないか…」

傷心の卑弥呼の拠り所は、いま何なのだろう？――そんな思いを巡らしていると、受付から内線で面会者の来訪を伝えてきた。

降りてゆくと、ロビーには紺のビジネススーツを身にまとった、黒髪のロングヘアの女性が、外を見て立っていた。津山は背中越しに声を掛けた。

「あのー、私に何か…」

津山が喋り終わる前に、その女性は振り向いた。

「あ、卑弥呼さん！」

「お久しぶり」

伏し目がちに少しはにかんでいる。香りの強い香水をつけていないせいか、何となく全体から受ける印象も前とは違って、清楚に見える。津山はなぜか、心の高ぶりを感じた。

「どこにいらしたんですか、心配しましたよ。天野屋さんの方には、もう寄られたのですか？」

そう言ってから愚問であることに気付いた。「あ、すみません……」

卑弥呼にとって真田は腹違いの兄とはいえ、姉照子の妹、小野光子を殺してしまったのだから心中察して余りある。今まで以上に天野屋の敷居は、高くなってしまったにちがいない。

「有り難う、津山さん。それから、お父様の津山先生にもご迷惑を掛けて……。

……父が、『いつでも戻ってこい』って言ってくれたんです」

「そうですか…」

事件後、源一郎は天野屋へ行っている。源一郎が天野勇の心を開かせたらしい。

卑弥呼は潤んだ目を押さえると、窓の外の風景を見つめていた。

「……私、しばらく日本を離れようと思うの」

「え、どこへ行かれるんですか？」

それには答えずじっと外を見つめたまま、「また、会ってくださいね、津山さん」というと、玄関の方へ歩き出した。津山はわけが分からず後に続いた。

県警の玄関を出ると、突然のにわか雨が降り始めていた。

卑弥呼は手のひらで雨を頂くように、両手を前にかざしている。

「今までは誰よりも沢山のお金を集め、みんなが羨ましがるような高価な物を身に着け、有名になることだけが生き甲斐だった。いつも、もっともっとと追いかけてばかりいて、何と競争しているのか、どこにゴールがあるのかも知らないで走り続けていた。でも今回のことで、そんなの何にもならないって気付いたの」卑弥呼は両手に一杯になった雨水を空高く撒《ま》いた。「不思議ね。お金や物に囚われなくなったら、心が軽くなって、人の真心までもが見えてくるなんて…。それから、津山さん。これからは昼子と呼んでください。父が付けたこの名前が、やっと好きになれたんです。すべてを捨てたら、本当の自分が見つかったような気がするの。だから、もうこの世に卑弥呼はいませんわ。私と兄はきっと、鏡の中に棲んでいたんです、虚の世界に…」

卑弥呼は、大きく胸を反らせ深呼吸をした。何かを吹っ切ったように息を吐くと、雨と雲で霞んだ富士山を見上げて、クスッと笑った。

「どうかしたんですか?」

津山は、側にあった警察の傘を差し出しながら訊いた。

「津山さん。私との約束覚えてる?」

唐突に言われても、津山には何のことか分からない。暫く考えていると、業を煮やしたように卑弥呼が答えた。

「シャワーよ。津山さん」

「シャワー?……」

「この間の夜、今度シャワーをご一緒にって…」卑弥呼はわざと甘えた声で言ってから、真剣な眼差しを向けた。「津山さん。あれは嘘だったの?」

「いや、あれは……」二人は見つめ合うと吹き出した。「からかわないでくださいよ」

卑弥呼は笑みを浮かべながら、道路に向かって歩き出した。津山が傘を差し出すと、まるで邪魔と言いたげに、それを取って後ろに投げた。

「卑弥…、いえ、昼子さん。ずぶ濡れになりますよ」

卑弥呼はまるで雨を楽しむかのように、空を仰ぎ踊っている。

「良かったぁ。津山さんが嘘吐きじゃなくて」何かほっとしたかのように言って、雨に濡れ茫然と立っている津山を引き寄せた。「だって、今、一緒にシャワー浴びてるじゃない」

ようやくその意味が呑み込めた津山も、大声で笑った。

「ところで昼子さん。あの夜、なぜ下着を忘れていったんですか?」

津山が恨めしそうに訊くと、卑弥呼は顔を擦り寄せてきて、

「ん? あれで、私のこと、一生忘れないでしょう?」

と耳元で囁くと、津山の頬にキスした。そして、雨の中をスキップしながら駆けていった。

津山も同じように、昼子の後を駆けていった。


(完)

＊この作品はフィクションであり、物語に登場する人名、会社等の団体名、及び地名等は実在するものとはいっさい関係ありません。（編集部）

あとがき

――欲深き人の心と降る雪は　積もるにつれて道を失う――


文中にも書きましたが、これは〈幕末の三舟〉のひとり、高橋泥舟の句です。

この「欲深き人の心」とは、一体何でしょう。それは、ある人にとっては地位や肩書、知識や学歴などであったり、またある人にとっては、高級車やブランド品などの物であったりします。そして、その周りには、彼らのその弱点を見抜いた、詐欺師や悪徳業者などが、その「欲深き人の心」を利用しようと待ち構えているのです。

巷に、贋ブランドや新興宗教、はたまた占いなどがはびこるのも、その現れでしょう。しかし、本当に問題なのは、それに頼ろうとする人間の心なのかもしれません。

この小説に登場する妖しげな卑弥呼は、華美で見栄っ張り、強欲で快楽を好む女です。物質的には誰よりも満たされていますが、心が満たされない、現代人の病める姿そのものです。また、蓮風は一見欲には縁のない人物のように見えますが、卑弥呼と何ら変わりはありません。

二人を象徴するものが、三枝教授が残した二枚の鏡です。一方は本物で、もう一方は贋物。しかし、結果としては、どちらも真っ赤な贋物です。

卑弥呼は二十世紀が目指した姿であり、すべてを捨てて昼子に戻った姿は、人類が目指さなければならない二十一世紀の理想の姿なのかもしれません。

奇しくもエピローグで卑弥呼が、「不思議ね。お金や物に囚われなくなったら、心が軽くなって――」と言っています。前進すること、右肩上がりの成長ばかりを美徳としていた現代人にこそ、高橋泥舟の句を味わって頂きたいものです。本当の幸せが何であるかが、きっと分かるはずです。

山梨を題材に選んだのは、妻の故郷であり、愛犬ジョンとよく遊びに行ったからです。石和温泉や春日居町、銚子塚の古墳群、七里岩、新府城跡など、何度も足を運んだ思い出の場所です。鳳凰三山は山梨県の西側に位置する南アルプスの中の一つで、観音岳・薬師岳・地蔵岳を総称し、古くから地元では信仰の山として親しまれています。

ただ、鳳凰院観応寺という寺はありませんし、地元の信仰を揶揄するものでは決してありません。また、七里岩や新府城跡のある市の市長さんには、何の恨みもありませんので、万が一にも誤解なさらないようお願い致します。私は山梨が大好きなのですから。

最後になりましたが、私の書いた拙い小説を「なかなか面白かったですぞ」と仰ってくださり、小説の真髄を教えてくださった島田正路先生には、この場をかりて厚く御礼申し上げます。

また、この小説を拾ってくださった文芸社の審査員の方々、並びに編集部の高橋さんには深く感謝申し上げます。

そして、私のパートナーであり、良き理解者である妻千寿子には、文章の書き方から誤字脱字の直し、果ては推敲に至るまで指導してくれ、本当に感謝しています。今後も最初の読者として、宜しくご指導ください。

最後に読者の皆様へ。人は毎朝必ずといっていいほど、鏡で自分の姿を見ます。その時、自分の心の鏡が、欲で曇っていないかの確認もしてみてください。もし、曇っていたら、人が生まれながらに持っている、天与の判断力である〈心の鏡〉に照らし合わせて見てください。曇りを取る答えは、必ずその心の中にあるのです。

2001年　10月

著者

◆主な参考文献◆

「風水探源」――何暁听　著／宮崎順子　訳／人文書院　一九九五年
「邪馬台国が見える！　吉野ヶ里と卑弥呼の時代」
――ＮＨＫ取材班　編／日本放送出版協会　一九八九年
「卑弥呼と邪馬台国」――黒岩重吾・大和岩雄　著／大和書房　一九九二年
「新版・卑弥呼の謎」――安本美典　著／講談社　一九八八年
「三角縁神獣鏡の謎」――王仲殊・樋口隆康　著／角川書店　一九八五年
「三角縁神獣鏡の邪馬台国」――王仲殊・樋口隆康・西谷正　著／梓書院　一九九七年
「古事記と言霊」――島田正路　著／言霊の会　一九九五年
「新訂　古事記」――角川ソフィア文庫　一九七七年
「警視庁検死官」――芹沢常行・斎藤充功　著／同朋舎出版　一九九五年
「新興宗教金儲けと権力」――竜一京　著／飛天出版　一九九五年
「武田勝頼」――新田次郎　著／講談社　一九八七年
日本経済新聞（一九九八年十月十五日付）「私の履歴書」より――樋口隆康

〈著者略歴〉

西田　耕二（にしだ　こうじ）

1955年、富山県に生まれる。東京造形大学造形学部絵画科油絵専攻卒業。
広告代理店数社を経て、現在に至る。
『鏡の中の卑弥呼』はデビュー作。

鏡の中の卑弥呼

2001年10月15日　　第1刷発行

著　者　　西田耕二
発行者　　瓜谷綱延
発行所　　株式会社 文芸社
〒112-0004　東京都文京区後楽2-23-12
電話03-3814-1177（代表）
03-3814-2455（営業）
振替00190-8-728265
印刷所　　株式会社 平河工業社

ISBN4-8355-2235-4 C0093